季节书

屈绍龙 著

春风文艺出版社
·沈阳·

图书在版编目（CIP）数据

季节书/屈绍龙著.—沈阳：春风文艺出版社，
2024.1

ISBN 978－7－5313－6483－2

Ⅰ.①季… Ⅱ.①屈… Ⅲ.①散文集－中国－当代
Ⅳ.①I267

中国国家版本馆 CIP 数据核字（2023）第 133501 号

春风文艺出版社出版发行

沈阳市和平区十一纬路 25 号　邮编：110003

河北浩润印刷有限公司

图书策划：田　灿		责任编辑：刘晓欢	
助理编辑：周珊伊		责任校对：陈　杰	
封面设计：胜读文化		幅面尺寸：155mm×220mm	
字　　数：198 千字		印　　张：14	
版　　次：2024 年 1 月第 1 版		印　　次：2024 年 1 月第 1 次	
书　　号：ISBN 978－7－5313－6483－2		定　　价：52.00 元	

自序：我说"散文味道"

时下，我们讲究一种味道，即吃饭，要感觉到饭香的味道；喝酒，要感受酒香的味道；吃肉，要感受到肉香的味道……

读散文也是如此，要读出散文味道。

什么是散文味道呢？我认为，散文就应该具有不同于其他文体的味道。王必胜先生曾说：散文是桂花，不事张扬，却暗香浮动，其气清雅，其味浓郁，其形高洁。由此可见，散文是应该有特异味道。

从我们的阅读史上看，古代散文，尤其是游记散文，更令我们折服。王勃《滕王阁序》的章节至今能诵读，"落霞与孤鹜齐飞，秋水共长天一色"是千古传诵的名句。范仲淹的《岳阳楼记》、欧阳修的《醉翁亭记》、王安石的《游褒禅山记》《小石潭记》、苏轼的《石钟山记》等等都是流传千年的名篇。我们读这些游记散文，仿佛身临其境，心旷神怡。

现当代散文又是如何呢？许多散文评论家著书立说。《散文百家》原常务副主编王聚敏先生曾在他的《散文情感论》中指出："散文家应以'抒情'为经，以'叙事'和'议论'为纬，以'情趣'和'理趣'为境界追求来结构或编织自己的散文。"由此，我们可以看出，散文就是要以"情感"为主线，以"情趣"和"理趣"为追求的境界。除境界追求外，王先生在散文的风格上，也曾这样说："在风格上或美的抒情，或真的纪实，或美的说理；或细腻或豪放，或幽默或沉郁……"因而，我认为，散文要以独特的视角，独特的形式，独特的美感，来弘扬真、善、美，鞭挞假、恶、丑。

多年来，我一直阅读《人民日报》《散文》《散文百家》《山东文学》《鸭绿江》等报刊上的散文，当然，阅读到了一些精美的散文。近日，我在《人民日报》副刊（2014年1月18日）拜读到彭学明主任的散文《美在深闺人未识》，他用独特的语言描写湘西的一个金龙苗寨。洋洋洒洒四千字，从方方面面描写出金龙的美。其中有这样的描写："金龙的樱桃，红如玛瑙，黄如凝脂，甜如蜜糖。樱桃酒、樱桃汤和樱桃水，更是三绝。"读完这样的文字，我的口水不由自主地流出来了，像这样的语言，像这样的文字，比某些杂志的啰唆叙述要强几十倍。全文类似的语言，在多处出现，在此，我不再一一列举。

亲情散文，一直是散文的主旋律。然而，我们能读到的令人眼前一亮的不多。蒋新先生的散文《一双三十年没有握过的手》（2012年第5期《散文百家》）给我留下深刻的印象，王聚敏先生也给予高度的评价。王先生在他的评价中说："这篇《一双三十年没握过的手》，是传统写法，作者的文笔始终围绕着那双手——躺在病床上的他弟弟的手而写，以小见大，自简入繁，由单一到复合，写出了情感的深层次和多义性——有自责、自悔、自审，歌颂与批判交织，感性与思索共生。此所谓取材（切入点）也小，所见者大也。因此它不是一篇简单的'亲情散文'，也不是一般的抒情散文，其立意和意蕴具备渗透了丰富的社会历史内涵。"在评论文章最后，王先生再一次指出："总之，这篇散文的立意是多义的，意蕴是丰腴的，情感是深层次的，它带给读者的感动也是多重的，是一篇可以传之久远的精品力作！"请看文中的一段："在时代向一个方向聚焦的时候，弱者的身上都会去承载孕育滋养许多新词汇的诞生。比如下岗，待业，改制，买断工龄。无数弱者的承受又不能不说是一座丰碑，历史从弱者身上碾过的痕迹，就成为永恒的碑文。"像这样的文字、这样的遣词，非名家不能道出！拜读这样的散文，我们就可以从一双手中感受到一股浓浓的亲情。随后，蒋新先生的这篇散文，陆续被《新华文摘》《青年文摘》《读者》《海外文摘》《都市文摘》《今日文摘》《散文选刊》等全国几乎所有选刊类报刊转载，足以说明此文的分量。

我的乡村散文《乡村味道》（2011年1月24日刊发于《人民日报·大地》头条），运用"喝——粥"的吆喝声开头，将人引入一个弥漫着粥香的情景。而后，我运用"羊肉味""月饼""青草""蔬菜""炊烟"等乡村的景物，描写出一幅幅乡村美景，描绘出一个个乡村的特有味道。此文刊发后，《思维与智慧》《社区》《新湘评论》等报刊纷纷转载，不难看出此文给我们营造出一种真正浓郁的乡村味道。再比如我的散文《麦与镰的季节》（2016年6月20日刊发于《人民日报》，2017年5月《散文选刊》转载，2017年湖南益阳作为中考阅读题），我就是通过自己割山脚下的麦子，一不小心划破了手，流了血这一件小事写出对麦子的感想。我是这样运用文字的："麦子是土地的女儿，也是养育乡村的母亲。就像乡村的女孩有一天也会感到受孕的幸福，以生命创造生命，在痛苦的幸福中祈福。麦子是温柔的女子，在召唤阳刚的镰刀。初夏时节，麦子成了待阁的少女。"我用脱俗的文字，描写眼前的麦子，其实，当时的麦子并不是我理想中的麦子，很矮，没有肥沃土地上麦子的身高，而我没有埋怨她，没有抱怨她，而是把她看成土地的女儿、温柔的女子，这样的文字，才得到编辑老师马涌的认可和赞誉。自从湖南益阳将其作为中考试题后，各地纷纷选用，这足以证明文字也是有魅力的，有磁性的，有感染力的。

张炜主席的散文也给人一种特有的情趣，这就应验王聚敏先生所下的散文应具有"情趣"的论断，我这里曾记录张主席的美妙文字："我在渠边躺下，小蚂蚱撞得脸上发痒。一只很小的小野兔被我按住了。不停活动的三瓣小嘴，一起一落的小肚子，颤颤的尾巴……"这样优美的语言，我们读来真的感觉一股股美的味道扑面而来，这或许是散文的味道。

散文家耿立兄长，常年生活在南国，偶尔，回菏泽老家与文友相聚，情谊绵绵，对珠海也情浓似海，其中散文《珠海的云》，就是他情感的倾泻和流露，语言精美，纯净。此文获《人民日报》中国作协"美丽中国"征文大奖，真是当之无愧！

红孩会长的散文，在散文界早已成为一种符号，一种标识。成为散文的标杆，我常读常新，获益匪浅，收益颇多。

李木生先生的散文，也同样给予我们特有的味道，散文《午夜的阳光》《圣地三女性》等都给予我们美的享受。王剑冰先生的散文《水墨周庄》《普者黑的灵魂》，也是一种精美的散文，从字里行间透射出一种美感。

陕西作家卢文娟，以深沉的情感，女性的细腻，抒写亲情、乡情、爱情和友情，她的散文质朴，醇厚，有温度，有深情，有情感，很值得一读，尤其是散文集《一树秘密》，更是如此。

郭保林先生的散文集《苍茫岁月》，以大手笔描写出历史文化散文，给我们展示出一个时代的缩影。张宏杰的《王莽本纪》给出我们一段对兴衰历史的思索。

行文至此，我还要提及乡土作家孙继泉、张强、屈凡告，他们生活在鲁西南乡村，是乡村滋养他们成长为作家。

孙继泉是我的同门师兄，我们都曾经跟随恩师于鹤翔学习，继泉兄的《楝子花》从一棵普通的树写起，在字里行间充满对亲情感激之情。家乡的山水、草木、花鸟、鱼虫在他的笔下都是有情有义的生命体。

张强既是我的同事，又是我的兄弟。他写诗歌，也写散文，诗歌写得好，能发表到《诗刊》《北京文学》，散文也能发表到《人民日报》《散文》《散文百家》。在他的笔下，乡村的动物也能够成为他的写作对象，并且写得活灵活现。

屈凡告写散文，写小说，散文写雨，就有雨的韵致，小说也有自己的特色。《雨之情思》就写出了雨的特色，雨的情感。

最后，我不得不说恩师刘成章的《安塞腰鼓》，这篇散文多年前就被选入中学语文教材，成为师生必读的名篇。通篇没有一个多余的字，没有一句多余的话。写出一群茂腾腾的后生，写出土层深厚的黄土高原，写出消化着红豆角老南瓜的躯体，居然可以释放出那么奇伟磅礴的能量。字里行间情感浑厚、真挚、浓烈，没有一点矫揉造作之情，没有一点无病呻吟之感。

　　散文，就要像世间的万物一样，就要各有其自身的味道。才好！

屈绍龙

目　　录

第二章 夏 天

第三章　秋　天

第四章 冬 天

第一章 春 天

苏 醒

　　早春的清晨地上有些霜雪已经化开，接连数日的温暖让地面多少有点变干，这时候新生的植物也暗暗地萌动，有的想探出头，有的躲在地下，有的呈现弱不禁风之美。而那些度过严冬的枯萎植物，则自有一种高贵的美，两者同时出现，倒也相映成趣。

　　蒲公英、荠菜、苦苣菜和各种优美的野草，往往比夏天更容易辨认，也更加有意思，仿佛它们的美非要经过寒冬才能完全展现。还有各种贴着地面的野草和其他粗茎植物，这些是早来的春鸟取之不尽、用之不竭的谷仓。它们都是值得尊敬的野草，至少能够在万物萧瑟的寒冬生存。我特别喜欢弯弯的稻穗般的莎草，它能让我们在冬日忆起夏天，也是少数几种艺术家喜欢描绘的植物之一，在植物的王国里，唯有它和天文学一样，对人类的思想产生过重要的影响。

　　在这段时光里，白雪消融，春水东流，大地返绿，盛开出第一批令人销魂的繁花。杨树枝上水灵灵的幼芽绽裂，香馥馥、黏糊糊、绿茸茸的细叶子张开来，接着，杜鹃就飞来了。

　　在姗姗来迟的春天里，没有穿上绿装的树林中的一切，都是抬头可见的：无论各种鸟儿的巢穴，还是各种正在鸣啭的鸟儿本身，喉咙里发出咕嘟声的夜莺，灰色的鸽子，连在咕咕叫的杜鹃也看得见，还有发情的野鸡，在地面上走来走去，发出咯咯声，呼唤着异性的青睐。

临近三月的清晨，景色非常壮观。青草透着绿色的光芒，树木也换上绿色的新衣，地平线上，一只小鸟钻进了长满绿叶的白杨树的树冠，瞬间就看不见身影了。

树林中，虽然树木的叶子还没有完全长成，空气中却一直飘着树皮和树液的清香味。草木全都苏醒了过来。如烟雾般轻盈笼罩着柳树，林间的小路是那么显眼。

四周静得让人敬畏。头顶偶尔传来几只飞鸟微弱的叫声，一只蝙蝠飒飒地呼扇着翅膀疾速掠过，一只猫头鹰在山中鸣叫，替周遭的寂静与孤独诉说着衷肠。水边频频传来些响动，惊得我不由向身后那个一言不发的身影投去探询的目光。

再要不了几天，或许只需过那么一个星期，大自然便会用奇花异草、青葱的苔藓、细嫩的绿菌，把树林中的景象重新打扮一番。五颜六色的野花，应有尽有——有五彩斑斓的兰花，还有红的、黄的、橙黄的野百合花。在繁花丛中，随处可见鲜红色的石竹。山坳里到处盛开着看似普通却非常美丽的花朵，蝴蝶欢快地翩翩起舞，远远看上去，倒像是花朵在起舞一般美丽。每一个树枝，每一片树叶，都安然地躺在它们倒下或落下的地方。人每走一步，脚都会陷进深厚的苔藓，它像一层细润的绿雪覆盖着大地，化小石为靠垫，巨岩为床榻——变出了一座古代斯堪的纳维亚式的豪华大客厅，布置之精美已经超越了所有装饰艺术与技巧。

我曾不止一次地在树林里穿行，一会儿沿着一条行迹模糊的小道或植被茂盛的林中小径；一会儿艰难地跨过柔软腐烂的落叶，或者在荆棘与酸枣枝条的纠缠中努力开出一条路来；一会儿进入一片野草莓、枸杞和桑葚组成的美妙树荫；一会儿出现在一条点缀着金色蒲公英或白色雏菊的青草小径上，或是在过膝的红覆盆子丛里费力前行……

春天的第一只麻雀，在初春比以往更加充满青春的希望。野鸡也发出微弱的银铃般的鸣啭，传遍了部分光秃潮湿的荒野，仿佛是冬天最后的雪花降落时发出的叮当声。此时，小溪唱起赞美春天的欢快歌曲。白鸽低低地飞翔在草地之上，已经在寻找刚刚苏醒的第一批覆有黏泥的生命。偶尔，它们也站在林壑谷地边的树顶上，可以任意朝各个方向飞翔，在空中画下长长的曲线，忽上忽下，时而凌空去捉一只苍蝇，时而俯冲去捉水面上的另外一只，不一会儿又回到枝上蓄势待发。在所有的林地里都可以听到融雪的滴落声，而冰在湖里迅速融化……

太阳整天照在融化的溪水表面上，这里只见树木林立，地衣长满树身，小山鹰在上空来回盘旋，黑头山雀在常春藤里头叽叽喳喳，野鸭子和野兔子则在底下潜行。可是此时此刻，一个更明亮、更合适的白昼来了，一种不同的生物已经苏醒过来，在那里充分表现了大自然的意图。

看到乡野外河谷以及树林都沐浴在如此纯洁、如此明媚的春光里，如同一些人相信的，即使是一直熟睡的草木，倘若遇到这样的春光，也会渐渐苏醒过来的。不朽就是不朽，用不着什么更强有力的证据了。万物都应该在这样的光线里生活呢，我们人类也是如此，我们的民族也是如此。

早春音符

淡淡的夜色一直依依不舍、多情地留恋着，无声地氤氲着，迟迟不愿意闪身离去。天空上凝固了一宿的深蓝色，好似初春时节残留的冰雪在悄悄地融化。若是凝神细看，浓浓的深蓝好像在微微颤动。头顶上已经看不见灿烂的繁星，环顾四周，隐约可见几颗小星星，在遥远的天际羞涩胆怯地闪着弱弱的微光，是恋着无边无垠饱经沧桑的深蓝，还是思虑着融入即将铺满天空的霞光。

一阵阵东风，偶尔也是东北风，并不大，但寒气好像依旧。吹在脸上，溜过身边，一股寒气瞬间聚拢过来。不过，也顿时令人神清气爽，眼睛也好像刹那间明亮了很多。遥远的东方，凝重的深蓝在此时大概最活跃，已经纷纷地融入了一抹越来越亮的银白。诱人的银白里，渐渐泛出一抹抹淡黄，慢慢地沉淀为橙黄，又悄悄地幻化为轻盈浪漫的玫瑰红。

忽然，一声宛转悠扬的鸟鸣，轻快地飘出茂密的枝叶，融入眼前浅淡的暗影，令人眼前好像微微一亮。悠扬的长啼后面，很自然地带着短促的婉转，非常悦耳，是画眉鸟。

微微愣了片刻，也仅仅是眨眼而过的刹那，脑子里闪出一念，很多天都没有在清晨时分听到如此悦耳的鸟鸣了。今天听到如此美妙的乐声，好像是立春以来的第一次。虽然少，但是清新美妙，随即在心灵里镌刻了喜悦的印记；很快又酝酿成一股股的惊喜，随着热血奔涌着。

刚才两声婉转嘹亮的乐音好像是领唱，紧接着，女贞树上繁密凝重的浓绿里，不断飘飞出一声声音质、音色并不一样的乐音，在密密的枝叶里缠绵，在光光净净的枝干上萦绕，在阵阵寒风里自在地徜徉。恍恍惚惚间，好像正在聆听着一场悠远寥廓的晨曲。仔细想想，隐约觉得也有些不像。萦绕在耳际的乐音的确美妙，婉转悠扬，清脆嘹亮，但明显有些单薄。

悠扬的鸟鸣慢慢地飘飞着，柔情地蔓延着，满天凝重端庄的深蓝，已经悄无声息地稀释成了蓝汪汪的碧蓝。晨曦里几缕轻轻的雾岚，在清新悠扬的鸟鸣声里，悄悄地飞升，慢慢地幻化为几丝洁白的轻云，似乎有点害怕清晨的寒冷，静静地飘浮在遥远的天边。又恍若轻盈闪光的银丝，天衣无缝地镶嵌在一块硕大的蓝玉上。五彩绚丽的东方，在一曲曲悠扬的乐曲声里，多情地幻化出一束束玫瑰色的霞光，喜滋滋地蔓延开来。

"咕咕咕，咕咕咕"，几声灰斑鸠亲切的情话后，"吃果果——果"，珠颈斑鸠热情嘹亮的呼唤声，迫不及待地随后响起，在遍地洁白的微霜上，湿腻腻的寒气里弥漫着。火红的朝阳在霞光的簇拥下，喜气洋洋地露出笑脸。天地之间，刹那间都是一片金色轻盈的光影，处处都闪烁着耀眼的神光。

东风阵阵，持续不断地拂过脸上，吹过身上。不知道是不是因为被火红的太阳热情地渲染着，脸上好像没有多少令人厌恶的寒气，感受到的是令人欣喜的清凉。看看沐浴着朝霞、四季常青的女贞，以及其他松柏树浓绿色的叶片上，依然光光净净的枫杨、白杨上，迷人的神光里，依稀有些异常的神色。浓绿的叶片间，隐约萌生出尖尖的翠芽；光光的树枝上，很有规律地间隔排列着似有似无的青紫色芽苞。春天来了吗？

轻轻叹息一声，忽然想起惊蛰那天午后见到的情景。

那天午饭后小憩片刻，朦朦胧胧里，心里猛然一乐，立刻睁开眼睛，"睡起宛然成独笑"一句，无声地闪现在眼前。清醒时更加觉得好笑，此时根本不可能看到、也不可能听到宋人蔡确笔下"数声玉笛在沧浪"寥廓壮观的情景，笑啥呢？心里寻思着，探寻的目光，已经轻轻地飘出窗外，轻盈地落在一片苍劲灰白的白杨林中，逡巡在被白杨林环绕的菜地里。午后的阳光竟然十分明媚、灿烂，多情地挥洒着温馨、温情的光芒。一株株傲然挺立的白杨树，沐浴着金色的光芒，微微闪着银白色的光晕。菜园地里整整齐齐的菜畦上，一棵棵大白菜纯白的叶柄、碧绿的叶片，在明媚的阳光下喜滋滋地舒展着。几乎每棵白菜的中心，都挺立着一根仿佛绿玉雕琢的嫩苔，上面顶着一簇米粒般大小的黄嫩花苞，全都跃跃欲试地努力生长着。偶尔还可以看到一两朵明黄色的小花，害羞似的藏在嫩黄的花蕾丛里，稍稍闪现着亮丽的风采。菠菜、芫荽等，仿佛憋足了劲，猛然间就要上窜一大截。忽然，"呀——""呀——"悠扬嘹亮又好像饱经沧桑的两声长鸣，轻轻地牵扯了疑惑的目光，还没看清楚，几道青灰色的影子瞬间一闪，就窜入林子里不见踪影。惆怅的目光，还在爽朗的林子里来回搜寻，几声"咕咕咕""咕咕咕"，亲切的声音轻轻飘来。不知何时，菜园地边上用作篱笆的石榴树枝丫上，已经停留着两只玲珑可爱的灰斑鸠，灰色的羽毛在明媚的阳光下微微闪着葡萄红，甚是诱人。

"喳喳喳喳"，几声清脆欢快的欢叫，把我从浅浅的思绪里温柔地拉回来。

火红的太阳已经渐渐明亮，绚丽的金光轻盈地挥洒着，远远近近一片冷冷的湿腻腻的明亮。脑子也瞬间活跃起来，仿佛一双优雅的翼翅轻巧地扇动起来。忽而记起日日走过的路旁，一条小河里、几口池塘旁边，薄冰的影子，已经越来越难见到。不知从哪一天起，小河的流水虽然没有像一首歌唱的那样哗啦啦地作响，但是，已经潇洒自由地徜徉了很多天。岸边的水草野蒿已经发青，河水里浓绿的青苔，仿佛凝聚了一个冬季的绿色，应和着流水的节奏，扭动着曼妙柔软的身体，偶尔可见一两条寸来长的小鱼徜徉其间。静静的池塘，宛如一块温润的美玉，天衣无缝地镶嵌在村庄边、田野里。

平静的水面倒映着碧蓝的天空，轻盈的白云，宛如铺开了一幅清新淡雅的水墨风景画。小河边、池塘边枯萎的芦苇上，时而闪过几只鸟雀轻快的身影，还没看清就不见踪影，只留下几声清脆欢快的叫声，在小河上伴随着流水轻吟，引得池塘里的小鱼都不时浮上水面四处张望着。

不知怎的，脑子里忽然又闪出一幕朦胧的雨景。清明过后，第二天清晨蒙蒙亮，一场小雨悄无声息地飘飞着。说是小雨，真是名副其实的小雨，就如朱自清先生优美清新的散文《春》里说的，像牛毛，像花针，像细丝，密密地斜织着。忽然想起僧志南的"沾衣欲湿杏花雨，吹面不寒杨柳风"，轻柔的话语已经溜到了喉咙口，却自我解嘲般笑起来。眼前无边的细雨里哪来杏花？更何况风吹在脸上，还是让人觉得寒冷。

不需要仔细寻找，在各处光光净净的树枝上，四季常青的树木繁茂的枝叶间，以及草色遥看近却无的地面上，随处都可以看到一两只，或者十数只各种各样的鸟雀欢欢喜喜地在嬉戏，轻松愉快地在唱着美妙婉转的晨曲。

恍恍惚惚间，一声声婉转悠扬又清脆嘹亮的鸟鸣声宛如天籁，逐渐氤氲开去，轻盈地飘落在树木的枝丫上，慢慢地幻化为一枚枚碧绿脆嫩的芽苞，沐浴着细雨晨露，喜滋滋地生长着；鸟鸣声多情地浸入迎春花、樱花苗条修长的枝头，化作了一朵朵含苞欲放的花蕾，笑嘻嘻地迎着还有丝丝寒气的东风，自由自在地绽放着；鸟鸣声舒心自在地在渺无边际的旷野上蔓延着，无声地变化成一棵棵脆嫩的草尖，柔情地舒展着玲珑的躯体，遍及天涯海角……

春的味道

　　乡野的清晨，在明媚的春天，是享受味道的时光。在清晨的空气还没有与风和刺眼的阳光掺和在一起时，筛选出它那纯正的气息。而且，无论我在何处，都能发现值得记忆的东西。

　　不久前的一个清晨，我沿着湖畔的小道边散步边听着春天的声音：潺潺的流水和水打岩石时叮咚的响声，刚刚融化的泥土浸透出的声音。鸽子在树杈中鸣叫，灰喜鹊在草地上唱歌。然而，比那个五月清晨的声音更妙的是湿润的土地和百花齐放的芳香。柏树散发出的那迷人浓郁的香气充满了活力，可谓沁人心脾，独占鳌头。黏稠的树脂带着坚硬的外膜，周边半米内皆是漂浮的芬芳。

　　最绝妙的气味是松树、云杉混合的气味，那香气顺风能飘到数十里之外。假如你能像我这样，在雨后的一个清晨，当树林还带着露珠，被初升的太阳引出了香脂之时闻到香气，那么你就会真切地享受到北方的飘香。

　　那天清晨，从雨后的山地和溪谷中飘过来的空气恰似滋补良药，令人神清气爽。树脂的香味是我们生活背景的一部分，是我们的祖先在其他大陆的松树林中林居生活的一部分。我们对它们的反应是人为意识的组成部分，我们的潜意识中充满了这种气味，这种气味所唤起的回忆与我们古老的生活是如此的密切相连，无论在远离野外的城市生活多久，都无法彻底抹掉它们。

　　在所有的树脂的香味中，香脂冷杉似乎最具激活生动回忆的魔力，或许是我居住的乡村中香脂冷杉比比皆是的缘故。当我走过一片香脂冷杉时，总是在手掌搓着一些松针，尽情地吸一阵浓郁的松香。那令人心醉的气味勾起了我对香脂冷杉的回忆。

初春的花朵已经绽放，放眼望去，一座座小山宛若被人用巨大的画笔轻轻地抹上几笔淡绿。在乡村路边上，我发现一个池塘里融化的雪水将要溢出池边。野鸡在池塘边调着嗓音，欲展歌喉。我在池塘边的干草堆上俯下身子，将脸靠近水面。池水渐渐地趋于平静，倒影消失了。我从水中看出了树叶、小卵石和零星的小草。

或许，在所有的气味中最美妙的当数花香。蒲公英就是其中之一。这种小花总是第一个开放，有时甚至在冰雪融化之前。它似乎是北方最迷人的花香组合，没有任何后来者能像它那般精美微妙。仲夏的花香最为浓厚强烈，然而，这些最早绽放的花朵蕴涵着一种完美，那种如同最早变暖的泥土、融化的积雪和绽开的花蕾般的完美。仿佛所有的这一切都融入了一种花朵的绽放，让你提前品味一下即将到来的花香。

一天清晨，整面山坡上都覆盖着蒲公英那白色和黄色的花簇。那天清晨，万籁寂静，布谷鸟在欢唱，到处都是它们的啼鸣。我没有采一朵花，而是在那里待了一小时，欣赏着蒲公英，张开我的感官，吸入它们的芬芳。

清晨的气味堪称是一种奇遇，如果你能在新一天开始之时，走出户外，吸一吸空气，总会令你精神振奋。假如你持之以恒，或许有一天你能够从空气中闻出即将来临的雨水或风暴。可以肯定的是：无论你是否彻底恢复了原始直觉，都会发现许多新鲜的事物并且打开一些意想不到的欢乐通道。

春风邀我去踏青

春风徐徐，轻抚着我的脸颊，在我的耳边娓娓诉说着缠绵悱恻的絮语。春风袭来，荡起层层涟漪。

春暖花开，桃红柳绿，春天，集大自然的万千宠爱于一身，注定是一个妙不可言的季节。就像一个刚出生不久的娃娃，每一天都是新的，每一天都会有不一样的精彩。行走在这个季节里，惊喜无处不在，仿佛一不小心，就能与它撞个满怀。

可不是吗？那些被寒冬压抑的热情，那些苦苦挣扎的艰辛，均在这个时间的节点转化成生命的力量，喷薄而出。莺歌燕舞，繁花似锦，大自然用春天的热情，将静默了一整个冬季的素颜，用诗意的笔墨装点，呈现给我们的是五彩缤纷的绚烂。

当你双脚踏上土地时，你就会发现脚下的土地，松软无比，软绵绵的，与冬天的土地完全不一样了。田埂上的野花，早就露出笑脸，迎接踏青的游人。白的纯净，粉的清雅，黄的尊贵。

三月仲春，春风吹荡着柳树垂荡的长发，宛若摇出簌簌乐音；细密的雨斜织着，在春风的衬托下轻柔摇摆。

继报春的梅花之后，玉兰、海棠、迎春、樱花相继开放，紧随其后的便是艳丽的桃花。

三月桃花，因其娇美的容颜备受踏青赏花人的喜爱，也因其浪漫的情怀深得文人墨客的青睐。"人面不知何处去，桃花依旧笑春风""人间四月芳菲尽，山寺桃花始盛开""桃花一簇开无主，可爱深红爱浅红"等精美的诗句纷纷融入我的脑际，浮现在我的眼前。

时常，我仿佛沉醉在江南的春景里，看江花红胜火，看春水绿如蓝，常常又陷入深深的思考。最喜欢那些烟雨蒙蒙的日子，漫步湖堤，让携着水气的风拂在脸上，带来别样的清新。眼前，那些新绿的柳丝，舒卷飘忽，细嫩的枝叶上挂着点点珠泪，常触动我心，仿佛那烟笼十里的，不是嫩绿的柳丝，而是一帘一帘密密麻麻，欲说还休的心事。

记得小时候，最喜欢的事就是随父辈们一起去乡下扫墓踏青。阳春三月，莺歌燕舞，那一畦畦碧绿的麦苗，一片片金黄色的蒲公英。间或夹杂着成片成片的紫云英，白马河岸边，碧草青青，一垄垄正在开花结荚的蚕豆上，粉蝶飞舞，这场景总是让童年的我欣喜万分。趴在船帮上，看清澈的河水在桨影中徐徐退去，看河底的水草飘飘忽忽，总会忍不住伸出手去触摸，那清清凉凉的河水哟，霎时漫过小手，漫上心坎，它曾经润泽过许多儿时的梦想，以至于现在回想起来，依然馨香无比。在小船咿咿呀呀的桨声中，划过了儿时，划过了少年，乃至整个青春，而所有的美好也就随之定格在了脑海深处。

记忆深处，一个偏远的小山村若隐若现。鲁西南，普通乡村，世世代代以农耕为生，日出而作，日落而息，山脚下，是乡民们世代居住的地方，一条弯曲的白马河缓缓流过。低矮的篱笆墙围起一个个农家小院，简陋的泥巴房前种着瓜果蔬菜，不时有一两声鸡鸣从院墙的角落里传来，不时又有几棵桃树从低矮的院落里探将出来。篱笆墙外，便是弯弯的山道，溪水沿着山道蜿蜒而下，溪坑的另一边，是一片片开出来的山地，遍植桃花，沿着山坡向上，便是农家院，偶尔还能见到农人放牧的老牛。每每与同伴追逐在桃树林里，看一树树桃花争艳，看一树树桃花飘飞，落红成阵；每每坐在山涧旁边，呼吸着清新的空气，看殷红的花瓣随溪流而下，欢快地流淌；每每看耕作的农人，满脸知足地从我的身边走过；每每看见在河边捣衣洗菜的村妇，温和而开心的笑颜，我都会情不自禁沉醉其中，欣喜满怀。

谷雨香椿味正浓

在我家的旧院子里，生长着许许多多香椿树，它们遍布院子的每一个角落。

惊蛰一过，我们就盼望着它们发芽，在那春寒料峭的日子，香椿树，只是在静静地积蓄力量，等待萌发的时机。

人急树不躁。我整日在院子里溜达，期盼它们早日发芽，然而，干枯的树枝，依然从四面八方指向蓝天，不急不躁，迟迟不肯吐芳香。

一个阳光灿烂的清晨，我照例散步到旧院子周边，远远地，我在和风中嗅到一丝缕缕清香。此时，我加快了脚步，急切地走进院子，急不可待地跑到树下，踮起脚，寻找蓝天下的那片暗红色。看见了，一簇簇短短的芽子，立在树的每一个枝头顶端，向我露出笑脸。从高处到低处，错落有致，像是有精巧手艺的妇人给它们梳理好了小辫子，或是面食工匠将它们打扮成麻花，将积蓄一冬的力量热情地绽放在这个温和的季节。我怕是幻觉，不敢相信自己的眼睛，于是乎，我摘下眼镜，用手轻轻地扳下一个细小的枝条，近距离观察，果真不假，是芽，仔细用鼻子一嗅，真的有一股浓香。

在这个时候，卖豆腐的吆喝声仿佛也比往日频繁了，声音里饱含着期盼，声音里蕴含着芳香。

日头渐渐升高，香椿树上的一个个小辫子，一个个麻花，慢慢地变成一个个精美的鸡毛毽子，像一朵朵美丽的烟花，呈放射状的模样，面朝着太阳生长。此时，心情急切的妻子，总是提前掰下一些低矮处的香椿，放在温水中一烫，褐红色的叶子，立刻变得嫩绿了。不一会儿，一盘香喷喷的香椿凉拌豆腐就呈现在饭桌上，出现在我们的眼前了，不动筷子，口水就先流出来了。绿色在白色的衬托下显得更为鲜绿，白色在绿色的点缀下显得更加洁白。远远地，就能闻到一股浓香的味道；走近看，一盘绿白夹杂的美味佳肴呈现在眼前，这真是一件令人愉悦的事呀！

在这会儿，家里养的几只母鸡，也懂事聪明多了，这个时节，也有意识地勤快了。几个鸡蛋加上一点嫩绿的香椿，就是宾客们最为喜欢的一道乡间美味。

头茬香椿最为珍贵，它们积蓄了一个冬天的力量，萌发而生，无论怎么吃都香嫩可口，余味无穷。由此，我想起江南明前的龙井、碧螺春等茶的鲜嫩，味道淡雅而清香。透明的玻璃杯，淡淡的色彩，透射着一种光泽，给人一种品不透的香味，尖尖的叶子，在温水中，浮浮沉沉，沉沉浮浮，那或许，就是一种力量，甚至是，一个季节的积蓄与迸发，所表现出的喷涌。正好像地下的泉水，在找到适合点时，就会持续不断地喷涌而出，那是地下水的生命搏动，是它胸脯的呼吸起伏。谁也说不清那是快乐的颤抖，还是幸福的战栗。总之，树上的一切气氛是多么祥和呀！街道上、巷口处……空气中的香味也正处于饱和状态，洋溢出来了，每一条街道、每一个巷口，都能嗅到一种浓烈的味道。

商贩的嗅觉最为灵敏。一大早就在街道上吆喝，"买香椿喽！买香椿喽！"不一会儿，就能听到啪啪啪的声响，紧接着，一股清香的味道扑鼻而来。不知谁家手巧的媳妇，弄出一道香椿炒鸡蛋，香气伴随着缕缕青烟飘散出来，与空气糅合在一起，融为一体，我们一时分不清哪一种香味更为浓郁，更为清新，更为诱人，更为令人驻足。布谷的叫声，麻雀的叽喳，鸽子的咕咕，山鸡的啼鸣，仿佛也都在增添特有的味道，连空气的味道，也比往日清新了许多，空气质量达到史无前例的优良。

一时间，城里的大小酒店里，在手艺精湛的厨师们精巧的加工下，各种花样的香椿菜肴，在宾客眼前光彩夺目、色味诱人。

城里人，也奔香椿而来，他们投亲奔友，只为尝尝没有污染、没有杂质的香椿的滋味。麦田青青，野菜稀疏地长着，荠菜也日日更显得衰老，白色的花朵在风中不停地摆手，仿佛告诉我们，它们羡慕生长在农家院里的香椿，它们遇到好主人，找到好的落脚地，才有旺盛的生命力。旧院子里的香椿树，有的高达四五米，有的低矮不过一米多高，院子的每一个角落，都能见到它们的身影和足迹。第一次采集下来，重达十几斤，妻子舍不得全部享用，送给邻居一些，虽然不多，但邻居们依然能感受一种芳香，一种情谊，一种温暖。

接下来的日子，香椿得到阳光的雨露，就如鱼得水。一茬又一茬的香椿吃下来，夏日将至，我们对香椿的情谊也日渐淡薄了。妻子就将香椿洗净，晾干水，尔后，用盐轻轻地揉，揉到盐分与香椿融为一体，放在阳光下晒干。冬日里，每一次，我们家吃面条时，拿出一些香椿，切成细丝，放上一点醋和香油，连最讨厌吃面条的我，本来只能吃一碗足矣，而在这时，就能吃得直不起腰了。

我闻着它们的香味，好像闻着其他鲜美的果实一样，芬芳美味。妻子用瓷坛盛放好它们，以尽可能让这种香味保存得时间长一些，更长一些。

这种干香椿能保存的时间更为长久，不然，夏日一到，香椿的清香味就消失了，是妻子用这种巧妙的方法，保存下来香椿的味道，让我们能吃上一年的香椿味，且历久不散。

我的生日是农历正月，是难以见到香椿的日子，每到我的生日那天，妻子就按惯例给我煮一大碗长寿面，还有不可缺少的菜肴——腌香椿。吃着面，咀嚼着香椿，我清晰地看到，在香椿叶片褶皱的缝隙间，珍藏着女性一颗炽热的爱心。

草木味道

　　早春四月，清晨不冷不暖，春日的暗光笼罩着大地，西北方的云层透出的微光，柔和却又变化莫测。风很大，站在开阔地你会感到指尖微凉，到处都是树颤花摇，连草也迎风舞动起来。屋外的绿地上能挡风的只有一行榆树和栗子树，但它们连嫩叶都尚未长出。所以风就这样长驱直入，搅动一池春水，造就了小小的一片汪洋。

　　池塘泛起阵阵涟漪，绿地上丛生的茅草叶片狭长，被冬日的雨水冲刷成一片平坦的棕黄色地毯，在风中几乎寂然不动。草地上，一簇簇淡紫色的小花点缀其间，随风飘摇。除了一两株奇形怪状的蒲公英和几片隐身于草地的白屈菜，很难再看到花朵的痕迹。假如没有这些花，这恐怕还只能算是冬天吧。

　　每到春天来临，树与树的间隙就会密密麻麻覆满一层深绿色的植物，若想穿过此林，我们非得踏过蓝铃花、银莲花和别的林地植物的叶子不可。银莲花的美丽转瞬即逝，只有经常前去小树林探访，你才能领略到银莲花的完美丰姿。银莲花的花茎细长，颜色鲜红，只有几寸高，周围环绕有三片叶子。银莲花的花朵呈杯状，花心颜色金黄，六片洁白的花瓣微微下垂，花瓣下有时隐约可见一抹淡淡的紫色。银莲花的叶子不但数量为三，每片叶子还裂为三瓣。叶片坚韧耐寒，花朵却娇嫩异常。

　　农舍后面的斜坡上覆盖着茂密的柏树林，左右两侧则是花园和草地，草地是一条狭长的土地，上面还长着些榆树。农舍的正前方地势有些低洼，一条小溪蜿蜒流过，像是为草地镶了一条银边。跨过小溪，前面就是一片柏树林场，水面上方就是柏树墨绿色的枝叶。

草地的榆树上到处都是白嘴鸦筑的巢，春天的时候，这片深谷里一定到处回荡着它们嘎嘎的鸣叫声。

小树林与周围的草地之间有一道堤垄，垄上满是蓝色的野生紫罗兰，这种花没有香味，盛开时花瓣又宽又大，几乎能与三色堇媲美。不过，它们直到花期将近时才会完全盛开。附近的草地面积较小。其中有一块泥泞潮湿的草地上长满酢浆草，花开时白茫茫一片，花期可长达数周。这些花有的地方是银白色，有些地方则呈淡紫色。野花通常如此，生长地点各异，颜色也各有不同：在阴暗的树林里，云兰或蛋黄草类植物颜色苍白暗淡，类似硫黄的颜色；高地上的云兰则是美丽的深黄色。这片泥泞的草地上有条沟渠，里面生着一大簇车叶草，碧绿的轮生叶片上抽出一朵朵白色的小花。野生黑莓的枝条弯下来，叶子五片一簇，片片生着绒绒的毛刺。黑莓的枝条一旦着地，立刻就会扎根抽条，如果不及时修剪，很快就会长得满山遍野。

早春时节，这里还会有芦苇，细长的苇秆齐刷刷地向上伸展，顶端生着两片长矛一样的叶片。芦苇的高度因生长地点不同而有所差异。若是生在刚被修剪过的树篱之中，芦苇只能长到四五尺高；若是生在一处土地深深下陷的角落，或是长在灌木丛里，芦苇就会细长高大，我们哪怕举起手杖也很难碰到苇尖。黑泻根的蔓条相互缠绕便可以相互支撑，倘若只有一根藤条，就会因为无法支撑自身的重量而垂落下来。

在靠近水源的地方，也有各色植物相互争艳。莎草抽出三棱形的花茎，狭长的叶子上有一道道的棱纹，深色花穗高高挺立，布满了浅黄色的花粉。牛蒡的叶子宽大，常被我们采来盖在篮子上，保护新摘的蔬菜免受阳光照射。水杨梅沿着地面匍匐生长，花有些类似毛茛，花茎细长，枝蔓攀爬得整条沟渠都是，到了秋天就长满带软刺的小绒球。薄荷散发着强烈而独特的气味，绝不会被认错。苦苣菜的花颜色洁白，偶尔夹杂一丝淡淡的黄颜色，这几乎是蜜蜂必然会造访的花朵。

每周我都会来到小溪旁边，坐在白杨树下欣赏风景。路旁的牛蒡叶子逐渐舒展开来，花朵也竞相绽放。蒲公英、白屈菜、金盏花和忍冬的花开成了一片金黄色的花海，简直占尽了春色。紧紧簇拥着它们的还有些紫色的连钱草、红色的野荨麻和雏菊，哪怕一些也会在周边区域大放异彩。黑刺李、马栗树和山楂树也相继吐蕊开花，而整片草地因为长满了毛茛而变得一片金黄。

　　不过，溪水流淌，如往日般清澈甘甜，有些地方水位很深。水面很宽，无法一步跃过。下游的拐弯处长满了茂密的莎草，柔嫩的蒲草则占据了上游，一副此地非我莫属的神气。水面四周还能看到野山鸡和田鼠出没，不过水中却没有鱼儿的踪影。沿着草地的一侧有条很宽的沟渠，径直通到小溪处。洪水暴发时，溪水一旦上涨就会流入沟渠，然后漫灌到位于平行位置的草地。

　　我的正前方，朝南的方向则是一片空旷的草场和宽广的麦田，温暖和煦的风不时吹来一团团的白云，草场和麦田明暗交错，时而被阳光普照，时而被云影笼罩。

　　淙淙流水蜿蜒穿过草地，朝我的方向奔来。溪水微颤，似乎随时都会漫过溪岸，像红酒般漫到杯口却未溢出。溪水与绿油油的草地等高，水流平缓处波澜不兴、闪着微光，如同打磨抛光的明镜，唯有柳树的倒影投在水面。靠近小桥处，微风骤起，吹过桥拱，霎时荡起粼粼波纹，水光潋滟、金光四射。溪岸处多有缺口，流水经过时顺势划出一道道流动的曲线，线条如水晶般清亮、硬朗，然后在岩石上撞得粉碎，浪花四溅，传来一片气泡噼啪破裂的声音。

　　视线越过长满谷物的绿色斜坡，可以看见轻薄的雾气在远处的林间缭绕，群山若隐若现。白杨树娇嫩的新叶色泽浅淡发白，在风中发出微弱的沙沙声，尚不能像大片叶子那样哗啦啦作响。马栗树的枝叶遭了霜打，无力地垂下了头，宽大的绿叶一时再也无法遮挡阳光。可以看见远处人行道上零星散布着白色的斑点，那是黑刺李树丛凋零的花瓣。

　　此时，沟渠中并没有水，沟里的野草颜色泛黄，因为最近还在水下浸泡的缘故，带着一丝浅淡苍白，与四周一片生机蓬勃、芳香四溢的碧绿草地形成了鲜明的对比。草地上有棵湿地金盏花，长得十分粗壮，茎秆有四分之一寸粗。在洪水漫灌时恰好够不到的草地边缘。草丛里还长着一棵小豆蔻，开着淡紫色小花。

有个角落里长满了山茱萸。夏天山茱萸的花开得赏心悦目，秋天则缀满深红色的浆果，叶子变成了鲜艳的黄褐色。霜冻过后，有些叶子的边缘会变卷翘，颜色也会变成深红色。这里还有两三片绣球花树丛——野生的灌木，它们在六月开满白花。这种野生绣球花不像公园里培育的那样呈雪球状，而是呈扁平的环形，处在外圈的小花最为洁白，靠近中心的部位则略显淡绿。到了秋天，纤细的枝条被一串串紫色的浆果压得弯下腰来，这些浆果个头很大、异常饱满，好像随时会迸出红色的汁液来。

夏天，在温暖的阳光照耀下，粗糙的墙、茅草屋顶、爬满常春藤的窗户都镀上了一层迷人的光辉。灰蓝色的炊烟从高高的榆树旁边袅袅升起；把菜园和道路分隔开的树篱青翠茂密，园子里到处都是果树，开满了五彩缤纷的鲜花。

温暖和煦的日子里，在潺潺的流水声的伴奏下，白嘴鸦不停地嘎嘎大叫，肆意表达着对太阳的欢迎之情。阳光照进湿润的犁沟，晦暗的土地便闪闪发亮。在薄雾弥漫的远方，鸟儿似乎在欢唱啼鸣，它们在空中急速转身，羽毛雪白的前胸一闪而过。站在池塘边，鱼儿就会进入视线，它们四处悠游的时候便从藏身的深水暗影中显露出来，因此云雀总是在池塘边盘旋低飞，穿过薄雾而来，飞过你的面前，又在你的面前消失。突然间，云雀发现了自己追求的伴侣，便忘记了近在眼前的目标，猛然冲上天空，边飞边唱，音符在空中响起，落在阴暗潮湿的土地上，落在湿漉漉的枯草上，落在篱笆旁边衰败枯萎的蕨类植物上，歌声响彻四周。听着云雀的歌声，有那么一瞬间感觉就像是春天来临了。那歌声中闪耀着阳光，云雀与光芒融为一体，给寒冷的二月带来了片刻夏日的温暖。五月的时候，日出之前云雀就在空中飞舞盘旋，太阳升起时的光芒穿透它的歌声倾洒到我们身上。日出东山的那一刻,第一缕阳光便落在飞翔的云雀胸前。云雀似乎与阳光合二为一,它从潮湿的垄沟掠过时,太阳的光辉也会追随而来。不久之后,云雀再次落到地面,在一行行嫩绿的麦苗之间疾走奔忙。赤日炎炎的夏季,当明亮的阳光无情地灼烧开阔的山坡草地时,云雀还是一边高飞一边歌唱。它吃力地飞上山丘,沐浴在阳光中,突然开始放声高歌,一连串轻快的音符从空中倾泻而下。在我的脑海中,云雀总是与明亮的光线、灿烂的阳光、东升的太阳以及碧蓝的天空相连,因此即便见到它的时候仍是霜雪漫天的严冬,我们也可以确信,春天一定会归来。

在寓言中,冬天总是象征着寒冷、残忍和绝望,可它为何不能与代表希望的东西联系在一起呢?冬天为何就是枯叶、飞雪和用来砍伐、破坏的长柄镰刀,而非可爱的云雀呢?它们成群结队飞过被白雪覆盖的田野大地,寻觅着一块块积雪被风卷走、枯草裸露在外的草地的时候,我们可以听到它们轻松愉悦的呢喃絮语或是此起彼伏的呼唤啼鸣。云雀是光明之鸟,寒冬的白昼虽然短暂而严酷,它们却依旧在天空飞舞高歌。还是让云雀来代表冬天吧,因为你若在树篱中细细搜索,便会发现灌木和乔木的嫩芽,它们被叶鞘层层包裹、保护,就像披着厚厚的斗篷。让如针般细长尖锐的麦苗的嫩穗代表冬天吧,让风吹走覆盖在它们身上的白雪,以此昭示纵然土壤寒冷、冰雪严寒,绿意却在白雪覆盖下萌发,可以确认春日必将到来。白色的新月弯弯地挂在天空,月色皎洁如霜,只有逐渐变圆时才会染上一丝淡淡的黄晕。就让新月作为万物增长的象征吧。让放在角落里的牧羊人拐杖作为羊群数量已大为增加的象征吧。牧羊人是生活在酷寒严冬时节的人类的代表,他们的工作在冬季远比别的季节更加重要。那些只在五月才会出门、惬意地在郊野漫步的人,看到羊羔在草地上嬉戏玩耍,自然就把小羊与五月的鲜花联系在一起,却不知道羊羔出生在风雪交加的严冬。或者,你也可以把晨星当作冬天的象征,因为它在冬日黎明时分的天空燃烧、闪耀,投射出明亮的光束,如同金属在氧气中燃烧时发出的耀眼光芒。在我看来，没有什么能与晨星的光辉灿烂相媲美，而那时正值黑夜沉沉、万物隐匿于虚空之中。小羊在围栏里出生，晨星在天空中闪耀，嫩芽在叶鞘保护中生命鲜活，谷物在白雪覆盖下酝酿生长，云雀在飞过天际时放声歌唱，这些对我来说才是冬日的寓言。

在阳光的照耀下，光秃秃的枝干闪着棕色的光泽。坡顶上长着些荆豆灌木丛，放眼远望，可以看得见天际一道道连绵起伏的丘陵的轮廓。灌木丛的拐角处是几棵颜色暗沉的松树，若是眼睛一直朝松树的顶尖看，就能发现几只雀鸟正在阳光下取暖。在厚厚的松针庇护下，不但它们免遭了冬日寒冷气流的侵袭，连松树上方的天空也好似更加蔚蓝。此时雀鸟心中已经充满了对即将到来的欢乐时光的想象，只等着山毛榉旁边的苔藓、冷杉树干上的青苔和枯枝分杈处的松散纤维多到足够它们取来筑造宽大的鸟巢，抚养成群的幼鸟。又有一大片云朵飘来投下暗影，然后山谷再次被温暖的阳光拥抱入怀。一阵风袭来，田地里一垄长得十分茂密的青色麦苗好像服从风的命令一般，齐刷刷地弯下了腰。

时光飞逝如斯，不舍昼夜，世界改变了模样。古老永恒的大地终于在漫长的飘荡、沉积和忧愁过后迎来了欢欣喜悦，迎来了第一批鲜嫩的绿叶。

拥抱春天

　　春的颜色真是五彩缤纷，太阳是红灿灿的，天空是湛蓝的，树梢是嫩绿的，迎春花是娇黄的……难怪诗人爱吟咏春，画家爱描绘春，因为春是世界一切美的融合，一切色彩的汇总。我很奇怪，这五彩缤纷的色彩，为什么会不约而同地选取在春的时节来到大地呢？

　　春雨是连绵的、柔和的，她滋润大地，抚摸大地，小声地呼唤大地，在人们不知不觉的时候，她们竟悄悄地汇成了小河，积成了深潭。啊，原来是春雨给潭水带来绿色的生命。

　　风和雨总是结伴而来的。早春的，带点寒气的风，吹醒了万物，树梢绿了，大地绿了，连高耸的楼房的平台也绿了。宋朝的王安石有诗云："春风又绿江南岸。"说得多么好哇！但又何止是"绿"！

　　在风的吹拂下，满山满坡的野花睁开了眼，一朵、两朵，一丛、两丛……连成片，汇成海。人们面对这蓝的、红的、黄的……气势磅礴的色彩的海洋，烦恼没有了，萎靡没有了。感谢春的色彩给我们带来向上的力量和信心。

　　再看看春的天空吧。怎么天空也是五颜六色，使人眼花缭乱？啊，那是孩子们放的风筝。在蓝天白云映照下，千姿百态的风筝潇洒自如地飘舞着，飞升着，多么使人心旷神怡的景象啊！春天属于孩子们，天空属于孩子们，然而，他们不是同时也在努力地打扮着春，增添着春的色彩吗？

　　喜欢春天的色彩，喜欢春天的气息，喜欢春天的感觉。

　　总捕捉不住第一抹绿的瞬间，不经意间草坪点绿，柳枝如烟。花骨朵露出一线红，水天是淡淡的蓝。

吹面不寒杨柳风，新翻的泥土的气息，植物萌发的气息，花朵吐芳的气息都在微微润湿的空气里酝酿，吸一口让人迷醉。

　　沾衣欲湿杏花雨，斜风细雨不须归。傍晚时节独自漫步在乡间小道上，夕阳映红了脸，柔风抚弄着秀发。大自然的肌肤与你贴得很近，你能感觉到她的体温，感觉到她的呼吸，甚至能感觉到她的心跳。全身心得到放松，天地间只有你自己，自己也融化在春天的温柔里。

　　桃花开了，又是一年清明节，柴门半开，人面绯红，千年的画面，千年的情结凝聚在斜风细雨的小径间。

　　盛开的桃花柔美，娇羞，让人觉得兴奋，喜悦。笑迎春风的桃花，掩映千年的人面，永远缠绕在有情人的情愫里。

　　春色恼人眠不得，月移花影上栏杆。柔情的春天悄悄爬上了你的窗台，走近了你多情的梦境里。

　　我最后明白了，春天的色彩为什么这样丰富：是春姑娘手中的彩笔勤奋地挥动着；是稚气的孩子们天真地打扮着；是被人们忽视的小草默默地孕育着。尽情地享受着春的色彩怡悦的人们啊，你为春的色彩贡献了什么？

　　早春的风激荡起开心的欢笑，空气中弥漫着温馨而热烈的气息。人们感受到了日子的芳香与忙碌，时间也在这盛大的日子里，散发出沉淀已久的醇香。餐桌沉沉，谱写着深深的期盼。亲人们相互依靠，互赠快乐，静静体味着家的温馨，灵魂的皱纹在这最深最沉的时刻得以温柔地伸展。幸福的感觉就这样点点滴滴地渗透到了人们的心里。

　　慵懒的冬天，在雪花的飘落声中，渐渐远去。在欢乐的热浪里，在吉祥的祝福声中，春悄然而至。千年的循环依旧，春淡淡的温柔里有着无法隐藏的美丽。温暖而不炙热，明媚而不耀眼，宽容而不苛刻。她用坦然宽厚的笑容，解释所有的老茧和血泡，解释所有的期盼和向往。这是一个充满朝气的季节，所有的期望都在那里萌芽。春风柔柔地吹化了冰雪，吹散了薄雾。春的歌声穿过纷扰的尘世，唱绿了石缝中的小草、江边的树林和庭院的青苔，唱来了南飞的大雁，唱醒了沉睡中的青蛙……唱出了一个多彩多姿的世界。

在春天里，拔节的不只是小草，也有我们的梦想；在春天里，成长的不只是禾苗，也包括我们的感悟。就让我们怀揣着一份充满阳光的感动来拥抱春天，把春的消息化作满腔憧憬，把心的祝福化作满怀豪情，在春天播种下汗水浸润的信念，在秋天去收获果实累累的期望！

寂静乡野

春姑娘姗姗而至，转眼间，春天到了。持续几天的春风，千呼万唤迟到来的春雨，令人露出笑容。新萌发的植物像从大地中渗出的水，还未溢出陈年的枯草丛。在这样的季节劳动，感觉舒畅和轻松。此时，清新的空气滋润着喉咙，肢体也跟着运动起来了，血液涨到了每根血管的顶部，人们感觉有力量要发挥出来。

树木忽然间换上新装，杨树的每根枝条上都发出淡褐色，香椿的嫩芽在努力伸展躯体，各种树木的枝条上都有春天的迹象。

地面上的荠菜，挺着无数细小的白色花朵，在田埂、在路旁、在山坡，像细碎的印花布不规则地铺放在地面，它们向人们显示着自己的存在。

春天要给大地带来花朵，要给乡村带来温暖。春天一路向北方走去，春天释放了被禁锢的河流、土地和生物。春天，使所有受寒冷虐待的生命得到了解放。

最耐旱的蒲公英，花朵金黄耀眼，时而孤单怒放，时而结伴绽放。贴着地面的苦苣菜，锯齿状的叶面，努力不停地向四周扩散。

杏花等不到春雨的影子，不耐烦地提前凋谢了；桃花在翘首期待，它们盼到春雨，鲜艳的桃花，纷纷而落。如若是在大观园里，肯定有不少多情女子，为此伤心落泪。

乡村的梨树稀少，在庭院里，偶尔有一棵就是一片粉白，一树雪花，麻雀就立刻围拢过来了，叽叽喳喳地观看春天特有的景观，春天的胜景，不一会儿，地面上就纷纷落下片片雪花。

紫色的梧桐花，不知何时在枝头悄然绽放了，像下垂的风铃，挂在树的枝头。没有形成庞大的花团，花香似乎在孕育中成长，香味好像在春风中凝结，还没有来得及释放。

在村外，长长的沟壑两旁，茅草像一把一把的尖刀离开地面，有了一定高度，虽说不是墨绿，但那种淡淡的绿色，就能够看到春雨对它们的恩赐。

枸杞的枝条上，鲜嫩的叶子形成一个庞大的阵势，从沟壑的两侧无限延长。早就听说枸杞的嫩叶是一道美味的菜肴。在清明节祭拜先祖时，看见那个阵势，我真想停下来，把那嫩叶占为己有。一场春雨的浇灌，枸杞立刻苏醒过来，像一个含苞待放的少女，像一株顶着露珠的仙草。

在我们北方，枸杞叶就是南国的明前龙井、碧螺春，甚至大红袍，它历经一个冬天的休眠，充分吸足土壤中的养分和微量元素，一场春雨过后，枸杞叶不仅绿翠柔软，而且氨基酸和各种维生素蕴藏在叶脉的每一个细小毛孔。枸杞自然而然地成长，农药从不侵扰它，捋下的嫩叶，沸水浸泡过后，滋味鲜爽，香气馥郁。《本草纲目》上有云："除烦益志，补五老七伤，壮心气。作为茶饮，止消渴热烦，壮阳解毒。"读《本草纲目》方知枸叶苗是不可小瞧的珍贵补品。

几番跃跃欲试，最终没有忍心对枸杞叶下手，忽然，一只鸽子从枸杞丛中扑棱一声飞出，不知它躲在枸杞丛林中是觅食，还是与同伴捉迷藏，看鸽子的情形，心情是那么舒畅。或许，是清晨，或许，是一场雨水之后，鸽子飞行不远，就停下歇息，在地面上散步，姿态显得优雅。

山坡被雨水冲洗得光洁崭新，鲜嫩的野草光亮耀眼，一股清新的气味，沁入心肺，浑身有一种舒畅豁达的感觉。

一只只山羊在低头啃草，休眠一个冬天的野草，每一叶片，每一根茎，每一滴液汁都将化作洁白的奶液。它们不再挑剔，它们不再东张西望，它们不再抬头望脸，它们不再被主人打骂……

在村外山坡上，清晨就听到布谷鸟在村的不同角落鸣叫，叫声此起彼伏，它们站在高大的白杨树上鸣叫，声音似乎传播得更远、更悠长。

虽说野兔可以藏身在麦田里，但在这场雨水后，野兔不再躲藏于麦田中，湿漉漉的麦苗，早就不是它们的家园。这对野兔来说，是一场微小的损失。

夏初，清晨，露珠在草叶上跳舞，成为草叶上的舞者。它们聚集在一起，翩翩起舞，时而载歌，时而载舞，它们舞步整齐，领舞者仰头低眉，随行者，舞动身躯，一片整齐的队伍，在田野的边际上演。绿色的田野，碧浪随风翻涌，一直延伸到山坡，绿色的气息，在田野的上空回荡、盘旋。

偶尔，瓢虫参加它们的队伍，形成耀眼的斑点。瓢虫，不是领舞者，是随从者，是参与者，是露珠的伙伴。

它们聚集的时间，主要集中在夏日的清晨。白日，晴朗的天空，它们就及早地聚集在一起，开始它们的健身活动。它们的成员时多时少，它们抱成一团，时而左转，时而右转，时而旋转，它们玲珑剔透，它们队伍纯洁。

蚜虫想加入它们的队伍，成为它们的成员，透亮的一双双眼睛发射出逼人的光芒。瓢虫也睁大眼睛注视它的阴谋，于是蚜虫只好退缩。

野草在随风摇晃着身躯，它们也在歌舞。歌舞的音乐停止，舞者也停下休息。这时，蚜虫开始登上舞台，它们也想在舞台上展示狂妄的姿态。它们拥挤在一起，在碧绿的舞台布幔上跳着不协调的舞姿，换句话说，它们就是野草的敌对者，它们身体矮小，却有着巨大的能量。

轻雾蒙蒙，草叶在雾水中过滤，所有的叶面，像清洗过一样，富有光泽，富有色彩，细微的水珠挂在草尖，叮咚叮咚的响声在田野间回荡。一种特有的景象，在我的脑海里放映、显现。一种特有的场景，在我的脑海翻腾、重叠。

夏夜的脚步，似乎蹒跚，似乎迟缓。月光爬上树的顶端，草叶上，早就泻下薄薄的轻雾，像一层纱巾裹着草叶，又像乳汁轻轻地淌在上面。叶面像被乳汁清洗过那样，柔亮而又光鲜。

夏日的山，夏日的水，夏日的树木，都在美妙的月光下轻歌曼舞。秋日，在美妙的旋律下，漫步而来。

秋日的野草，越发显得成熟，越发显得老到。成熟的果实，挂在枝头，随风摇动。野草从萌芽到成熟，仿佛是一个漫长的过程，它们经历风吹，也经历雨打，野草，像庄稼一样，有一个生命发生、发展的全过程。

秋日，野草在生存，也在蜕变。在成熟，也在衰老。它们累了，要停下来休息，成熟的果实，像一个个风铃挂在草叶的尖端。

清晨，露珠像珍珠一样，晶莹透亮。大片大片的麦叶上，滚动的就是一个又一个珍珠，在阳光的照射下，闪闪发光，整个大地，就好像一个巨大的闪光镜。

秋日，秋虫活动猖獗，它们无所顾忌地在草丛间蹦跳，草尖是它们的跳板，柔韧而有弹性，假如我是一位画家，我会用浓墨重彩描绘出精彩的瞬间；假如我是一位音乐家，我会用优美旋律谱写出动听的音符；假如我是一位摄影家，我会用恰到好处的角度拍摄出美丽的画面。

秋日清晨，浓雾覆盖着大地的一草一木，草叶上悬挂着水珠，一点一滴地渗入大地。树木的枝叶上，闪发着光亮，街道上，行人们在为生活忙忙碌碌，在树叶上映现出一个又一个匆匆而过的倒影。

田野之上，树木稀少可见，常见的只有杨树、榆树，在田边或地头，好像一种景物，或是一种标识。

雾霾的日子，树木，就是一个行人的路标。乡下人，就是依靠树木判断田地的具体方位。雾霾散尽，已是中午过后，田野的作物清楚可见，大豆、玉米在走完最后的路程后，向衰老迈去。

秋日，雨水时节，蒙蒙细雨，滴答滴答地落在或宽阔或细小的庄稼叶片上，发出有节奏的声响。不是雨打残荷的声响，不是雨打芭蕉的音响，而是一种优雅的舞姿所有产生的节奏。雨珠在叶面上弹跳，聚集在一起，像是舞动的广场舞。轻盈的舞姿，有节奏的步伐，呈现出一幅活灵活现的画面。

雨水，和草木在一起，雨珠在草尖上滚动，本身就是一粒粒晶莹的露珠。毛毛细雨，化作一粒粒水珠，在草丛中隐藏。

草木像大地的绿色毛毯，铺展在大地上，一望无际。雨珠的舞蹈，有了得天独厚的优越感，它们酣畅淋漓，它们收放自如；一会儿白鹤展翅，一会儿群鹰起舞；一会儿轻声细语，一会儿鸦雀无声。旋转的舞姿，在美轮美奂中迸发出来。

蟋蟀和各种叫不上名字的昆虫，躲在草丛里鸣叫，萤火虫在低空画着优美的弧线，像顽皮的儿童手中的荧光棒，在黑暗处画出不规则的图形或弧线。月光也像能够发出声音一样，和着虫鸣，发出轻柔而富有弹性的歌声。

鸽子在路边或田埂上散步，偶尔，低头在地上觅食，不时地发出咕咕的声音，也许是在呼喊同伴，也许是发现新的食物，叫声说不上优雅，但也不是一种噪音。走上一段路，它展翅飞翔而去，给人留下无限的思绪。山鸡不时地发出几声短促的鸣叫，不一会儿，一只色彩斑斓的雄鸡，从田野深处踱着步子走来，俨然像一位将军。突然间，一只野兔从田野间穿出来，像箭一般飞向远处。

成熟的庄稼，呈现各种各样的姿态。有的像成串的珍珠，有的像红色的小灯笼，有的像蓝色的吊钟，有的像金黄的大喇叭，有的像洗衣服的棒槌，有的像害羞少女的脸膛……它们用自己的美色和芳香列队在路的两旁，向农民热情地打着招呼。

收割机器，像一只蚱蜢舟，冲进碧波荡漾的绿色海洋。一个鸣叫着的机器，老虎似的迎面而来，一时烟尘滚滚，风声呜咽。三五个农民在收割玉米，机器在田野间疯狂地行走，一会儿颠簸，一会儿平稳，驾驶员在车上蹦蹦跳跳，像是在跳舞。

羊群在收割后的玉米田间悠闲地行走，有的像白色的云朵，有的像灰色的云朵，牧羊人在云朵间游荡，俨然像一幅彩色油画在田野间游动。

秋末，时而有北风呼啸，清晨，地面上是一层洁白的霜花，褐色的秸秆上覆盖着霜花，显得晶莹而有光泽。道路两旁，低凹处，霜花愈显浓重，路上的行人，瑟缩地坐在电动车的座位上，显然地天气愈来愈寒冷，冬天正一步一步地向我们走来……

偶尔，有一辆汽车，风驰电掣地呼啸而过，一股冷空气迎面而来，行人立马打个寒战。

麻雀成群结队地在路边，叽叽喳喳地觅食，一会儿钻进干枯的茅草丛里，一会儿钻进枸杞丛里，它们像是在捉迷藏，在自行取乐。鸽子偶尔也参与其中，它们经常自己散步、觅食，即使有伙伴，也就是三两只；而麻雀不同，它们单行的时候极少，甚至几乎不见，即使在村子里的杨树或梧桐树上，也是成群成群地在一起，一会儿交头接耳，一会儿叽叽喳喳。它们的语言，我们听不懂，也揣摩不透，这或许是人与鸟雀的区别吧。

进入冬天，地面上的植物渐渐地枯萎，落叶一日比一日多起来。眼看到冬至日，各种树叶还没有落尽，它们随风在天空中旋转，随风飘落，像一只只黄色的蝴蝶。柳树叶停留的时间最久，它们在早春就来报春，初冬了，才恋恋不舍地离去，绿色的叶片，就像美少妇的眉毛，恰到好处，不宽也不窄，就是眉笔也难以描绘出来。

枣树叶最懒惰，暮春时节，才姗姗地露面，刚一入秋，又匆匆忙忙地卸妆而去，丝毫没有留恋的意味。

石榴树叶却对人间颇为眷恋。子女离去了，它们依然风华正茂，虽然没有夏日火红，但也是在尽可能地停驻后才恋恋不舍地离我们而去。

梧桐树，以它宽大的叶子留下一片绿荫，深冬，它们才凋谢而下，留下绿色的蝴蝶，在大地上飞翔。

冬日，季节变得像一匹衰老的马，已经失去原有色泽和光亮。这时的冬天，好像是一个终于到达目的地的旅人，开始安顿下来，天气总是摇摆在阴与晴之间，太阳如同虚设。

面对冬天，就想念雪，就像进入春夏想念雨一模一样。冬天如果没有雪就等于土地上没有庄稼。雪也像鸟儿一样，如今的冬天呼唤不来雪，也挽留不住雪。现在的冬天风很多，风，它不像是一位过客，它不匆匆而去，而是在冬天久久地徘徊，好像迷失了方向，风挟带着泥沙、尘土不知向哪里去。风是冬天的一位诗人。

我们常常怀恋冬天，我们常常怀恋下雪的日子。雪片毛茸茸地落在地上，积上厚厚的一层，多日不化，纯洁的世界仿佛是大地在不时地向人们还原它的本来面目。我是一个爱玩的野小子，常常和孩子们一起，滚雪球、打雪仗、堆雪人，走在雪地上能听到一种动人的音乐。

年轻爱玩的农民，时常带着猎狗、强光矿灯去麦田里追逐野兔，寻求冬日的一种刺激。调皮的孩子们就在场院扫开一片，支上筛子去罩无处觅食的麻雀。冰到处可以见到，去滑冰，去小河里砸开冰洞掏鱼。回想我儿时的冬季，似乎很干净，冬天看不见风沙、尘土。现在的冬季日渐退化了，沉闷，压抑，迟钝，雪是一种奢侈品，降得短促，融化得迅速。过去的一切都在日渐消逝，这对新一代儿童是一种天然的损失。

寂静的冬天，鸟儿也放声歌唱，好像是一个舞者发出的声音，它们在田野间飞翔，除了风格迥异的鸣叫方式，它们还有各自独特的飞翔节奏，或高或低，或收或展，麻雀的弧步，鸽子的优雅，雨燕的华尔兹，大雁的集体舞……鸟儿优美地身体起伏，让田野上充满着生动的舞蹈。不是吗？

感受着春的温暖，夏日的月光清澈，我酝酿着每一篇散文的意境，秋日的成熟，冬日的雪景，在我书房的狭小空间弥漫、扩散、升腾……

草木琐忆

冬天还没有走远。空气极端清澈，远处的林中点缀着清新的农舍，屋顶的轮廓清晰可见，赏心悦目。我们一直在寻找鸟儿的歌声，不过耳边只有乌鸦和山雀的啼鸣。田野一片褐色，浓浓的雾气缭绕飘荡。残雪消融，斑斑驳驳，显出了铁道路基上的坑坑洼洼，唯有某些干净的角落依然反射出悦目白光。太阳渐升渐高，那些光彩也越发耀眼。

山上岩石遍布，我在山的西边找了个能坐的地方，这里落雪消融，露出了青灰色的山岩，覆有苔藓和地衣，坑洼中铺满了厚厚的落叶。太阳暖适宜人，能看见蜜蜂在花丛间嗡嗡飞舞。今夜相当暖和，西边的山坡落雪犹在，反射出清幽的月光，朦胧氤氲，似有蒸气逸出，那是春的象征。

我站在大山之巅张望周围的景象，胸中也好像腾起了希望。月亮、星斗、林木、积雪、裸露的沙土，天地间一片寂静，博大无涯，笼罩四野，那浩瀚的空寂唯有思想可以填充。人类又是何其神秘幽邃，让人沉思默想，欲说还休！树上没有积雪，月华似乎缺了少许，不过，单凭地上的雪光，我也能看清自己写下的东西。月亮今夜如此，明晚，它又是怎样的一番景象。

春日的阴天，天空多云，霜气从地下溢出，人也在消融解冻。半数积雪已消失不见，斑斑驳驳。三月的阵风在林中呼啸，让世间生机奔腾，也好似唤醒了冬眠的树木，使树汁在枝干间开始流动。

天气虽然阴沉，春风却让人振奋。昨天我好像枷锁在身，难得自由，今天却一身释然。天地间万象一新，非复昔日。茂密的山坡上雪已消尽，透过蒙蒙的水汽看去，自己仿佛杯酒下肚，恍恍惚惚。大地不再那么亘久如一，清晰可见，似乎富于弹性而能随遇赋形。

清早躺在床上时，我想起了夏日的清晨：芬芳四溢，无可言喻，让人难以忘怀。鸟雀充任晨曦的前导，成百上千，娇声鸣啭，好像因商讨英雄史诗新的章节而争执不休。静谧的清晨，无垠的希望！鸟儿在枝叶间歌唱，宛若声声滴露，我们的生活也增添了神圣不朽的光彩。

在林间，我看到数十只鸟雀，声声叽喳，洁净单纯，尘纤不染，好似它那鲜亮的羽毛。林间积雪尚在，有只麻雀在杨树的幼枝间疾飞，像是歌雀。林中车前草的网状叶片翠绿鲜亮，大悬崖顶上已有草木破土而出，这小似繁缕的又是什么？崖顶上还有别的植物，油光鲜绿，微微冒出地皮，挺过了上面的冰冷积雪。草木在雪下挽臂携手，向夏日挺进。崖顶上山岩裸露，不复冰凉，阵阵欢笑传来，毫无疑问，那肯定是地松鼠。青苔像新生的嫩草，无比悦目。

这是第一个真正的春日，到处是太阳的反光，明亮耀眼，街巷的北侧已能勉强徒步穿过，你会觉得扣紧上衣已属多余。

我看到雪地旁边有好多不大不小的黑色蜘蛛，非常活跃。很明显，不少草木的近地叶片已然浸于春风，眼前傍水而生的一束臭菘便是这样。好多植物在一定程度上属于常青家族，似这已经拔节的毛茛。我想，春的象征首先见于沼地中散放的柳絮。尔后见于吐蕊的杨花，接着便是绽放佛焰苞的臭菘。

柳条不管是黄是绿，颜色绝对更加鲜亮，我不会走眼。看那亮色，好像树汁已经涌至树皮，赋予了它鲜活油亮的光色。早发的杨树也在吐着杨花，只是不比柳树张扬。

可是，脚下还有踩过的狗舌草，它绝对是常青草木，香气馥郁，缕缕不绝，又将新的一年带回了大地。那是来自草地的芬芳，清爽甜润，令人难忘。早放的杨花散开绒絮，蓬松轻盈，相互钩锁，连成一片。

站在村外的桥上向林中张望，温润的空气让我感到了春意。三月至今，还没有这等美好的景象让人如此感动。太阳无比暖怡，日光宁静清澈，蒸气在空中悄然腾起，为万物披上一袭轻盈的罩衣，又好似敷上了一重薄薄的涂层。更远处，空中亮光微闪，显出了地上的蒸腾。透过清新的蒸气看去，柳树更为活泼，解冻的水流分外跳脱，世间一切无不鲜亮动人。冬日卸去了严妆。

　　日子格外煦暖舒适，吹着一缕南风或是西南风。天上满是各种鸟雀，声声鸣叫漫山遍野，远近都是。它们栖身树端，虽然不见身影，却送来阵阵啼鸣。阳光和煦，南风送暖。眼前的景色甚为迷人，点缀着似曾相识的斑斑点点。群山落雪尽消，仿佛群鸟再度归来。天光明丽澄澈却极端柔和，松树便显得光艳挺拔，宛若纤巧的冬日霜花，反射出冷冷的光芒。每当劲风驶过，林木震颤，松涛阵阵，即便一里之外看去，犹见道道光芒随波俯仰，好似游走在于麦田之上。松涛明暗交叠，松林上方似乎有架织布机，任梭子在明艳的织物和暗淡的织网间往复抛掷。我目睹此景意气飙扬，浑如光鲜劲挺的松树。并行的松枝摇曳生辉，如同供人把玩的梳齿。春光所及，不仅柳枝和松枝亮丽有加，林中其他物什也分外耀眼。

　　太阳渐高，空气澄澈，大自然活跃有加，难道不会成就这般光景吗？

　　枯草在日光下愈加鲜亮，原野干燥泛绿，一片淡绿，一旦太阳钻出云层放射光辉，原野上就会呈现出这种无比迷人的光效。那是辉赫年景的序曲。时至三月，人们纷纷来到户外走进这幅画卷，穿着各种颜色的外衣，显得格外合适。各种衣服跟大自然都和谐相配，这样，置身原野便不会太过醒目，因而，也方便接近大自然。

　　大地会滋养埋于地下的种子，我对此早已不抱指望，但目睹早春的犁铧破土耕种时，我心里又升起了希望。我突然想起，泥土也充满温情，我们不仅有温暖的天空，还有温暖的大地。寒霜已从地下溢出，我们可以放心地将种子付与大地。艳阳高照，雨水飘落，鸟儿在头顶吟唱，人们翻出了土壤的腐殖，翻出了若干蛆虫，为大地赋予了全新的容颜。他们几乎创造了一个世界。

我在光秃秃的山边，置身于去年的一片麦田上，浑身湿透，咂摸思量。一切转瞬即逝。这璀璨晶亮的雨珠从天而降，跟我融为一体。乌云四合，蒙蒙阴雨笼罩万物，我俩灵犀相通，契合无间。始而疾风劲作，聚拢阴云，继而新枝垂雨，嫩叶滴露，款款而下，温润的暖意拂过心头。田间的残茎已浸透雨水，行走之际，树上的水珠滴在身上。树木身形朦胧，枝叶纷披，跟我休戚与共。毫无疑问，这里归我所有，这是大自然奉上的抚慰。鸟儿挤在簇密的树叶下面，显得格外亲密，它们栖身枝头，在替明艳的阳光谱写新的旋律。

车前草越来越多，各种各样的花儿也点缀其间，天光日渐明丽，大地奉上车前草花予以印证，太阳越发温暖，黄色的毛茛就是它做出的最好回应。

金色的柳絮开始凋零，它的繁盛期已然落幕。毛茛吐蕊，苦苣菜一片白色，苹果花开始绽放，身姿摇曳的芳香也栗色微染。草木将我们带入了另一个季节。越橘绽开了红色的花瓣，在相宜的地方或许早已如此，一只红色的蝴蝶振翼飞过，我想它在日前已经显身。空气芬芳馥郁，弥漫着苹果花的香味，或者我想，主要还是大自然的芳香。一朵云彩低垂在天，尚未完全遮住太阳。昨晚细雨蒙蒙，空气澄澈如洗，一阵暖风轻轻拂过，河水却沉寂如镜，阳光满河，映出了静谧的天空和上方的阴云。刚一转身，我蓦然一惊，天地间沉寂静穆，美得令人永生难忘。我不想因回家吃饭而错失这份美丽，它风姿绰约，恬美安静，秀丽清新，但愿我能拥有这般心境。对岸的原野平旷出奇，宛似草坪，它曲线巧施，优雅地描出树林的边沿。昨晚的雨露唤醒了落叶树木，它迅疾绽开叶片，一派动人的嫩黄，点亮了我们常去的那片幽暗松林。一里之外是星星点点的树林，有些一片葱茏，怡人悦目；有些呈为灰色，甚而依旧红色微泛。雷雨洗净空气，唤醒草木，对岸的榆树星星点点，却苍翠幽绿，堪比松木，落叶林木则明媚鲜艳，一派嫩黄。远远看去，这些树林居然会如此迷人，别的时候几乎难得一见。

野草在雨后疯长，好像已经着魔。怡人的风送来阵阵鸟鸣，轻风过处，万物精神抖擞。田间麦浪起伏，一片葱绿，好像魔术师施展了手段，一夜间就让它们迅速活跃起来。苹果花落英缤纷，洋洋洒洒，路上野外斑斑点点，有些已经枯萎变黑。大地升温，轻风漫吹，空中水汽氤氲，此前不曾得见。家家户户丁香传芳，林间小燕娇娇切切，声声送暖。

夏天即将来临，今日微风轻抚，天朗气清。阴凉开始抢手，云朵飘过天空，田野上芳草摇曳生姿，狗舌草开花了，草丛中有个鸟窝，盛着色似咖啡的鸟蛋。委陵满目，茜草蔽野，在野草间争胜竞辉。阳光劲射，浓荫斑斑。

半个月前林中还是光秃秃的嫩枝，现在已成了青翠的海洋，幼芽在相互争胜，一竞高下。所到之处，树叶都摊开了手掌，像一把把阳伞。树荫铺开后，鸟儿不仅有了藏身之处，还会络绎不绝地前来觅食，走兽也在这里找到了庇身之所，而成千上万的爬虫和飞虫却将这鲜嫩的新叶当成了美食。树木突然撑开了如此之多的小小阳伞，让地皮和树根免于骄阳的炙烤，微风拂过，窸窣有声，风姿翩翩。白珠树的有些浆果已经早熟可食，又鲜又嫩，走得时间久了，我就可以用它们提神。从这里放眼望去，远方为一片薄雾所笼罩，微泛青绿，莽莽苍苍。

一周来天朗气清。芳草随风摇曳，树木展开了叶片，轻风拂过，枝条似动未动，欲动又止，树木因而领受了生气悸动。这是枝条招展的季节，摆动之际不见，大多便亮出了新生叶片更为光鲜的背面。六月尚未过半，芳草已鲜嫩不再，那绒绒的丰润绿色也消失不见，大多正在开花，有些已经结籽，杂在红意微泛的蕨类和其他草木之间。然而，叶簇蔽野，满目树荫，摇曳的芳草和招展的枝条依旧显出了六月的特色。六月的风有点烦人，刮走了悦耳的鸟鸣，不过，这时的蟋蟀开始组班亮相，唱得格外起劲。六月风和日丽，天宇澄澈，河水银光粼粼。我想，这是属于旅人的月份。麦苗摇曳生姿，麦浪起伏。林间矮树丛生，浓荫蔽日。林木四围，清旷润湿，水汽氤氲，草叶染露。我好像距万物的渊源更近，清幽的薄雾似乎富于创造的气息和原始的意味。这浸露的水气神妙难解，隐隐传来阵阵旋律，万物的渊源便是如此丰盈。这里忘却了太阳，潮润的古老法则是它的主宰。它承载着浓郁的草木芬芳，又似乎在甘露中提炼净化。

松树枝干泛白，反射出微弱的光线，下端的枝条不复存在，树干密密簇簇地挤在一起。我不由觉得它就是顶端蓬乱的硕大野草，人则是其间匍匐的爬虫。松树特别像草，确实如此。三叶草将整个原野装点得富丽堂皇——红得浓艳热烈，白得馥郁芬芳。红色的草木给田野抹上了红晕，好似落日晚照的西部天空。三叶草举目望天，名副其实。

一片干旱山坡成了一方天生的苑囿。我无意提及偶生此间的花草，这里百草覆盖，怡人悦目，轮番更替，逐月而生。当一种花草尽享芳华时，毫无疑问，新一种随即生发，将其掩没。这片山坡暖适干燥，位于墙下，花草稀稀疏疏，堪称天然园圃。这里荣枯更替，盛衰相续，都让我难分孰优孰劣。那娇俏的红色和白色是野牵牛花，或曰打碗花，因无所支撑而在扭动腰身攀缘爬附时，它总是让我想起高脚酒杯，满溢晨间清氛，折射出晶莹的露珠。

大自然展示着花朵，也呈上了果实。未尝不可说，它已经获得了永生。曾几何时，大自然也向我展示过壮丽无比的盛景奇观！

大地的脉管曾富于水意，紫罗兰开遍了山坡，蓦然回首，顿觉恍若隔世，宛若神话。春日统管水域，夏天执掌干热，冬季则是寒冷的主导。草木家族新近还一派生机，现在却衰落不再。天地间炎热难耐，假若夏日逗留日久，我们的大地就会显出热带的特征。漫长的干旱便是夏天，降雨皆属意外。只因气候干燥，雨水的一切迹象都显得朦胧隐约。虽则如此，年岁的轮替却依然按部就班，整饬有序。

伴着四季的轮替生活吧，呼吸那空气，畅想那饮品，品尝那果实，将自己全然付与季节的感召。天地间潮起潮落，江河奔流，海洋汹涌，任何季节都打开浑身的毛孔，在其中洗濯沐浴。

麦香味

麦香，是楝子花的延续。淡淡的楝子花香，熏染了麦香。

麦香的孕育，也是极具艰辛。正月里，麦田也春意盎然起来，在我们还在回味羊蹄菜的汤汁时，龙抬头的日子到来了。二月二，在当地，是挑荠菜的最佳时节，我们将手中那把小镰刀磨成银色后，提起竹篮，头也不回地走进了麦田，在麦苗的掩护下，那里的荠菜特别鲜嫩和翠绿，不要说吃，就是看也是养眼的色彩。汲取雪水夜霜、月色地精的荠菜，又经晨阳和春雨的滋润和爱抚，勾兑出天然的春天的味道，无疑是一份天赐的享受，鲜美无比。

桃枝红了，梨梢白了，柳条绿了，小草也满地滚爬了，到了清明时节，小麦开始拔节生长。倘若你在月夜中，独处麦野，一定会欣赏到它那曼妙的天籁之音。拔节生长后的小麦不断地长高，不到半个月，就高过人的腰际，孩童们行走在麦田沟里，几乎看不到发梢。拥挤的绿意，不经意间就成了好多鸟儿的天堂，筑巢为家，繁衍后代，进进出出的它们，不时地欢唱起来，此起彼伏地形成了一场场音乐会。

小麦打苞抽穗时，还没有扬花，麦田里就开始弥漫芬芳了，引来蜂飞蝶舞的同时，也吸引无数昆虫的鸣唱，一旦小麦扬花，它们就成了小麦的义务的授粉员，它们的汇聚也为鸟儿带来了丰美大餐。

灌浆的麦穗上，沾着一点点粉白，然而这粉白又是那么不起眼，那么渺小，甚至那么卑微。

麦穗在灌浆后，麦粒开始膨胀，开始积累淀粉。

街上有人吆喝"买杏喽，买杏喽"时，麦子站立在麦田里，披着黄绿相间的外衣，沉默寂静，它在孕育生命。一股香甜的味道扑鼻而来，那是有人在吃杏散发出的味道。麦子似乎深受启发，深受引导，一股馨香味道，从麦田上空散发而来，在空中扩散、升腾，而且开始向远处弥漫，而此时，乡村的大街小巷，都有一股清新的香味。

艾草，也不甘寂寞，在村庄的某个角落，暗暗地生长，白色绒毛的叶片上有着浓烈的气息。

栀子那油亮的叶子，尖尖的花苞，嗅到了麦香，也开始咧开嘴巴，马上就要释放甜蜜的气味儿。

石榴花一朵挨着一朵笑红了脸，看样子，它要与凌霄相媲美。

小满过后，天气逐渐炎热，麦子的外衣日渐变成淡黄色，不几日，又变成深黄色，麦粒也开始张开了嘴巴，努力显示龇牙咧嘴的模样。我们看了，感到既高兴，又好笑。

艾草飘香了院落，菖蒲也摇曳在屋檐时，端午节的粽香往往与成熟的麦香交织在同一个时段上。正应了那句老话："麦熟一晌。"昨天还有绿意的麦田，今天再看时，就金黄一片了。

机器轰鸣时，麦秸就已经躺下来了。浅褐色的麦粒，堆积在田间地头，一股麦香味，就要散发而出。转眼间，馒头的味道、水饺的味道、面条的味道……种种面食的味道，一齐涌来，香味四溢。

麦子对人具有什么样的意义，似乎只有真正经历过饥荒的人，才能够说得出来。饥饿面前没有道德，没有制度，没有人性，只有生死，这是人最原本的样子。麦子的汁液进入人的肠胃，分解成血脉肌体，这是麦子作为人的主食之一后，所具有的作用。使人得安闲，生思虑的，也是这麦性的热力。整个人类的战争，从某种意义上，也算得上是麦芒上的战争。而一个人的幸福，是不是也可以叫作麦香之福……麦香里，有安然的、温和的使人陶醉的气息。

我是个生在麦垛里的人，小时候，跟着大人，亲手抛撒过麦种到黄沙扑面的土地里，在雨落大地的时候，在一片片葱绿的田间奔跑过，见到过寒风落雪的季节，雪被下默然浸透一片的大地。春天，在日日堆积起来的麦浪的绿色里飞快地飘过，夏日，我跌入了麦芒的神话里。

我用童年稚嫩的手拂过绿色的麦苗时，湿漉的冷和柔软的细叶，让我喜欢上在清晨和夜晚里变幻不定的自然；当少年的手掌拂过金色的麦芒时，我的脑海里记住了那点深藏不露的骚动和一点点由大地上升起来的生命对未知世界的新奇，也感觉到看不见的生机在哪里涌动。

小麦是庄稼家族中的忠厚长者。它一生经历冬的煎熬，春的滋养，夏的孕育，最终成就浓郁的麦香味。

布谷声声

在树林中，我经常会看见这样的景象：布谷鸟落在树上，一边尾巴高高翘起，一边发出咕咕的声音。可是这些布谷鸟并不是那只属于我们的真正神秘的布谷鸟。那只神秘的布谷鸟，只会在远方咕咕地鸣唱，你非常清楚，那个地方是你永远都到达不了的。

在五月阳光的照射下，本就阴暗的混有短小椴树的针叶林，变得更加黯淡。阳光下，年轻的椴树的嫩芽正泛着闪闪的光彩。嫩芽已经开始成长了，可是还没有真正地伸展开。每到这个时候，你一定能听见咕咕的鸣叫声。

六月，我们一饱眼福，心满意足，没有什么可期待的了。

这是个完美的季节，鸟儿都换上了最华美的服装，唱起动人的歌。所有的艺术大师都汇集在这里，燕子和鸽子不负期待。我进入森林，坐在路边的石头上，手里捧着刚摘的粉色杜鹃花，仔细聆听。杜鹃是在六月才回到森林里的，杜鹃是森林中最孤独的鸟之一，出奇地安静和温顺，同样不受快乐、哀愁、惊惧或愤怒的影响。它静静地站在枝头，四周欢快的场景似乎和它没有任何关系，它独自在林中徘徊、游荡，它的鸣叫对农民而言是雨前的征兆。在一片欢快、甜蜜的歌声中，我尤喜欢听这种奇怪、有穿透力的鸣叫。即使相距数百米远，听到丛林深处传来鸣叫声，也会令我十分神往。

即便某个春天没有布谷鸟飞回，或者说整个鸟群在返回的途中遇难，那也没有关系，我心灵深处的布谷鸟依然会按时咕咕鸣叫。

一天清晨，我坐在一棵倒下的白杨树上休息的时候，布谷鸟没有发现我，几乎就在我旁边落下来，一边吐着气，仿佛对我说："好吧，我来试试，会有什么事?"它咕咕地叫了一声，然后就飞走了。

六月，虫子四处活动，残害各种花果。布谷鸟这时会造访果园和花园。布谷鸟的性格很温顺，允许你在它几米远的地方活动。有好多次我走到距离它只有几米远的地方，它似乎都没有受到惊吓，它非常单纯，或者非常冷漠。

布谷鸟有着淡褐色的羽毛，和其他淡褐色羽毛的鸟类相比，布谷鸟的羽毛格外漂亮、有光泽。并且布谷鸟的羽翼还以坚硬和精致为世人所知。

黄昏下，走向那平坦辽阔的高地，寻找一块温暖干净的岩石坐下，静心聆听布谷鸟的叫声。那声音从牛羊吃草的矮草丛中飘出来，在四周回荡，远近可闻。

通常，你只能听到一两个音节，因为那些微弱的部分已经随风被隐去了。如此朴实而天然的美妙之曲!在大自然中，它是最独特的一种音色，青草、岩石、农田、安静的牛群，还有夕阳映衬下的山坡，所有的一切都淋漓尽致地在这首歌里展现了出来。至少，这是鸟类可以成就的事业。

我站起身后，向白杨树投去一瞥——立即就心花怒放了：这棵奇妙的倒下的白杨树，绽放着饱含树脂的芽孢。

穿越麦田的布谷

布谷鸟啼叫，就在离我家不远的那排白杨树上，从午夜一直叫到黎明，又从黎明叫到午夜。

喜爱布谷鸟的叫声，是因为它唤醒了我心中贮蓄多年的乡情。

初夏，我的家乡——杨树屯，淡紫色的楝子花，透着氤氲的香气，此时，一股麦香味也从田边蔓延而来。每到麦穗由青变黄的时节，我的耳畔就响起布谷鸟的啼叫声。

听我们杨树屯的老人说：布谷鸟又名"子规"。相传古代蜀国国王杜宇死后仍惦念着农时，化为"子规"，飞过田野和乡村，昼夜啼叫，催促农民"赶快播谷"。在布谷鸟的叫声中，农民三三两两地走向集市买回农忙必备品：镰刀、权耙、木锨、扫帚，准备收麦。妇女们把自家的粮囤彻底打扫干净，准备将新粮入囤归仓。孩子们更是高兴，跟随着布谷鸟的叫声，从村东跑到村西，偶尔也像布谷鸟一样，叫上几声，他们就像地面上的布谷鸟。布谷鸟叫一声"赶快播谷"，他们就很快地应一声"我要吃粮"。楝子花完全绽放时，家家户户都要采上些鲜麦穗，除去麦芒和麦梗，于是每家每户便飘出一股股鲜麦香味。大人、孩子的手心里都留下了一种鲜绿的印痕，定格为麦子成长的痕迹。

拔节的麦田在土地上呈现出了立体感，就像一个十二三岁的男孩开始显露出男子天赋的挺拔体态。野兔能够在其中隐身了，土地也像骄傲的父亲一样通过麦子感到了自己在向上延续。作为北方冬天旷野的一道醒目景观的褐色鹊巢，已被树木像对待自己的秘密一样用叶子悉心掩蔽起来。一只雀鹰正在天空盘旋，几个农民在为小麦浇水、施撒化肥。远处树丛中响起啄木鸟的只可欣赏而无法模仿的疾速叩击枯木的声音，相对啄木鸟的鸣叫，我一直觉得它通过劳动创造出的这种音量由强而弱、频率由快而慢的乐曲更为美妙迷人。

抽穗的麦田，麦芒耸立着，剑拔弩张的样子，但剥开就可看到尚未形成麦粒，还是空的。听到了远处布谷鸟的声音。树木的叶子已充分舒展开来，绿色也由浅绿、新绿向深绿过渡。洋槐花已经开放了一周，好像盛期已过，叶子已遮掩了花。农民正在麦田里拔一种类似野花的草，水也刚刚浇过。偶尔，有喜鹊，还有乌鸦飞过。

成型的麦田，立体、挺拔，只是颜色尚未转变，有的麦芒上挂着白絮麦粒已经成形，白色的，还无质感。春天的新鲜、活泼已经消失，平静的、稳重的夏天正在一步一步逼近。泡桐花还没有完全凋谢，一些叶子已舒展开来，听到远处的布谷鸟声，时断时续。

成熟的麦田，首先是叶子黄了，尔后是根部，再次，田野里就是一片金黄。布谷鸟的叫声时远时近，好像就在麦田上空飘荡着。开镰了，割麦了，俗话说，"麦到芒种自老""麦熟一晌，蚕老一时"。田野里，到处是收割麦子的人群，男人、妇女齐头并进，一手拿镰刀，一手扶麦子，几镰刀下去，麦子就倒下一大片。脸上的汗珠啪啪往下掉，实在掉不下，就顺着脖子往下流，脸上也立马铮亮起来了。麦子成熟，一般在五天内收割完毕，只有收割完毕，农民心里才踏实，才放心。到口的东西，不能糟蹋了。麦熟时节，天气也像孩子的脸，说变就变，一场暴雨，一场冰雹，农民辛辛苦苦的劳动，就会成为泡影，农民的血汗将付之东流。

每当此时，家家户户鸡叫头遍就起床，这时，天刚蒙蒙亮。妇女们就起床准备一天的干粮，左邻右舍的门都在响动，烙饼、烧水、煮鸡蛋，为全家人准备一天的伙食。吃过早饭，男人就手拿镰刀奔向田野。现如今，收割机的普遍使用，解除了农民割麦的辛苦。每当麦收时节，回想往日的情景，仍能感受到麦收时的腰酸腿疼，麦芒刺着手臂又痒又疼，太阳炙烤着麦地，热气从脚底直往头顶冒。此时如果能在树荫下歇歇，比在三伏天走进空调房的感觉还惬意。

在杨树屯，麦子一天不归仓，人们的心一天不安稳。

整个麦季，农民最怕下雨。遇到雨天，麦子倒伏，收割带来困难；雨水将麦粒打落在田里，口粮就化为乌有。老天爷阴沉着脸，空气沉闷，暴风雨即将来临。没有收完麦子的农户，心里就像着火一样，焦急万分，求亲告友，前来相助。麦收时节的关口，大家都闻声赶来，伸出援助之手。一时间，抢收的队伍出发了，他们围着麦田割倒麦子，捆好、垛好、盖好，坠上绳子，系上石块，保证麦子不受暴风雨的袭击，然后，才拖着疲惫的身体各自回家，可他们心里感到极大的满足和安慰。被帮的农户心存感激，含着泪水挨家道谢，而农民们一致的话语是："别当回事，谁家都会遇到难事。"温馨的话语，善良的人性，让我们油然而生敬意，邻里间，淡淡的交情，没有酒肉的来往，没有浓茶香槟的交换，而像一杯清澈见底的水，纯洁而厚道，杨树屯的乡亲们用实际行动为后世子孙创造着一种比金钱更为珍贵的乡情。

这就是杨树屯的乡情，这就是我至今还魂牵梦绕的乡情。

静谧的乡村

　　暮春的郊外，道路两旁如新婚的房间，已被农民拾掇得干干净净。麦子已长出，三四片叶子。两三寸高，麦田一片新绿，这绿的颜色，也如小兽一样可爱悦人，温暖的清晨，露珠凝在叶子上，闪光时似水晶体。

　　清晨的温度越来越高，在黎明时，沟壑边沿的芦苇镶上了漂亮的花边，等到太阳出来后，露水终于现身，开始闪闪发光。过不了多久，严寒就会在朝阳面前肆无忌惮了，在阳光下，它的结晶体甚至比水珠更明亮。

　　乡村的面貌似乎变得更加明朗，更加清晰，更加爽朗。

　　石桥，也更有石桥的模样，两旁的石栏杆，虽说不是那么有光泽，但粗糙也有粗糙的韵味。或许，雅有雅的意境，俗有俗的格调。

　　洁白的围墙，伴随着古色古香淡红色的瓦，我们仿佛又回到某一个文化氛围更浓郁的时代。

　　十月底，我曾经到沟壑边采摘枸杞，满载而归。枸杞的色泽鲜艳，美味无比。在那里，一个又一个小辣椒似的，倒挂在枝条上像红色的宝石，光莹而艳红。这时，我眼前立刻呈现出丰收的秋天模样。

　　晚秋的时节更是美好。夜雨过后，昏朦的夜色慢慢地稀淡了，太阳懒洋洋地升起，树上处处滴着水珠，仿佛每棵树都在洗脸。

　　沉重秋天的水珠，从高高的树木上滴落到小树上，从小树上滴落到灌木上，从灌木上滴落到草上，又从草上滴落到地上，树林里一片欢快的滴落声，只有大地是寂静的，大地在静静地承受全部的眼泪……

乡村在树林的掩映下更具风情，高高的平房和低矮的瓦房，相互搭配，相互映衬。一种高贵之美，一种凡俗之美。两者同时出现，倒也相映成趣。

状元楼，一个乡村的象征，耸立在街道的显眼地段，斑驳的方砖向我们讲述着辉煌的历史。干枯的野草，或许就是从辉煌的历史书页里走向墙壁的每一个缝隙。

水塘上的八角亭，透着一股现代乡村文化的味道，与状元楼形成相互的对应。池塘的睡莲，在六月，卧在碧波之上好似美丽的仙子，她们在吹着横笛，歌声很婉转，每一个音符都饱含着爱，饱含着周围花草的蜜汁，饱含着紫丁香的香气。

曲曲折折的回廊，引领我们走进一个新鲜的时代，回廊上的每一个画面，每一个人物，每一朵花，每一朵草，都在历史的河床上溯源美好动听的歌谣。

野草像春火般燃烧遍了山坡——似乎地球释放了内在之火，以迎接太阳的归来，不过它的火焰不是黄色的，而是绿色的——这是青春永驻的标志。而草叶宛如修长的绿丝带，从草地飘向了夏天，虽然确实曾受到冰霜的阻挠，但也很快又再次前进，抬起隔年的干枯茎秆，让位给下方的萌动的新生命。它缓慢而稳定地成长着，正如泉流缓慢而稳定地从地下涌出来。这两者几乎是相同的，因为在万物欣荣的六月，当泉流干涸以后，草叶变成了它们暂存的方式，牛羊年复一年饮用这常绿的溪流。而到了冬天，割草者也会及早将它们割下来备用。反正我们人类只斩草不除根，所以青翠的草叶永远不会灭绝。

夏天，乡村绿意盎然，一棵棵爬满葡萄藤的树木，仿佛就是乡村的房屋。远远地，道路两旁，开满碧色的花朵，那耀眼的浓碧的花朵，有的已经怒放，有的稍稍凋谢，泛出微微的淡紫色，有的正含苞待放。千枝万朵，数不胜数的花朵，迎送着来往的车辆。有时，凭窗而望，就会陶醉在这片碧色之中。

临近五月的清晨，景色非常壮观。青草透着绿色的光芒，树木也换上绿色的新衣，地平线上，一只小鸟钻进了长满绿叶的白杨树的树冠，瞬间就看不见身影了。

在一个天气晴好的日子里，我悠闲地在树林里漫步。森林是大自然的子民，漫步其中真是一种难得的享受。大森林树木茂盛，庄严肃穆，但又香醇可人。这里没有熊熊的火焰，没有伐木工人挥舞的斧头，所有的树枝和树叶都保持着最原始的状态。地面上覆盖着一层厚厚的苔藓，我每走一步，都踩在软绵绵的苔藓上，就像踩在雪上一样。苔藓把地表的所有事物都遮盖住了，小块的岩石成了绿色的座椅，大块的成了绿色的床，而整个森林则成为古代皇家的客厅，其装饰技巧可谓巧夺天工。

我在一棵垂落着松果的松树底下坐下来，小憩了一会儿。当我醒来时，发现一群山鸡正在叽叽喳喳地看着我，似乎是在说我的闲话。不一会儿，又飞来三四只喜鹊，它们同样用好奇的目光看着我，似乎怪我闯进了它们的领地。除此之外，再没有其他动物对我的到来感兴趣。

夕阳即将落下山，树林里的光线越来越暗，这意味着我不得不结束此次漫步。这时，我清楚地发现：在所有树木上，在所有的树枝上，都挂满了苔藓和地衣，从树顶上垂下来的苔藓，优雅地依附在随风舞动的树枝上，就像是什么节日来临，人们给树木穿上了节日的盛装，所有的树枝都绿意盎然。

我继续往前走。迎接我的，一会儿是曲折、昏暗的林间小道，大树的枝叶掩映其上，留下斑斑点点的缝隙；一会儿是满地腐朽的枯枝败叶，必须跳跃才能通过；一会儿又是稠密的荆棘和枸杞交织的树林；一会儿是景色优美的由野葡萄、野樱桃等组成的园林；一会儿又是开满金凤花和雏菊的草地；再一会儿，又是半尺多高的灌木丛。

树林中，虽然树木的叶子还没有完全长成，却一直飘散着树皮和树液的清香味。草木全都苏醒了过来，如烟雾般轻盈地笼罩着柳树，林间的小路是那么显眼。

再要不了几天，过一个星期，大自然便会用奇花异草，青葱的苔藓，细嫩的绿菌，把树林中的景象重新打扮一番。五颜六色的野花，应有尽有：有五彩斑斓的兰花，还有红的、黄的、橙黄的野百合花。在繁花丛中，随处可见鲜红色的石竹。山坳里到处盛开着看似普通却非常美丽的花朵，蝴蝶欢快地翩翩起舞，远远看上去，倒像是花朵在起舞一般美丽。

站在野外，回望乡村，忽然发现，它正如一团美丽的花朵，在翩然起舞，那是世上最美丽、最永久的花朵。

比邻而居

　　我近日在一种极其有趣的情形下发现这样一个巢。在村北一座高山光秃的山顶边缘，有一棵野酸枣树，鸟巢就筑在稠密的枝条间。经岁月打磨的灰色岩石零星地堆放在一旁，或是堆积在一条由农民踩出来的依稀可辨的小路上。那里的树都带点奇怪的样子，而荒山野岭间隐藏着的难以言表的荒凉感笼罩着这片区域。我站在荒山之巅俯瞰万物，那只从我脚下大地飞过的灰喜鹊也只留下了背影。我的视线追着它，一览生态庄园、村舍和远处连绵起伏的青山。

　　在这片土地上，几乎每一座山、每一块悬空的高石下都有这么一个鸟巢。不久前，我循着荒凉的河谷中一条有许多鱼儿的小溪往上走，走了不到两里路，我就发现了五个鸟巢，全都建在人类触手可及的地方，但这样至少能免遭野山鸡和田鼠的袭击，也完全经得起风雨。在我的家乡，有一座长满松树和柏树的小圆顶山，外围半圈都是陡峭险峻的悬崖。沿着这排峭壁，在山顶附近有一块凸出来的岩石壁架，高大且布满洞窟。其中一块巨石层向外伸出好几米，下方可容一人或多人自由地直立行走。那里有一条甘甜的小溪，空气清新而冷冽。壁架的底部散落着随处可见的石头，过去曾是农民和野生动物休憩的地方，如今是羊群和牧羊人的天堂。从孩童时代起，我就在此地度过了一个个让人流连忘返的夏日，或是躲避一场突如其来的暴雨。这里总是那么清新凉爽，总是可以发现野山鸡搭建的精巧的青苔小窝。直到你走近离那山鸡只有几步的时候，那只山鸡才会飞离巢屋，飞向不远的岩石或高岗，不停地摇晃着尾巴，焦虑不安地盯着你。自人类踏上这片土地且于此定居以来，这种山鸡便养成了一个奇怪的习惯：时不时将自己的巢筑在桥或干草棚或其他人工建筑物下，可在这些地方明明很容易受到各种各样的干扰。而在这些地方建的巢，也通常更大。巢的基底由泥巴做成，而上体结构主要采用苔藓，巢内精心铺上了各类动物的毛发。与这个巢的巢内布置相比，再没有比它更完美、更精致的了，但野山鸡依然每一季都新建一巢。不过，通常在一巢里，它们会孵化三窝幼鸡。

野山鸡是我们地区最土生土长也最具个性的禽类之一。它出没的林子或田野格外舒适宜人，它赋予树林一股宜居的气息，让人感觉它似乎才是这片林子真正的主人。仲冬时分，它的翅膀似乎扑扇得更为热烈。如果雪下得很紧，眼看要来一场暴风雪，它便会满足地挑一处蹲下，任由雪将它淹没。在这种时候靠近它，它会突然从你脚边的雪堆中蹿出来，将雪花溅得四处都是，然后翅膀扑腾地嗡嗡作响，像炮弹似的飞出树林——宛如一幅展示了本土精神与杰出自然的动态画。

清晨，只要天色足以辨识出麻雀的身影，你就可以看见它们向东划过天空，时而松松散散，时而密密麻麻；或独自飞行或三两成群，但都朝一个方向飞行，可能是要去更远的地方。

最后，太阳从一片蒙蒙雾气中升起，似乎被那片柔情和暖意融化了似的。接下来的一两个小时里，空气都仿佛静止了，周围充斥着低沉的哼唱，那是万物苏醒时的声音，光秃秃的树干也都带着一副着迷、期盼的神情。从附近某片尚未被开垦的土地里，传来布谷的第一声鸣啭，给听众带来难以言说的愉悦之情。不一会儿，便响起了大合唱之声，温柔、悦耳，虽半压抑着，但是依旧难掩其中饱满而真实的欢喜。野鸡呼唤，喜鹊鸣啼，鸽子咕咕，斑鸠吟唱，蝙蝠在一片广阔的田野上空低低地盘旋，柔和、温暖、沉静的一天。雪后泥泞的田野小路，多处已变得干爽，沿着干燥的道路行走，感受着宜人的温暖，这场景令我心满意足。我不禁与它们产生了共鸣。

每年春天来临时，感激的念头无端地冒出，我几乎无法遏制这种感激。当然，某种激荡或回忆的本能驱使着我，让我从此无法远航，让我更迷恋乡村的鸟鸣世界。

大自然滋养了这么多生物哇！我们正与这么多种族为邻呢！

乡音不老

乡音四季轮转。清晨，大地上还残留着寒气，是那一块一块的像白麻布一样的冰霜，深秋的田间，夏日的踪迹，在那些色彩斑斓的土地上悄然隐退，湿漉漉、亮晶晶的露珠，停留在童话的书页上。一大早，推门就发现昨晚新雪的杰作，它对大地的每一片土地都照顾有加，给它们盖上一层薄薄的雪被。漫步在雪地上，脚下不时地传出吱吱的声音……

乡下的春天，与童话书上讲的不相同，不会突然就到来。春风拂面和寒风料峭交替而至，即使羊群感到暖和已经上山了，还是会保持这样一段复杂的天气情况。偶尔，冰雪和春雨倾泻而下，覆盖在灰褐色山地草坪上，零零散散可以看到温顺的母羊和跪乳的小羊羔。我曾亲眼见过这样温馨的画面，春季的细雨带来了沉静多日的欢乐，平时兴高采烈的乌鸦都弓起了它们的脊背。

一天，又一天，灰褐色的山坡绿了，树也跟着绿了。野兔吃饱了，躲在树荫下睡大觉，我悄悄地接近它，它躺在一棵杨树荫下，杨树的根盘绕在古老的岩石上，野兔和躲在远处金黄色的蒲公英的映衬下，现出明显的轮廓，蒲公英丛中长着绿色的苦苣菜。整个场景被布置得恰到好处，如餐桌上的摆饰。

野兔睡醒了，跳下山去了，舞动着它那黄褐色的尾巴向我告别时，我才意识到，它和我不过是一则寓言里的两个角色罢了。尘归于尘，土归于土，石器时代归于石器时代，新生代归于新生代，但是我们总是在永恒不断地追逐着！

此时在远处森林的上空，火车声糅进了某种嗡嗡的颤动，仿佛地平线处的松针是拂动的竖琴的琴弦。一切声音在传到可能听到的最远处时都产生一个同样的效果，那是宇宙竖琴的颤动声；仿佛远处的山脉，由于介于其间的大气的作用，被涂上了一抹天蓝色，看上去极富情趣。

这一次传到我这儿的是被空气过滤后的旋律，和森林中的每一片树叶每一根松针交流过的旋律，被大自然的力量接纳了的这部分声音，在经过调整后回荡在山谷之间。在一定程度上，这回声是独特的声音，这正是它的魅力和迷人之处。它不仅仅重复了钟声中值得重复的，而且重复了部分林中之音，林中美妙仙女所唱的也是这样平凡的歌词和曲调。

有时，在我听来，青年人的歌声近似牛叫，我并不是讽刺，我对于他们的歌喉是很欣赏的。这两种声音，说到最后，都是天籁。很准时，在夏天的某一部分日子里，七点半，火车经过后，青蛙要唱两个小时的歌曲，就在我门前的池塘里，或是村后的小溪边，准确地跟时钟一样，每天晚上，日落以后，一个特定时间的五分钟之内，它们一定开始歌唱。真是机会难得，我摸清它们的习惯了。

有时，我听到四五只青蛙，在水中的不同地点唱起来，音调的先后偶然相差一小节。它们跟我非常靠近，我还能听到每个音后面的咂舌之声。时而我还能听到一种独特的嗡嗡的声音，像一只苍蝇投入了蜘蛛网，那声音较响，只是时间久了，我也感到极富有音乐声了。

深秋，黎明时分，一阵大风从黄褐色的田野边吹来，雾悄悄地爬了上来，缓慢地从宽广的田野边上拂过。浓雾如同白色的幔帐，穿过了排列整齐的松林，越过沾满露水的草地。四下里依旧寂静无声，一阵叮当声从遥远的天边传来，像有人在轻摇小铃铛。叮当声断断续续，若有若无，四周喧闹了片刻，又逐渐沉寂。突然，一阵悠扬美妙的犬吠声响起，顷刻间，群犬齐吠，交相呼应。接着，一阵嘹亮的号角声从远处传来，刺破云雾，直冲高空。

号角声时而高亢，时而低沉，时而突然，又变得寂静无声，终于喇叭声、嘎嘎声、哇哇的叫声等各种各样的声音都响了起来，让乡村都为之震动。这些声音都是从何而来，无从知晓。最后，一道耀眼的阳光划破苍穹，一大队鸟儿穿过浓雾出现了，不过，它们的翅膀好像静止了。它们在天空中画出一道道优美的弧线，轻巧地落在地上，四散开觅食。在优雅、高贵的雁群的光顾下，乡村也就开始了新一天的生活。

我时常独自散步在这禽鸟众多的林中，听野鸡在树上啼叫出嘹亮而尖锐的声音，数里之外都能听到，大地为之震荡，一切鸟雀的微弱的声音都能压倒。

在冬天的夜里，其实在白天也常有，我听到从不知多远的地方传来猫头鹰的鸣叫，就像用拨片弹奏冰冻的大地所发出的声音，这正是乡村森林的本地语言，虽然我从没见到发出这声音时的猫头鹰，但我对这声音已经非常熟悉了。

一个冬天的午后，地面上的积雪还有一定的厚度。我饶有兴趣地观察一只横斑纹的猫头鹰，在光天化日之下，栖息在一棵松树下部的枯枝上，我站在离它三四米远的地方。它可以听到我移步踏雪的声音，但没法看清我，只能听见我发出的声音。最响时，它会伸伸脖子，竖起颈上的羽毛，睁大眼睛，但它的眼皮很快又垂下来，而且开始有点打瞌睡了。观察它半小时后，我自己也感到昏昏欲睡，它就这样双眼半开地栖着，就像一只猫，可谓猫的有翼的兄弟。它的眼皮之间只留下一条细小的缝，通过这个小缝和我保留一种若即若离的关系，它就这样半闭着眼从梦乡向外看，极力想辨识我这个模糊的物体，或者是妨碍它视线的尘粒。最后，由于声音更大了，或者我靠得更近了，它渐渐感到不安，在栖息的树枝上懒洋洋地转个身，似乎因美梦被打断感到很不耐烦。当它展翅飞起在松林中翱翔时，翅膀展开非常宽，但是我一点也听不到翅膀拍动的声音。

大地坚硬，封冻的路面一片湛蓝。光秃秃的白杨和桦树像是哥特式窗上的透雕花格映在蓝天上，淡紫色的山峰衬托着阴暗朦胧的云杉和青松的树影。溪谷洼地中落叶深深。这些落叶湿漉漉的，散发着潮湿的气味，那里有着某种令人翘首期盼和屏息神往的感觉。那些窸窸窣窣的声音消失了，只剩下枯叶飘落下的细微声响。在几个月前那一番色彩斑斓，热闹非凡的场面离去之后，出现了一种短暂的平静，一种深深的屏息等待。众鸟南飞，松鼠忙着贮存冬季的最后的那点食粮、湖面上的冰封锁了湖岸和岛屿，这种千里冰封的状态，要持续到来年春天。树木做好了准备，当那关键的时刻来临时，更深沉的宁静笼罩着北方。

当你感受这种宁静时，当这种宁静向万物悄然逼近时，时光暂且停悬，仿佛说话都是一种亵渎。突然，天空中飘起雪花，之前的紧张感荡然无存。雪花飘然而至，落在树叶上，落在树皮的裂缝中，落在覆盖着地衣的岩石上，瞬间分解，融入更广阔的湿润之中。随后，大地不再是褐色，而是近乎奇迹般地呈现出片片白色的斑点。此时，当雪花飘落在树叶和落叶层时，会发出细小的声响。白色迅速铺开，随之而来的是，秋季已过，冬季到来。

此时，乡村的街道上，也传来家禽的声音、搅拌牛奶的声音、电视剧里的歌声、沸水声、咖啡壶的咝咝声……

寒冷的降雪过后，迎来的就是冰融的时刻，也许在一个寒冷的夜晚，我就可以听到融化的雪水掉落岩石上的声音，这声音与山坡上松树掉针叶的声音相呼应。这些针叶像是一张正在编织中的暗金色地毯，而在每一个枝丫的顶端都孕育着预先形成的芽苞，静静地，等待着下一个春天的到来。

就是这样，四季在不停地轮回着，演唱着永不衰老的乡音。

小院静谧

　　春日正好，一切向暖。北方的春天固然没有南方的柔情似水，但也步履款款，不紧不慢地走着自己的节奏。

　　"咐地春袍，嫩色相照。"阳光的手指轻柔抚慰，周遭的山野、树林、田畴在静默中积蓄生机，那些精灵在石头之下，浮土之上，荒草丛中潜伏，孕育着生命的绿，等待雷的电鼓，风的助威，雨的协助，一股脑儿地涌出来，挡也挡不得，拦也拦不住，像一群调皮的孩子溜出家门。春天被彻底打开了！

　　四月的阳光，温暖四溢，热切的大地上，到处都有萌动的热情氤氲荡起，丝丝缕缕如祥和的炊烟，带动着人们向往春天的愉悦心情。

　　"春来日渐长，醉客喜年光。"喜欢一个人，带一本书，静坐在小院里的井台上。井台不大，两平方米左右，四周栽植的刺五加已经萌出嫩芽，像是贪睡的孩子将醒未醒，一旦睁开眼睛就会带给人无限惊喜。太阳柔和，阳光织成的披肩罩在身上，闭上眼睛感受透心之暖，金色的光温润着肌肤，更注入血液之中在周身奔涌，身轻如云飘在空中，此时人也阳光了。再去读书，顿觉文字更是暖心提神，人在书中，书在阳光中，阳光又在人的心中了。

　　小院的东北角，有几棵纤细、高挑的樱桃树，像一位位窈窕淑女，有风掠过就矜持不住随风舞蹈。有好事的鸟儿凑了过来，跃上枝头吓树儿一跳，然后一起舞之蹈之，轻声歌唱。我放下手中的书瞅着它们，可它们不为所动，没正眼看我一下，也许互不打扰是最好的选择，要知道这春天不仅属于我也属于它们，我们相安无事，彼此都成为对方的风景。

樱桃树下是一小块塑料冷棚，大棚内种植着各种小菜。正月里播种，在一层透明而又温暖的塑料呵护下，萌芽、吐绿、展叶，一行行已成气候。它们颇为茁壮也有些骄傲，甚至带有目空一切的味道。它们挨挨挤挤生机外露，用夺目的绿在这方寸之地写下一首首浪漫而又令人惊喜的诗句，让每个词、每一行都落地生根，这样接地气的华彩是平庸诗人写不出的。最为重要的是，它表露出的情感是所有生命向往的力量。我欣赏这一畦诗句，阳光的指引下，我一次次在诗的意境中穿梭、游荡、体味，感受来自自然的魅力。妻子采摘些鲜嫩的小菜，烹调成佳肴，再酌一杯酒，一颦一笑间让我感受到春天独有的味道。

夏夜小院，夜色迷人，尤其是在明亮的月夜，景色俱佳。

银白色的月亮悬挂在夜空中，月光洒下，给寂静的院子镀上了一层银白色。院子里的花木在月光的照耀下，笼了一层银纱。

青石板铺成的地面还微微有些湿润，那是不久前的一场小雨。院里的花木更加青翠，空气也越发显得清新。院角栽种着一簇簇娇媚的花，开得正艳的花被雨水打掉了一些，还剩下一些在枝叶上，继续颤巍巍地开着，含羞带怯，给清冷的夜色里带来一丝娇俏的意味。

院子里有一方荷塘，在月色下，波光粼粼。鱼儿不时跃出水面，你追我赶，荡起层层涟漪。碧绿的荷叶被点缀在荷塘里，伴着呱叫声溅起的水珠，如珍珠般在荷叶上滚动，为这夜色增添一抹趣味。

粉红、粉白的荷花参差不一地开在荷叶间，婀娜多姿，好像一个穿着粉衣的少女，坐在绿叶上，在月光的沐浴下，足尖轻点，碧水随之漾开涟漪。风中传来一缕异香，那朦胧的芬芳使我沉醉。

夜色渐浓，半个月亮倒映在水面，仿佛羞涩的女子遮住了脸。空中被人随手撒落的星辰，熠熠生辉。夏虫在草丛里，吟游献唱。低垂的荷花瓣上，滚落一颗剔透的水珠，将尘埃洗净。

在困倦的夜里，林地停息了歌声，杳无人迹的街道进入沉睡。

风儿也露出疲态，悄悄停下行走的步伐。夜的面纱，将白昼疲倦的眼睛遮住，好让它在醒来时用更清新的喜悦迎接明天。

　　一个普通的农家小院里，静谧与月夜并存，书香和月光编织着诗意，让一切都蒙上岁月的痕迹……

第二章　夏　天

窗外那棵石榴树

石榴树是春的使者。初春，乍暖还寒时，石榴树就冒出了红芽儿。红芽儿间早早孕育了花骨朵，互相依偎着，慢慢一起长大。红芽芽越长越大，渐渐由红变绿，小花蕾却由粉红变成大红了，从小不点的俏妞儿，变成含苞未放的大花骨朵，一副羞羞答答的样子。

而后，盛开的石榴花，娇艳芬芳，火红的花瓣，呵护着黄绒绒的花蕊，一朵挨着一朵，一簇挨着一簇，绿里透红，红里透绿，微风一吹，或隐或现。石榴树的花期很长，整个夏天都在开花。

五月，石榴已经开花，一朵朵红艳的花缀满枝头。绿叶映红花，很是好看。若是有一阵微风吹过，枝头的石榴花便翩翩起舞，更是别有一番韵味。

石榴的花并不像桃花一样，没有长出丰厚的叶层就急着开放，石榴花开的时候，旁边总会长有茂密的绿色叶层，显眼的红色小花朵在绿叶的衬托下，显得更加引人注目。如果仔细看来，可以看到花瓣上的深红色纹理。它的花丝像是一簇簇含在口中的龙须面一样，繁多的丝头长着桃心状的黄色花药，整个花朵长得非常精致。我把鼻子凑上去一闻，嗅到一股青涩的酸味，顿时让人感觉心旷神怡。石榴果的香味不是单纯的脂粉香，也不像桂花之香的刺鼻。从它身上散发出来的香味，是一股清雅的芬芳和一阵淡淡的青涩。每年春天，石榴花都会绿意盎然；每年夏天，都会绽放吐蕊；每年秋天，都使人期盼果实累累。

　　石榴花很美丽。在那茂密的枝叶中挂着一朵朵一簇簇迷人的花朵，那含苞欲放的花，像一位害羞的小姑娘；那半放半合的花像一把火炬；尤其引人注目的是那盛开的花，吐蕊怒放，像一团团火焰。多美呀！

　　一阵风吹过，石榴花跳起轻盈的舞蹈，散发出一股股沁人心脾的花香，让你心旷神怡，神清气爽。蜜蜂在花上采花酿蜜，蝴蝶在花间翩翩起舞。

　　石榴花给人留下的不是凋谢的伤感，而是收获的喜悦，那灯笼似的石榴也是做人诚实的象征。那晶莹剔透的籽粒，颗颗如宝石般光彩夺目，吃在嘴里，更是别有滋味。

　　石榴树，幼小的生命，孕育出了悄悄的欣喜，孕育着开花的梦想，成长着快乐的生命。

　　然而石榴花，不似牡丹高贵，也不似月季静美。它那火红的色彩是喜庆的，是张扬的。就像一个身穿红裙子的女子，嫣然一笑，惊艳了时光。

　　石榴花的颜色鲜亮、张扬，花朵却娇小。一朵花看上去并不觉得惊艳，但是一树火红的石榴花看上去就壮观了。那红艳是怒放的，是有气势的。

　　石榴花绽放时热烈，凋零时也掷地有声。它们就算凋零也保留着一抹红艳，好像怕被人们忽略、遗忘。

　　当一棵石榴树下凋落很多石榴花时，那一地落红也是令人惊艳的。会惹来很多小孩子在树下捡拾石榴花，拿来把玩。

　　自年少时，我便喜欢石榴花，并不是因为石榴花有多漂亮，而是喜欢那一抹红艳的色彩。每当我看到石榴花，心中就充满了喜悦。

　　记得我年少时，也会在石榴树下捡拾石榴花，还会用针线将石榴花穿成一长串，拿来玩耍。有时我还会将石榴花串当作项链挂在脖子上，引来小伙伴羡慕的目光。于是，他们就会去石榴树下争先恐后地捡拾石榴花。一群小女孩，在石榴树下洒下了欢声笑语。

后来，我们家的窗外也种了一棵石榴树。每当石榴树开花时，我总喜欢站在树下欣赏石榴花。那每一朵绽放开的石榴花都好像一件漂亮的丝绸的裙子，微风吹过便自行翩翩起舞。我那时曾幻想：每一朵石榴花是否就是一个花精灵？它们来到人间，温馨着每一段时光。

如今，又是石榴花开的季节。石榴树上绽放着一朵朵、一簇簇的石榴花，那火红的色彩似燃烧的云霞，在绿叶间升腾；又像一个个精巧的小喇叭，在风中吹奏着夏日之歌。

正是芳菲落尽、万物葱茏的五月。而石榴花就是五月的风铃，随风敲击出五月的丰韵，散发着五月的芳香，凝聚着五月的激情。五月的石榴花映着火红的太阳开得异常鲜艳，是家里一道迷人的风景。

我走近石榴树静静地看着石榴花，仿佛是见到了儿时的玩伴那么亲切，那么熟悉。我与石榴花对视着，那在风中舞动着裙摆的石榴花，仿佛在对我微笑、打招呼。

一只蜜蜂飞来，轻轻地停留在石榴花上，为石榴花增添了一份神韵。小蜜蜂从一朵花飞向另一花，它发出嗡嗡的声音，仿佛在说："哇，好多漂亮的石榴花，我要一朵一朵地采蜜。"

看着美丽的石榴花，我的心情好极了。我好想采下一朵石榴花，可我又怕扼杀了它燃烧的生命。它是属于大自然的，应该在绽放的季节尽情地绽放，然后悄然凋零，只留给人们一抹火红的记忆。

哦！石榴花，你是我心中燃烧的火炬，驱散我体内的孤寒，温暖我的生命。

麦田野趣

在我们一日三餐中，常见的谷物除了来自水稻的大米，就是来自小麦的面粉。从小就受到父母教育的我，知道"粒粒皆辛苦"的道理，同样知道在广袤的麦田里，有着人们辛勤劳作的艰辛画面，也有一些不为人知的情趣在脉动。出生农村的我，从小就与麦田有着解不开的情缘，我对小麦的种植和生长过程了如指掌，因为小时候的我时常到麦田里去玩，那里有我童年的好多乐趣。

每年的中秋节前后，秋风舞动，在摘走梢头枝叶的同时，也枯萎了地面上的那些芳草，留下了枫红，也送来了黄菊的药香，更重要的是，秋给人们送来成熟的金黄。在高粱笑红脸后，大豆也在金黄中摇起铃，玉米的胡须也从紫红变成了黑褐色，在它们不断传来丰收喜讯时，稻田又掀起了金色的波、金色的浪，一浪高过一浪的秋收，忙碌得人们无暇顾及。为了确保丰收，人们往往脚踏晶莹的露水而出，披星戴月才归，甚至有时还会加班加点连轴转……

好不容易地抢完了收成，人们又是抢着播种。小麦是秋播的主要植物，而种植小麦在当地素有"秋分早，霜降迟，寒露正相宜"之说，早了容易引起冬季疯长现象，而迟了又会导致好多麦种因为气温过低无法生根发芽，所以必须在合适的时间范围内播种下去，才能够确保来年夏季的丰收。可种植小麦与其他植物相比，要求要高一些，必须将土地全部深挖翻耕过来，并要让翻挖过来的土壤在秋阳下，晒上几天，然后才可以种植小麦。

于是，空旷的田野里再次繁忙起来，这一边的小伙子们高唱着《在希望的田野上》，那一边的姑娘哼唱着《在那桃花盛开的地方》；

西边老牛在扶犁人高唱信天游的歌声里,拼命地向前拉犁;只有老队长带队的东边比较安静,然而你走近时就会知道,原来那位喜欢看书的"土秀才"在给他们讲着《封神榜》……

但晒干的土地被牛拉的耙耘平后,那些土地开始平静了一些,因为大多的人走进山芋地,去起挖山芋了。老队长带领着十来个撒种的好手,一字排开,每人的脖子上都悬挂一根独轮车的车绊,在胸前系着一个小号的笆斗,步调一致地行走在田野里,一边走着,一边用右手不断地撒着麦种。

高手就是高手,无怪说行行出状元,假如你是有心人,就会观察到,十几人同时撒种,他们撒种均匀度基本一致,如果你没有耐心去数,不要紧,六天后就见分晓,因为自古就有一句农谚"豆三麦六,菜籽一宿",其意是说:种子从种下到出苗,大豆需要三天时间,小麦需要六天时间,而菜籽只需要一个夜晚的时间就可以出苗。

种子撒下后,如果是旱田,只需要小伙子们拉着一把把大竹箒子行走一趟即可,而稻田后种小麦则需要妇女们使用钉耙去逐一刨上一遍,这两种劳作的共同的目的是不让小麦种子浮在土的上面,尽可能要使种子埋在土中。

当所有的社员全部撒离麦田后,抽水机唱起了动人的歌谣,那哗哗啦啦的旋律似一场春雨洗刷着社员们多日劳累的心情。秋天的河水也许是经过了秋霜的漂洗,显得特别清澈,几乎是没有任何杂质,所以经过渠道漫入麦田的水,恰似一块巨大的镜片漂浮在田野里,从侧面看,成像在镜片里的除了偶尔飞过的那些羽翼外,就是那高远的蓝天和些许白云。

小麦的灌溉不同于水稻,一旦田地里全部浸满了水,就需要立即关闭抽水机,并及时地从各个方位去将水尽可能地排干,不然就会让小麦种子烂在土中。经过浸泡的土壤似具有面粉发酵的特性,变得松软,并黏结一起,起到了充分保潮的作用,使得小麦的种子有足够的水分去生根发芽。中秋时分,太阳已经高远,但稀疏的阳光还是能够为小麦发芽,提供足够而适宜的温度。

水唤醒了麦种的清梦，阳光又为它搓揉着眼睛，它们脚一伸就露出了洁白的根须，一使劲就破土而出，探出了尖尖的黄绿色的发梢。一旦阳光撒来金黄，不要半天的时间，就能将它浸染成为翠绿色，看到远近都密布着自己的同伴，麦种不禁放声歌唱，唱出了一地青绿，也将自己的管状芽儿绽放。在夜露晨阳的滋润下，不出几日，它们各自又伸出青色的双臂般的叶子，柔若无骨地飘舞着，把麦田舞成一块块巨大的麦绿色的地毯。

也许小麦就是这样的命运，幼苗刚刚长出不到半月的时间，白色的夜霜就时不时地亲吻上它的每一寸肌肤，虽然不惧凉意的侵肤入髓，但也纠缠得麦苗丢失了向上生长的激情，不过这也使得麦苗越发青绿起来。也许就是霜寒的锻炼，使得小麦幼时就具有了不怕寒冷的习性，当雪舞纷飞地将大地变成银装素裹的世界时，麦苗却我行我素，居然在雪被下不断地舒展身姿，下生根须，上长叶片，身体也粗壮丰腴起来。

阳光是热情的，一旦冬云飞去，就会再次洒出毛茸茸的光线，以热情融雪为水，为麦苗提供了足够的水分。当麦苗再次走入人们视线时，我们会惊诧地发现它们已经形成了厚厚的植绒般的被褥，覆盖在大地之上。

绿色是生命的象征。冬日里涌现的青绿更是动物的向往之地，饱受雪封大地之苦的野鸡、野兔，纷纷地走出自己躲藏之地，钻进麦田，大快朵颐，可正是它们的狼吞虎咽给我们孩童留下了捕捉它们的蛛丝马迹。野兔有一个特性，它一旦看好哪一个地方的食物，在那里吃过后感到安全后，当它饿时，会从老远的地方再次赶来赴宴。于是一经发现，我们会十几个人一起从四面八方去围追堵截。论跑，估计让刘翔去追，也是望洋兴叹的事。但野兔天生胆小，一旦发现到处是人，它就会兜圈奔跑，在无法夺路而逃的情况下，奔跑的圈子就会越来越小，结果不是被我们捉住，就是野兔自己跑得累死。

当我们撕咬野兔那喷香的精肉时，眼睛又盯上了在田野里时飞时落的野鸡。用包抄的方法肯定是不行的，它长有翅膀；下网的方法也是不管用，因为野鸡聪颖，绝不会去吃网里的东西……后来听有经验的大人说，在没有枪的情况下，只能够注意野鸡落地后行迹，在它去吃麦苗的路径上，用马的鬃毛打上活结，并固定在隐蔽的橛子上，一旦野鸡的爪子触碰上活结，它只能够束手待毙。我们按其所说方法进行尝试，屡试不爽。

孩童捕捉野鸡，不光是为了吃它的肉，更多是为了野鸡身上那色彩艳丽的羽毛。用野鸡羽毛做成的毽子，既好使又漂亮，上飞下落的毽子轻盈而多彩，色泽光鲜。而那长长的尾羽，则又是孩童玩游戏时扮演帅才的重要道具。

瑞雪兆丰年，既是经验，又是事实。一个冬天下上几场大雪，小麦定然疯长，同时在旺盛的小麦掩护下，有一种叫作"羊蹄菜"的野菜，在人们不知不觉中也开始疯长出来。它具有麦苗一样的颜色，紫红的根须，叶子呈卵形，只有两厘米长，初始莲座生叶，覆地生长，乍看是一朵麦绿色的花朵。待它长到巴掌大小时，才开始分蘖并旺盛生长，假如不除掉它，就是小麦也无法与它抗衡。但这种野菜十分鲜美，可以和二月的荠菜媲美，携带着春日阳光的味道。采挖一些回家，清水洗净，只需油盐爆炒，勿用任何调料，就是精美的一碟，那叠翠积绿的色彩，在冬日无青蔬的当地，无法不让人舌下生波。因此，一旦到了冬日，我们孩童往往右手拿刀，左手提着篮子去挖羊蹄菜。

请勿担心，冬日的小麦是不怕践踏的，在拔节之前，听任你的脚步到处行走，不仅不会对小麦有所伤害，相反地还可以压实小麦的根须，是有益无害的事情。另外，倘若羊蹄菜不去根除，还会严重影响小麦的生长

爆竹声声辞旧岁，在鞭炮的硝烟还未散尽时，人们便迎来了实质意义上的春天。麦田也春意盎然起来，在我们还在回味羊蹄菜的汤汁时，龙抬头的日子到来了。二月二，在当地，是挑荠菜的最佳时节，我们将手中那把小镰刀磨成为银色后，提起竹篮，头也不回

地走进了麦田，在麦苗的掩护下，那里的荠菜特别鲜嫩和翠绿，不要说吃，就是看也是养眼的色彩。汲取雪水夜霜、月色地精的荠菜，又经晨阳和春雨的滋润和爱抚，勾兑出天然的春天的味道，无疑是一份天赐的享受，鲜美无比。荠菜的吃法很多，清炒、做汤、烧粥，包水饺……做法很多，你爱怎么做都行吧！

桃枝红了，梨梢白了，柳条绿了，小草也满地滚爬了，到了清明时节，小麦开始拔节生长，倘若你在月夜中，独处麦野，一定会欣赏到它那曼妙的天籁之音。拔节生长后的小麦不断地长高，不过半月，就高过人的腰际，我们孩童行走在麦田里，几乎看不到发梢。拥挤的绿意，不经意间成了好多鸟儿的天堂，筑巢为家，繁衍后代，进进出出的它们，不时地欢唱起来，此起彼伏地形成了一场场音乐会。

又是一种诱惑，好奇心的驱使，让我们孩童趁着看青员打盹之机，偷偷地潜入麦田，去掏鸟蛋，甚至将雏鸟捕捉回家。可好多鸟儿见到了人就拒绝进食，我们往往被父母训斥一顿，然后乖乖地送回去。有一种叫作机灵鸟的鸟好养，和麻雀一般大，叫声却如画眉般悦耳，一旦养活后，它就会和你形影不离，即使在它高飞云天之上，只需打一个呼哨，它就会箭一般地落到你的肩膀或者手掌上。

小麦打苞抽穗时，还没有扬花，麦田里就开始弥漫芬芳了，引来蜂飞蝶舞的同时，也吸引无数昆虫的鸣唱，一旦小麦扬花，它们就成了小麦的义务的授粉员，它们的汇聚也为鸟儿带来了丰美大餐。

每逢这个时候，看青员就是不吃不喝也不睡觉，或者说长着八只眼睛，也无法阻挡我们进入麦田的脚步。因为那麦田中间生长着的豌豆，一边开着紫红或者白色的花朵，一边结下了铅笔刀般的豆角，如果再不去采摘，就会老化成熟，那份美味就得等待下一年才能够享受。豌豆角，生吃甜味十足，生津解馋，煮熟了则清香扑鼻，无疑又是美食一份。每每遇到，往往塞满书包后，还会将自己的衣兜装得满满的，甚至将自己的上衣脱下去包裹豌豆角。

就在此时，在麦田的边缘还会生长着一种叫作覆盆子的中药，此时也结出的榆树钱般的种子开始走向青黄，如果不及时去收割，一旦成熟了再触碰，它的种子就会全部散落。那可是孩童换大白兔奶糖的牙祭钱，我们无论如何也不会放过这个机遇的。

艾草飘香了院落，菖蒲也摇曳在屋檐时，端午节的粽香往往是与成熟的麦香交织在一个时段上。正应了那句老话："麦熟一晌。"昨天还有绿意的麦田，今天再看时，就金黄一片了。

于是，一顶顶草帽飘在了金色的海洋上，而一把把银月般的镰刀却在海底飞舞，汗水将金色的麦浪化为了一条条金色的小溪，蜿蜒在社员们身后，牛拉的大车，驮走一座座金山后，麦田里又荡漾起我们孩童那稚嫩的歌声："我是公社小社员呀，手拿小镰刀，身背小竹篓……"在麦收时，农村的学校都会放数日的假期，让我们孩童去捡拾遗落在麦田里的麦穗。

就在我们还没有走到麦田的另一头时，身后已经飘来了牛鞭那啪啪的脆响，几头老牛各自拉着犁正在奋蹄向前，试图追赶我们的脚步。可以想象，不要十天，收割的麦田就会摇身一变，成为充满绿色的稻田，继续酝酿、演唱出新的丰收之歌！

楝子花开

楝子花开，是与麦香吻合一起，紧靠村头麦田的那棵楝子树上的花开了。细小、紫红的朵朵喇叭花，一层层、一簇簇，像一个个馋嘴的孩子，争相吸吮着麦田散发出的清香。

泡桐会在早春二月开花，叶片还未生出，就一树灿烂的紫红、紫蓝或紫白的花朵繁华在二月仍清冷的东风里，空气里弥漫着桐花甜腻的浓郁香气。这些香气常会吸引不知名的、令人恐惧的小虫子的兴趣。我曾在捡拾的桐花花蕊里，蓦然发现像黑色怪物一样的小昆虫沉睡在那里。

初夏，柳树、槐树、杨树已经由黄转绿，不经意间早已绿满枝头了。而苦楝则似贪睡的村夫，还想睡个回笼觉，可最终禁不住春风细雨的催促，才惺惺懂懂地露出头来。或许，苦楝的这般从容，只是为了在百花盛开后的季节，给村民一份迟到的惊喜。正是夏初之时，绿枝嫩叶缀满全身的苦楝，不知不觉间开始绽放如梦似幻的紫色花朵。而一俟进入盛花期，便有暗香浮动。定睛细看，每一朵小花都有五片花瓣，白嫩中透出淡雅的紫。苦楝的花期很长，有的年份竟能持续一月有余。随着花的日臻成熟，花蕊逐渐中空，而此时经了授粉的雌蕊，便慢慢长出苦楝豆来。

在初夏的时节，一簇簇星星点点的花朵缀满了楝树生满嫩绿叶片的枝头，散发着一缕缕令人莫名惆怅与喜悦的气息。也难怪清少纳言会说："树木的叶子虽然难看，楝树的花却很有意思的，像是枯槁了的花似的，开了很别致的花，而且一定会开在端午节前后，这也是很有意思的事。"

棟花总在暮色里悄然开放。多年了，我还记得那个微雨的黄昏，我还是个不谙世事的孩童，讶然发现一簇簇紫蓝的棟花开放在的村庄的每个角落。黄昏的霞云从远天漫漶至村庄树丛，还有几滴雨点，随风飘落在我的脸上，晚风清凉，空气里弥漫着棟花令人迷惘的香甜气息。

在黄昏的暮色里，一位拿着扁担的丰满的姑娘正在棟树下走过，地上落满了被风吹落的棟花。我至今还记得她红润的面庞，两根乌油油的长辫子拖在脑后。红格子的衣裳映衬着黄昏的绿树，很快她的身影已消失在棟树林的深处。

棟子花很快落去，不见了踪影。它们都去了哪里呢？这些没人在意，我们会知道，来年的春天，它们如星星一样的一簇簇紫白的花朵又会缀满枝头。棟子花落尽，一串串如青枣一样的果实如小铃铛一样挂满枝头。对于这满树的果实，我们曾不止一次希冀它们是满枝的青枣该有多好。有一次，调皮的哥哥拿来棟豆哄我说，这是青枣。其实，我一眼就看出了他的把戏，却仍忍不住放在口中，其味道苦涩得让人难以下咽。

棟子花开，正是麦子逐渐成熟的日子。麦子开花、授粉之后，麦粒在母体内发育成长。"棟子花开吃燎麦"，这是流传于老家一带的谚语。眼下棟子树的花已开，麦子飘香、成熟的季节也就不远了。

棟子花朵，吸吮着麦香；麦香飘逸，浸润着棟子花开。一年一度的麦香飘逸，肯定会散遍千家万户、每个角角落落。

石榴艾草粽子香

夏日黄昏，一阵阵"热粽子——热粽子"的叫卖声打破了街道的宁静，唤醒温暖的舒适。一阵接一阵的吆喝声，粽子的香甜味，随着飘散的热气，如丝如缕，弥漫、扩散、飘逸、升腾，偶尔夹杂着豆浆的味，钻入鼻孔、心肺、肠胃，激活人的精神。

季节，以镰刀的脚步，一步一步走近阳光的移动，河水的流逝，月亮的圆缺，燕去雁归，土地在河水中移动，这就是时间的脚步，正在收割着地面上的一切，不知不觉间，夏季来了。

就在石榴树叶浓密时，叶子上的一滴晶莹剔透的水珠，落在了一朵石榴花上，无意间和另外一滴水珠融合在一起，壮大队伍的水珠又掉在了一朵石榴花上。最后，石榴花无法承担这样的重量，折断了。

从此以后，我常常见到有柔嫩的红花，像丝绸一样挂在一条绿叶稠密的枝条上面，却不知道那就是夏天的心脏。它美丽地开花，芬芳地传香，依然和它的初衷那样，让我们铭记着它那娇嫩、温婉、欢欣的花色和芳香。

然而它差不多在多数的家庭中消失或灭亡了，水泥覆盖的庭院，早就没有它的立足之处、容身之所。它火红的色彩，就是秋天给大自然的一个许诺，在未来岁月哺育它的儿女，在此地为它们提供质朴的给养。麦浪翻滚的时节，这不起眼的花朵，这是乡村曾经的图腾，几乎也被遗忘殆尽，或许只有它那开花的枝条还能唤醒一点人们的记忆。

每临近端午时节，祖母就留心大朵的石榴花，即使凋谢在地的，她也会捡起来，精心收藏好，风干了也不怕。端午节那天，她会早早地起来，给我们包粽子，在贫困的岁月，包粽子的原料，是她一年来，细心准备下的，过了好久，粽子的香甜味道，钻入我的鼻孔。忙完粽子，她还要给我们煮上几个鸡蛋，她用准备好的石榴花和鲜嫩的艾草尖，放在一起混煮，不一会儿，鸡蛋熟了，淡黄色的鸡蛋，透着一种石榴花的淡香，再仔细品味，还有艾草的香味，至今回味起来，依然是那么悠长，那么久远……

而如今，空气中弥漫着石榴花的香味，石榴树终于开花了。一道光亮射入了石榴树枝丫间，小时候就熟知的小蜜蜂，此时正悬在空中挥舞着翅膀。当我们从它旁边走过，过一段时间回头看，那只蜜蜂还在半空中悬着。蜜蜂为什么在空中悬着，我一直都没有找到答案，如今小蜜蜂也渐渐淡出了人们的记忆。现在又回想起以前的事情，脑子中突然出现了这样的答案：所有没有翅膀的动物，都非常渴望飞翔；有翅膀的，在花开的时节，更希望在花上多停留一会儿。

麻雀从窗户上方的装饰板下的家中飞出，像迎接春天到来一样欢喜活跃。这不，有一只小麻雀正衔着一片羽毛回来筑巢呢！麻雀已经找到了自己的栖身之处，现在它们的生活可称得上逍遥惬意。当然，它们不会给我们带来任何麻烦。

门外路旁边，艾草在微风的吹拂下，不停地摇晃着小脑袋，杂草上的露水已经将它们的毛发弄湿，看上去整体成为淡灰色。每一张草叶的叶片上都有一滴在缓缓流动的水滴，或大或小。叶片是叶的手指，有多少叶片，就说明要流向多少个方向。水滴，流到哪个方向，艾草的清香，也随之飘向那个方向……

面对这艾草，便想起艾草的素面容颜。以清香熏德，以淡雅守操，虽生长在荒草杂木的尘世中，却不与尘俗为伍；虽悲天悯人，泪积凝露，面带忧伤，却仰视长空，含泪的眼中饱含希望的微笑；虽幽居深山，不为人理，不为人知，无人观赏，却能独善其身，枯荣无憾。身居山中，便在山中成长；移栽庭院，便在庭院溢香。

每至此时，庭院石榴树的枝条上缀满了火红的花朵，嫩绿而蜡质的叶面上闪着美丽的光泽，花朵就是在这光泽之间闪动的火花。到了秋天，一个又一个鲜亮的石榴沉甸甸地垂着，闪烁着耀眼的光芒。

就在这时，不安分的麻雀飞到我的庭院来，有三五只就好像它们前来观赏石榴花似的。它们有的就干脆在石榴树的枝丫间筑巢，在石榴树里安了家，有时候甚至把串门来的邻居给吓跑了。每天清晨都会有几只麻雀在鸣叫，我认为那是天籁，是最美妙的乐曲，但我也从不会自找烦恼，不会感到烦躁，也绝不会驱赶它们。我聆听出这种纯净而安详的声音，好像居于高远处的一个精灵，在慢慢地吟唱一个圣洁的旋律。那歌声唤起我对美的感受，让我想起自然界中没有其他的声响能够给予的宁静与神圣的祝福。那歌声很婉转，每一个音符都能饱含着爱与甜美，饱含着石榴花的蜜汁，饱含着石榴内蕴的香气与涵养。

它们能光临我的庭院赏花，我还感到荣幸之至呢。但它们从不会扰得我不堪忍受，有时候它们不见踪影，不知道它们是躲进了哪一个缝隙，去逃避或是躲避什么似的。

有些时候，我也像麻雀一样，躲在屋里读书，偶尔，到门外马路边走走，街道上的树木遮挡着阳光，投下斑驳的阴影，阴影在微风的吹拂下，时而左，时而右，显得摇曳多姿。

大自然也许格外垂青这片树林，让它们依然保持自然的原貌。自然而然地在向我展示艾草以及附近苔藓、地衣的原生状态。这儿土地肥沃，到处洋溢着清新空气。站在清香四溢的小路旁边，我感受到草木世界的力量，我周围默默发生着深沉而神秘的生命进程使我敬畏不已。

麦浪翻滚的时节

在麦田演奏乐曲的风总是行色匆匆，麦秆微微作响，脱落的花儿在空中打着旋儿，风还是很急的样子。

麦粒张开尖尖的小嘴，悄悄地在麦壳里积蓄乳白色的汁液，宽大的叶片上还挂着一棵亮晶晶的大水珠。麦子正在灌浆，天气也逐渐炎热起来，每到傍晚太阳把光线斜投射到麦子上，于是每一块麦地就像羊绒被子，在夕阳的光照下，每一块"羊绒被子"都非常松软，非常诱人。

风在长满麦子的地里卷起波浪，一直拍打到远处的柳树上。树摇动着柔软的枝条竭力抵抗，但丝毫阻挡不了风的脚步。

沟壑两侧也只有风，一束束草在地面上依着惯性画圈子。我在沟壑边沿走着，倾听着地面上的风声，好像是浪花在拍打海岸的声响。野兔、野山鸡、野鸽子，或是斑鸠，都不在此处，全都在躲避风浪。

暮色逐渐降临，走在辽阔无边的原野，随便找一块干净且带着阳光余温的岩石坐下，侧耳倾听麻雀的叽喳声，真是难得的享受。那曲调来自远处的矮草丛，成群的麻雀在地面上寻找食物，叽叽喳喳地在交谈，曲调就是从那里飘出，传往四面八方。首先传出的，是两三声嘹亮悠长的声音，然后声调转而减弱，最后以柔弱的声音结束。这是一首完整的歌曲，但我们能听到的，通常只是其中的几个音符。因为那些微弱的部分，已经消逝在风里。

它的歌声是那么朴实无华，又是那么随意、富有亲和力，完全是出自本能而演绎的美妙曲调，是大自然中最特别的一种声音。碧绿的草地、坚硬的岩石、腐朽的树木、广阔的田野、安静的羊群，再加上披着晚霞的山坡，所有一切都被包含在它的曲调之中。至少，这是鸟类能够完成的事业。

夜温暖，风在轻轻地荡漾；夜静谧，麦子在微微地晃动。也许会有什么事情发生吧，因为这样的安静之中总是孕育着不安静。果然，麦子之间开始在窃窃私语。一棵麦子与另一棵麦子打招呼；地边沿上的一棵麦子，孤零零地站立着，焦急地寻找着伙伴；靠里侧的麦子，则纷纷伸展出叶片。原来如此，我们人类用声音打招呼，麦子却用这种方式传递讯息。

云层之外隐约传来叫声，似乎是远处的一条狗在叫。整个世界竟然都把耳朵竖起来听那个声音，这真是让人难以理解。没过多久，那声音近了些，是鸽子的叫声。虽然还看不到，但越来越近了。

天渐渐黑了，麦穗逐渐消失在暮色中，麦穗上面的水珠却在闪闪发光，尽管天越来越黑，它们却始终晶莹无比。水珠从天空中取来光，照亮黑暗的田野。

鸽子出现在低空中，像是一面不规则的几何图形。它们时而落下，时而升起，时而随风鼓起，时而被风压下，时而舒展，时而收起。每一双扇动的翅膀都在跟风角力。鸽子群最终消失在天空中，我知道，当最后一只鸽子消失时，它们的影子也随之不见了。我们唯一能看到的是，一望无际的蓝天，白云在天空中悠扬飘荡。

整整齐齐的麦田摆在辽阔的大地上，仿佛一块块墨绿色的翡翠。麦田是村庄最宝贵的财富，是大地积蓄的精华。风吹麦田，麦田摇荡，麦浪把幸福送到村庄。

如果此时摘下一两个麦穗，用手轻轻地将它揉碎，就能闻到一股属于麦子的清香，果然勾起我们对往事的回忆：从前，楝子花开时节，我们跑到广阔的麦田边撒野，累了，饿了，就摘下麦穗，用手轻轻揉，揉哇揉，不停地揉，不一会儿，嫩绿的麦粒，就呈现在手掌心上，不管吃相如何，就一口吞了下去，真是痛快极了！爽口的味道，是进入肠胃后返回来的，一股清香味妙不可言。

此时此刻，我似乎觉得自己正在缩小，最终变成一粒饱满的麦粒，想要对着某个不认识的好朋友绽放。他是一个很好的人，只要他来了，我行动中遇到的所有阻碍都会烟消云散。

　　如此这些美景，令我心旷神怡，我的耳朵里"早晚"之声络绎不绝。一阵麦子的清香扑鼻而来，我忽然觉得，这难道不正是最美的地方吗？我何必还要四处寻找呢，没有必要了。我坐在身旁的树根上，倚靠着树干，抬头望着温暖的太阳。令我魂牵梦绕的那一刻终于来临了：一直以来都落在最后的我，最先进入了美轮美奂的新世界。

麦与镰的季节

时光，以镰刀的脚步，一步一步走近。阳光的移动，河水的流逝，月亮的圆缺，燕去雁归，土地在河水中移动，这就是时间的脚步，在收割着地面的一切。不知不觉间，夏季来了。麦子在逐日褪去身上的绿色外衣，披上淡黄色的衣衫。

立夏过后，扬花的麦子，总是羞涩地将两点花瓣挂在穗头，麦地里就多了一层淡雅的粉白。这粉白不起眼，只是很温情，像乡村的少女，匆匆赶路，总是散着一绺头发，低着眉，红着脸，青春的气息，舒畅而又细腻。

麦子是土地的女儿，也是养育乡村的母亲。就像乡村的女孩有一天也会感到受孕的幸福，以生命创造生命，在痛苦的幸福中祈福。

初夏，楝子花开，是麦子逐渐成熟的标志。羽状的复叶是苦的，粗糙的树皮是苦的，椭圆的果实是苦的，深埋的根须也是苦的，苦心的苦楝树，淡紫色的小花朵浓郁地开满整个灌浆时节，让一种独特的苦香四处弥漫。麦子的成熟，和石榴花开相互应和，饱满的麦粒，堆满我们的院落，火红的花朵，摇曳在我们的每一段岁月。岁月，让人的感情发生着变化，就像葡萄在时间的催化下变成美酒一样，浓郁芳香醉人。

我曾在柔和的春夜漫步田间，朦胧的月光下，小麦在风中摇曳，显示出努力生长的模样，土地是软绵绵的，踏上去有一种舒服的感觉，新翻的泥土散发着一种特有的气息，与小麦散发的清香味糅合在一起，有一种给人向上的力量的感觉。月光如水，静静地泻在田野作物的叶面之上，像洁白的乳汁。作物在春的时节，努力地拔节生长，似乎能听到生长的声音，那一种向上的声响。

夜，在滋长着，春夜，在我们的生命中蔓延着，在我们的生命中延续，在乡村的血管里流动着，在乡村的生命里升腾着，发展着……

麦子是温柔的女子，在召唤阳刚的镰刀。初夏时节，麦子成了待嫁的少女。

我手握镰刀，弯腰低头，向麦子致敬。或许是她们太矮小，不，是她们太牵挂母亲。我只好蹲下，与她们近距离接触。我再一次对她们心怀感念，我单膝跪下，进一步向她们致敬。

一分神，手指被锋利的镰刀轻轻划破，殷红的血液，在光洁的镰刀上留下斑斑痕迹。不知是麦子柔弱，还是土壤疏松，镰刀时而割断麦子，时而又将麦子连根拔起，麦芒刺伤我的手指和手背，隐隐作痛。

远方的养牛院子里，牛的尾巴在不停地摇摆，驱赶着身边的蚊蝇，那姿态很甜美，旋律也很优雅。偶尔的叫声，乍一响起，我以为是谁家婚宴上传来的歌喉，可是听下去，我突然失望了，一拉长，原来是牛的声音。或许，牛儿知道麦子成熟，收割后，被轧扁的麦秸是它们最好的食粮，麦田就是它们天然的谷场和食料厂。

有些植物追求肥沃的土壤，有些植物则追求空间，而麦子是既追求肥沃土壤，又追求空间的农作物。当冬日万物沉睡时，麦子则在广袤的土地之上苏醒，绿色在田野间镶上了边框，她们是那么纤细，是那么弱小，是那么新绿。此刻面对金色麦田，她们过往的绿色身影，在我们的眼前不停地晃动。绿色，是最感人，最有情的。它不像红色那样热，不像蓝色那样冷，它柔和美好，给人安慰，使人安静，叫人思索。

手指的鲜血，给它配上热烈的色彩，使它显得更加美好柔和，给人安慰，给人安静，让人增添无限的思索……

锋利的镰刀，给它配上阳刚的硬度和韧性，使它显得更加令人敬佩，让人想起远古的刀耕火种岁月，如同这血与刃的亲吻，在这片土地上演绎着，变化着，升华着，成为历史书籍上的几行简短文字，却浸透在史书的页面上，成为永远难以抹掉的记忆……

麦收后的田野

麦收后,田野更加空旷,我们的视野更加开阔。远方的山,更加清幽,白云高挂在天空,悠闲自得。

干净的麦田上空,时刻飘荡着麦秆甘甜的气息,一直传到很远很远的地方,与农家厨房里饭菜的香味融为一体。这味道成为农民爱与被爱的综合体,成为农民爱的依托,爱的载体,爱的化身,爱的灵魂,难道你没有感觉到吗?

收割以后的麦田,留下的是麦茬,好像男人理完的头发,只有六寸左右,那样齐整,那样匀称,那样有规则。麦茬在阳光的照耀下,反射出耀眼的光芒。这时路边也看不到散步的鸽子,灰色或白色的在路边觅食,一会儿低头,一会儿抬起望着远方的行人;野兔没有藏身之处,或许是躲到了沟壑的矮树丛里乘凉,或许正在睡大觉,或许正在喂养幼崽;刺猬也不知躲到什么地方去了,不出来,摆弄它的憨姿态;雄山鸡穿一身花衣服,展示雄性的姿态,一声长鸣;雌鸡温柔而可爱,贤淑而端庄。它们都是麦收后田野的邻居。

田野欢腾的时刻,正是玉米下地播种的时刻。田间地头,机器在轰鸣,化肥和种子同时下地。种子在土地里静静等待雨水的滋润,它们不急不躁,安安静静。欢腾几日,田野终于沉静下来。

此时,天气安静,田野安静,路旁树木安静。不知安静了多少日子,初夏的天气,总是不见阴雨天,农民心急,种子烦躁,田野烦躁,几乎看不见野草了。麦茬倒伏在地面,是它们在变换方式亲吻母亲吧。

等待无数个日子之后,玉米经历了一场雨水的滋润,玉米粒开始慢慢地钻出地面了，尖尖的小脑袋，在麦茬间看不到它的身影。一次又一次的雨水，滋润着它，激励着它，当然，它也不辜负田野和雨水的给予，甩开身躯迅速成长。

远处的同伴，大豆、高粱、谷子，都在不同地域，以不同的模样，生活在自己的领域。

太阳下山了，西边布满了绚丽的云霞，所有事物都因此变了模样，远处映着余晖的凫山山脊上所有的树木都静静地伫立着，和太阳挥手告别。一切景致都非常肃穆庄严，就像太阳和树木会永不相见一样。慢慢淡去的日光打破了色彩的魔法，星空下的树林在夜风中自由地呼吸着。

接下来，整日阳光普照。田野附近的岩石上的树影迷人极了！杨树的影子尤为清晰，优雅而精致，胜过所有的艺术品。它们时而静止于岩石，宛如一幅油画；时而轻柔地滑动，仿佛为喧闹声所扰；时而敏捷欢快地旋转舞蹈；时而迅猛地跃上沐浴着阳光的岩石，如海浪拍打着海岸边的悬崖。它们的美丽如此真切，且如此丰富，因而便加倍地美丽。

空气中弥漫着树脂、女贞和薄荷的幽香，每一次呼吸都是大自然给予的最好礼物，为此我们应当衷心感谢。谁可想象如此严酷的自然却又如此柔美，充满美好。

夏日里，田野一天一个模样，原来空旷的野地，忽然之间不再空旷，裸露的麦茬隐藏在玉米的身躯下，干枯成为碎屑，与地面的土壤颗粒融为一体。有时成为土壤保护膜，成为野草的对手。

当田野成为立体图形时，玉米的身高又是另一番景象。宽大的叶子，粗壮的主干，发达的根系牢牢地抓住地面，不停地拔高身躯。

远方的山脉遮挡住许多视线，我们的视野忽而变得更狭小。天空的白云，依然如此悠闲，在空中飘荡。

风吹动叶子不停地摆动，好像在向路人挥手致意，或是在微笑，它们时刻感受到在幸福快乐地成长。

雨水是庄稼的催化剂，遇见它，庄稼一天一个模样，此时，土壤中的肥料，也发挥重大作用。玉米懂得感恩，大豆知道报恩，高粱弯腰报答，谷穗最为虔诚，垂头颔首，俨然是一位老者。

麦收后的田野，预示了那种迟缓的、始终如一的、保守的意志。在事物内部有一种沉着、节制的自然力，到处留下了它们存在的痕迹——那是一种可爱的自然力，充满令人惊奇的诱惑力。

夏日蛙鸣

在夏日，无论是白天，还是夜晚，我在乡村都能听到蛙鸣。有时是一声鸣叫，有时是万蛙齐鸣。今年，雨水众多，往日干涸的池塘，今天全部注满了水，只要有水，就有青蛙。或许，这就是青蛙的神奇。

伴随着谷雨时节的一声春雷，沉睡了一冬的青蛙从冬眠中惊醒，一场春雨过后，它们就开始破土而出了。它们结伴涌向水塘，繁衍出可爱的小蝌蚪，这些小蝌蚪成群结队地汇集在一起，无忧无虑地漫游在小河中，向大自然显示着生命的延续和顽强。

记忆里，每到雨天，池塘里的蛙儿，叫得特欢，叫声此起彼伏，一阵比一阵大声，好像在池塘里开演唱会，而此时的田野，雨落如鼓。我不知道谁是叫声的主角，说青蛙也行，雨声也可，反正它们相互伴奏，闹得风生水起，不亦乐乎。正如一副对联描述的情境："池塘蛙鸣连一片，田原雨落响四方。"这时，父亲见我听得痴迷，便问我，池塘蛙鸣，打一俗语，你知道吗？我说："呱呱叫！"父亲笑着说，儿子聪明，绝顶的呱呱叫。

多年来，我对池塘蛙鸣非常关注。读梭罗的《瓦尔登湖》，静听自然，有蛙鸣的节奏，从书页深处流淌而来，在熟悉的湖水里，叫声不绝如缕，回声荡漾，如泣如诉。我思绪如潮，像看到水珠落入掌心，露珠点缀草叶，雨珠缠绵，我如闻笛声清远，奶酪清甜，豆花清香，像白雪公主和巧克力一起到来了，在我心间，跳舞唱歌。

池塘蛙鸣，我在古诗里常读到。王建在《汴路水驿》中有句："蛙鸣蒲叶下，鱼入稻花中。"那蒲叶在池塘里，藏着蛙鸣，鱼儿游动，稻花飘香，诗的情境意趣，抵达极致。刘基有句："雨过不知龙去处，一池草色万蛙鸣。"那云雨飞龙，是想象里的，只有池塘边草色青青，万蛙齐鸣，才是人间的真实情境。潘大临在《江间作》中有句："私蛙鸣鼓吹，官柳舞腰肢。"长江边有湖水，也有池塘，还有一望无际的柳畔风光。那蛙鸣幽隐，却很廉价，到处都能听到。晁公溯也有句："牛放远山连雁鹜，蛙鸣废沼下凫鹥。"诗里的沼，就是池塘，那雁鹜牛鹭，在古代清净的池塘边，常有出没，并不稀罕。张良臣的《夏夜》中有句曰："恰则黄昏雨便晴，青塘迤逦尽蛙鸣。月明已在芭蕉上，犹有残檐点滴声。"烟雨黄昏，青塘蛙鸣，残檐滴落的水声，像雨打芭蕉，月明洒辉。苏轼也有一句："蛙鸣青草泊，蝉噪垂杨浦。"那泊，那浦，水光潋滟，蛙鸣悠扬。

记忆中，故乡的蛙叫得最欢是在雨后的黄昏。小雨初停，便有蛙声响起。先是一声独唱，虽并不嘹亮，但传得低沉清脆，像夏夜的星星，一闪一闪，瞬间点燃了一片蛙声。成千上万只青蛙唱成一片，此起彼伏，相互交融。夏天的雨忽疾忽缓，伴着雨点，这时的蛙声简直就是一条潺潺的溪泉，自然地宣泄出来，蛙声在润雨的伴奏下，更显其激昂与旷达。清澈的蛙鸣，给人们带来了一丝凉爽、一些遐思，奏出了大自然最美妙的乐章。

蛙是故乡的精灵，是"夏日的歌手"，不倦地伴唱着夏的精彩。蛙鸣点燃了夏夜的激情，蛙声中庄稼拔节陡长，瓜果孕育甜香，是丰收的序曲。故乡的蛙声，是我心灵深处最纯净的乡音，像一首旋律优美的摇篮曲，拨动我心中的乡情。故乡满田的蛙声，丰厚了夏夜的乡村，蛙声沾染了泥土的气息，格外清朗。蛙鼓其实就是乡村勃然的心跳，在异地聆听蛙鸣，就像闻到久违的乡音，一种莫名的兴奋从心底油然而生。

星期日早晨，在大地的美景之上，天空又焕发出这个夏季让我们惬意的最纯洁柔和的光辉。我把窗户打开，我看见和煦的阳光照耀在院子的树叶和鲜花上面，听见习惯向我歌唱的鸟儿的声音；在我的屋檐下安家的燕子，不时悄然飞过，我熟悉它们那些时远时近的乐音。

漫步在故乡的池塘，此起彼伏的蛙鸣声，不由得让我想起辛弃疾的词："明月别枝惊鹊，清风半夜鸣蝉。稻花香里说丰年，听取蛙声一片。"一浪接着一浪的蛙鸣，似若涛声，滚滚而来，声声入耳，沁人脾肺。悦耳的蛙鸣，如同大自然弹奏出的美妙音乐，是一首恬静而又和谐的乡村之歌。最浓最嘹亮的蛙鸣声，就像故乡的炊烟连绵不断，萦绕在我的心头。

"稻花香里说丰年，听取蛙声一片。"蛙声给乡村的夏夜带来了一份静谧和田园般的诗意。无论岁月多么久远，无论时光多么漫长，总有一种快乐的吟唱令人难忘，那就是夏日的蛙鸣。

夏日问候

米兰，似乎更懂得夏日的心境，浓郁的香味，熏透整所院子，甚至，飘到高空，与空气对接。

茉莉，似乎更无比知晓夏日的色彩，洁白而又清香，典雅高贵，清新的味道，整所院子都难以容纳。

栀子，是夏日的宠儿，刺鼻的奶香味，仿佛是邻居家的孩子打翻牛奶瓶，溢满房间，而又不敢哭泣。

太阳升起时，大地在水雾的笼罩下，在曙光的照耀下，田野渐渐显露出本来的面貌，一切都好像扩大了许多，玉米的叶片、高度，在夜间增大、升高。

整个夏天，我都在豆田里劳作，我呵护、锄草，不论早晚都盯着，一天就这样过去了。那宽大的叶片让人赏心悦目，雨露会施以援手，滋润干渴的泥土。草地如故，草儿依旧，草根未变，以这般神话呵护童年的梦幻。

一直宿在地里的野山鸡出现了，它们无疑有自己重要的事情，而不是偶然出现，因为从一边，朝着同一个方向，又飞来了一只，接着，一只又一只……当我来到田边的时候，那儿已聚有一大群了，少数的停驻在远远的树上，大多数在小丘上奔跑、跳跃、发情，完全跟在春天里一样。

草地上的禾本科植物也都开花，当昆虫微微摇动那小小的植物的时候，花粉就像金色的云一样把它笼罩。所有的草都开花，就连铁线莲也不例外——铁线莲算什么草哇，也浑身挂满了白白的花朵。

在大自然中，谁也无法隐藏自己的心迹，就像水把什么都隐藏在自己的深处一样。

小杨树虽早已展枝吐叶，却隐没在高高的树林中了。当年我在此散步的时候，在这棵小杨树底下的雪中，有一条小溪的源头，溪水在一片发青的雪地中流去，看去像一条黑带。现在，那些小白杨葱茏郁茂，树上长出大小不一的枝条。小溪中有许多许多的水流走了，小溪本身也长满了墨绿的浓密的茅草，密得使我没法知道溪里现在还有没有一点水。

好一片密林，密得让人无法一下子看到天际的太阳，只有凭着斑斑驳驳的和像剑似的金光，你才能猜到太阳就藏在那棵大树后面，从那儿向着黑暗的林中投射清晨的斜光……

从敞亮的空地走进林中，就像进了山洞一般，但是你若环视四周，真是妙极了！在阳光明媚的日子里，处身在黑暗的林中，简直美不可言。我想那时无论是谁，愁思会顿然消失，心境会豁然开朗。那时欢愉的思绪将会从一个光斑飞向另一个光斑，一路飞到阳光明艳的空地上，兴冲冲地从一个空地奔向另一个空地。如果手搭凉棚朝林间张望，将看到蛛丝在阳光下犹如彩虹色的波澜，悬在林间的蛛网一圈圈，随着彩虹色泽的变幻而微微颤动。

夏日的雨，总是在不停地酝酿，不停地间歇，时而暴雨如注，时而晴空万里。周围万物都在悄悄地诉说着近在眼前的事情。在一个喜气洋洋、阳光明媚的日子，这一片悄声细语中，加入了一种激越的声音：虽然只是一种声音，但那是我的！

天气变得相当炎热了，但是朝露还是很浓重，湿润浸人。人们只有在早晨才劳作于田野，他们难以承受午间的阳光照射。晌午就赶回来，免受阳光照射之苦。

农民就是容易满足普普通通的生活，在这样日出而作、日落而息的生活中，他们深切地感受到：真正的幸福是不停地追求的结果。我们与人们往来，是因为想与人交流，想同孩子们亲热团聚，无须任何心计，也不必百般猜测，一切都自然得很。人所需要的是关心与关爱，而不是金钱与权力。

荒野岁月

　　太阳还没有从地平线下爬出来，冷冷的空气就包围了村外林中空地。让我藏在此处吧，亲眼看看空地上会发生什么。朦胧中，一些模模糊糊的林中生物到来了，只是无法确认是什么。渐渐地，整个空地都被白白的霜覆盖了。

　　太阳升起来了，阳光照耀着空地，霜渐渐融化了。慢慢地，绿色从霜下面露出来了。只有在树木遮挡住的阴影里，还残留着最后一点不愿意融化的白意。

　　狗獾住的地带比较隐蔽，且非常峻峭，人要爬到那上头去，往往会把自己的掌印留在潮湿的泥土上，和狗獾的掌印叠在一块儿。我在一棵白杨树的树干旁边坐下，隔着杨树下部的枝叶，窥视着一个大洞口。白杨树上，一只鸟为了过冬，用细小树枝围筑自己的窝，掉下一些脏东西。此刻，那样的寂静降临了，我听着它，能在狗獾洞口坐上好几个钟头而不感到寂寞。晚秋时节，寂静而不寂寞。美丽，是事物的表象，也是谎言。

　　晚秋时节有时候和早春完全一样：有的地方是白雪，有的地方是黑土。只不过春天里化雪的地方散发着泥土的气息，而深秋里，偶尔能闻到白雪的清香而已。本来就有这样一种不变的定律：冬天，我们习惯于白雪；春天，泥土的气息使我们心旷神怡；而夏天，我们闻惯了泥土的气息；到了深秋，则又欣赏初雪的清香。

　　地上有些积雪已经化开，接连数日的温暖让地面多少有点变干，这时候新生的植物也暗暗地萌动，有的想探出头，有的躲在地下，有的呈现出弱不禁风之美。而那些度过严冬的枯萎植物，则自有一种高贵的美，两者同时出现，倒也相映成趣。蒲公英、荠菜、苦苣菜和各种优美的野草，往往比春天更容易辨认，也更加有意思，仿佛它们的美非要经过寒冬才能完全展现。还有各种贴着地面的野草和其他粗茎植物，这些是早来的春鸟取之不尽、用之不竭的谷仓。它们都是值得尊敬的野草，至少能够在万物萧瑟的寒冬生存。在这段时光里，白雪消融，春水东流，大地返绿，盛开出第一批令人销魂的繁花；杨树枝上水灵灵的幼芽绽裂，香馥馥、黏糊糊、绿茸茸的细叶子张开来，接着，杜鹃就飞来了。

临近五月的清晨，景色非常壮观。青草透着绿色的光芒，树木也换上绿色的新衣，地平线上，一只小鸟钻进了长满绿叶的白杨树的树冠，瞬间就看不见身影了。一切是那么有条不紊：三月光，四月水，五月色彩。

树林中，虽然树木的叶子还没有完全长成，却一直飘散着树皮和树液的清香味。草木全都苏醒了过来，如烟雾般轻盈笼罩着柳树，林间的小路是那么显眼。

再要不了几天，过那么一个星期，大自然便会用奇花异草、青葱的苔藓、细嫩的绿菌，把树林中的景象重新打扮一番。五颜六色的野花，应有尽有：有五彩斑斓的兰花，还有红的、黄的、橙黄的野百合花。在繁花丛中，随处可见鲜红色的石竹。山坳里到处盛开着看似普通却非常美丽的花朵，蝴蝶欢快地翩翩起舞，远远看上去，倒像是花朵在起舞一般美丽。

青蛙苏醒了，仿佛这是雷促成的。青蛙的生活同雷息息相关，一打雷，青蛙就苏醒了。瞧，它们成双成对地蹦跳着，湿漉漉的背在艳阳下闪闪发光，全都往那大水塘里跳去。我走近前去，它们都从水中翘首打量着我，多么可爱呀！

深秋，黎明时分，一阵大风从黄褐色的田野边吹来，雾悄悄地爬了上来，缓慢地从宽广的田野边上拂过。浓雾如同白色的幔帐，穿过了排列整齐的松林，越过沾满露水的草地。四下里依旧寂静无声，一阵叮当声从遥远的天边传来，像有人在轻摇小铃铛。叮当声断断续续，若有若无，四周喧闹了片刻，又逐渐沉寂。突然，一阵悠扬美妙的犬吠声响起，顷刻间，群犬齐吠，交相呼应。接着，一阵嘹亮的号角声从远处传来，刺破云雾，直冲高空。

号角声时而高亢、时而低沉，时而突然，又变得寂静无声，终于喇叭声、嘎嘎声、哇哇的叫声等各种各样的声音都响了起来，让乡村都为之震动。这些声音都是从何而来，无从知晓，最后，一道耀眼的阳光，划破苍穹，一大队鸟儿穿过浓雾出现了，不过，它们的翅膀好像静止了。它们在天空中画出一道道优美的弧线，轻巧地落在地上，四散后开始觅食。在优雅、高贵的雁群光顾下，乡村也就开始了新一天的生活。

我时常独自一人，散步在这一种禽鸟众多的林中，听野鸡在树上啼叫出嘹亮而尖锐的声音，数里之外都能听到，大地为之震荡，一切鸟雀的声音都微弱下来。

丰收过后的大地，显得格外安静，银霜装扮了秋日的草地。早上八点钟，露珠终于将银霜洗刷掉了，白杨树下面的银霜也跟着不见了。金黄的叶子开始在森林中四处飘散。周围的山丘上高高地站立着松柏树，高大的白杨树则是另一种姿态，它那碧绿的枝头正高高地伸向森林的上空……

曾经很结实的蜘蛛网，现在也变得非常不堪一击。现在，可怜的蜘蛛正冻得瑟瑟发抖。落叶在空中画着美丽的弧度，最后回到了大地母亲的怀抱。一片色泽红润、沾有露珠的杨树叶子刚好掉在了一旁的蜘蛛网上。阳光的偶尔宠幸，使叶子发出耀眼的光芒。这样的光芒使我又一次思绪飞扬。

太阳马上就要落山了，西风也渐渐地停下来。太阳似乎是拼尽了所有的力量，将最后的光芒洒向了森林，我用两只手轻轻地护住耳朵，仔细聆听着树叶发出的细微的声音。

深秋时节，这里的景色会更加美丽。下了一夜雨以后，大地终于告别黑夜，阳光终于战胜了黑暗，从地平线上挣脱出来，每一棵树上都在滴着轻盈的水珠，就好像刚刚洗过脸一样。沉重的水珠，从高高的树木上滴落到小树上，从小树上滴落到灌木上，从灌木上滴落到草叶上，又从草叶上滴落到地上，树林里一片欢快的滴落声，只有大地是寂静的，大地在静静地承受全部的眼泪……

雨水丰沛的夏天，小溪经过这片茂密的森林，来到了空地上，晴朗的阳光照得水面闪闪发亮。第一朵小黄花从水中蹿了出来，不知从哪里漂来了一片蜂房似的青蛙卵，已经很成熟了，透过晶莹的外表，已经可以看到黑黑的蝌蚪了。在这片水面上，还有许多小苍蝇，几乎像跳蚤那么小，它们贴着水面飞，一会儿就会落下。它们从哪里飞来呢？我不知道。它们的生命是那么短暂，似乎在一飞一落间就会消失。一只水生甲虫在平静的水面上打转，身上的盔甲亮晶晶的。一只蜜蜂在胡乱飞窜，水面却丝毫不为所动。一只鲜艳的黑星黄粉蝶在水面上翩翩起舞，和平静的水面非常协调，小小的水湾周围长满了花草，柳树也开出了新花，像落满了黄色的小虫子。

金色的森林里万籁俱寂，蜘蛛网飘落在田野上，脚下踩踏着的枯叶发出响亮的沙沙声，鸟儿远远地飞出射程，一只灰白兔在路上掀起一串尘土。

乡村以及存在的森林、山川、河流及大地上的一切生命，都在追逐着光明，可是如果这个世界上不存在阴影，也就意味着不存在生命。在阳光的照射下，万物都将毁灭。虽然我们的生活离不开阴影，但是并不是每个人都会怀着感恩的心去对待阴影，他们反而喜欢用阴影形容那些阴暗的不美好的事物，而那些美好的事情，却选择使用光明这样的词汇。荒野岁月就是如此。

绿荫庭院是俺家

石榴树枝茂密得不透风，麻雀在枝丫间孵化子女，花朵已谢，果实挂枝。一棵拇指大的树苗，六年间，树冠如伞、如盖。常有不安分的麻雀飞到我的庭院来，好像前来观赏石榴花似的。它们有时干脆在石榴树的枝丫间筑巢，在石榴树里安了家。每天清晨都会有几只麻雀在鸣叫，我认为那是天籁，是最美妙的乐曲，绝不会驱赶它们。这纯净而安详的声音，好像居于高远处的一个精灵，在慢慢地吟唱一个圣洁的旋律。歌声很婉转，每一个音符都饱含着爱与甜美，饱含着石榴花的蜜汁，饱含着石榴内蕴的香气与涵养。

偏房的几根竹子，不声不响地冒出头了，眨眼间，就散开竹叶，摇晃不已。两棵红提子早已蹿过房顶，想遮挡天空投下的阳光，给人投下阴凉。

忍冬藤不急不慢地依附着墙面缠绕着，缠绕着，螺旋式上升，洁白的花朵，开放在最高处，淡淡的香味，与栀子花的浓香，形成一浓一淡的对应，顷刻间，庭院就笼罩在淡淡的香味氤氲中，好像在弥漫，在扩散，在升腾……

忍冬藤，常常和凌霄相互缠绕着，忍冬里有凌霄，凌霄里有忍冬，两种藤条密不可分，依附攀缘。

丝瓜在夏日，拼命地疯长，黄色花朵在叶芽间悄悄地开放，招引了无数蜂蝶，嘤嘤嗡嗡，闹个不停。

庭院安静，庭院喧嚣；庭院喧嚣，庭院安静。安静与喧嚣并存，喧嚣与安静共生。

庭院外，门外路旁边，艾草在微风的吹拂下，不停地摇晃着小脑袋，杂草上的露水已将它们的毛发弄湿，看上去整体呈淡灰色。艾草摇晃到哪个方向，清香也随之飘向那个方向……此时，庭院石榴树的枝条上缀满了火红的花朵，嫩绿而蜡质的叶面上闪着美丽的光泽，花朵如在这光泽之间闪动的火花。

夏日酷暑，庭院清凉。忍冬藤慢慢爬高，凌霄也不甘落后，时不时地也开放鲜艳的花朵。三角梅虽说来迟一年，也不愿意落后，躲在一旁慢慢生长，等待机会，超越，再超越……

忍冬、凌霄，多么有个性的名字，忍冬的耐冻，凌霄的火热，远比金银花的名字更有内涵和素养。

冬日的难耐和寒冷，早就被暖气和空调所取代；而夏日的炎热，却不是空调所能做到的，从东三省到海南岛，从东海之滨到帕米尔高原，都在炎热的笼罩之下。

夏日庭院，早有麻雀鸣叫，晚有鸽子咕咕，布谷声声入耳。坐拥庭院，手持一把芭蕉扇，在不停地摇动，是清凉，是心境，是惬意，是另一种别人无法体会到的境界。

春天的另一个令人愉悦的特点，我还没有提到过，那就是丰沛的溪流。三月的一个艳阳天，骑车穿过乡村时，我看见并感觉到，仿佛第一次，在这个季节的户外，一个人所拥有的额外的愉悦就是那些清澈充盈的水道带来的。可以说，它们占有着重要地位，诱惑并牢牢抓住了人们的视线。没有野草、青草或是树叶来隐藏它们，溪流中的水都满到了边缘，愈发丰满了。树木那么静谧，田野寂静无声，毫无遮蔽，山脉也袒露着，处于僵硬状态，将目光引向那些波光粼粼、起伏不定、给人一种特别满足感的蓝色溪流。渐渐地，青草和树木开始起舞，溪流会收缩和隐藏起来，我们的兴趣就会转移，那些平静的潭水和小湖更使我们心仪。

夏日的庭院，就是绿荫的田园，炎热的避难所。

此时，如若走向田野就可看到，农家院里盛开着灿烂的菊花，其间点缀着艳丽的红色和紫红色玫瑰。走在葡萄架下，你会发现有些叶子已经染上了第一抹秋色，呈现出无光泽的褐铜色，还只是半绿的葡萄中有的已经变蓝、变紫，有些已呈深蓝色的葡萄粒，摘下品尝，其味甘甜生津。树林里或道路旁金合欢青绿色的叶丛中，枯枝上时不时落下一些金黄的斑块，宛如号角吹奏，声音清脆而纯净。

　　尽管暑气逼人，我还是常到外面透透气。我深知，美景苦短，转瞬即逝，甘甜的成熟将会在转眼间消失殆尽。面对晚夏的一切美好，我的确是又吝啬又贪婪。凡是夏日的丰裕赐予我感官品味的一切，我不仅都要观赏，都要感知，都要闻一闻、尝一尝，而且受突如其来的占有欲的支配，还要永永远远地将这一切珍藏起来，带进冬天，带到未来的岁月。

铁器时代

锄 头

生锈的锄头，像一位做错事的老人，躲在大门扇的后面，耷拉着脑袋，不声不响，又像刚哭泣过的孩子。

我从父亲手中接过锄头时，只有二十出头，那时是联产承包责任制刚开头的年月。两亩山坡地，在春天种下棉花、地瓜等农作物，棉花拱出地面，锄头就像勤劳的农民一样，一刻也不能闲着。土地也像棉花一样，喜欢疏松的土壤，土壤也许是喜欢阳光的缘故，棉花在光热的环境下，像一个婴儿，安适地躺着、睡着、成长着。当我的锄头碰到石头叮当作响的时候，那种音乐在山坡的天空上回响，是在给我的劳动伴奏，这种伴奏产生出了一种立即的而又无可估量的收成。

那时，锄头和土壤亲密得像一对恋人，一刻也离不开，用《诗经·王风·采葛》的那句"彼采萧兮，一日不见，如三秋兮"形容，一点也不夸张，也不过分。锄头的光泽，如一面镜子，锄完一块田地，坐在田埂上小憩，光洁的锄头上似乎就有土壤颗粒的印痕，汗珠，在锄面上映现的是一粒粒珍珠。锄柄上叠印着无数手印。有父亲的手印，也有母亲的手印，而今，我的手印，也在锄柄上留下大大小小的印痕。

杂草与棉苗相伴相生，在成行成垄的棉苗间，在棉苗的空白间，杂草贴着地面扩展。此时，在除草剂没有出世的年月，锄头就是对付杂草的唯一工具。我手握锄柄在棉田里纵横挥舞，一会儿的工夫，杂草躺在地上奄奄一息，失去了生机与活力。

　　在棉花地，也留下我的一行行脚印，棉花在锄头的陪伴下，一天天地成长，像乡村的儿童，一天一个模样，一天一个笑脸。

　　清晨，当万物还挂着露水的时候，我就已经开始锄掉棉田里的那些傲慢的杂草了，在它们的头上覆盖着泥土。一大早，我便赤脚锄草，涉足于带露水的易碎沙地之上，就像一个造型艺术家一样。但在晚些时候，太阳便让我的脚起了水泡。我在阳光下给棉田锄地，在沙砾多的黄色山地上缓慢地来回走动，在成垄的绿色棉苗之间，其尽头的一边是低矮的荆棘林，我可以在树荫底下休息。锄掉杂草，在棉苗的茎上培土，保证棉苗的正常成长，这就是我的闲暇生活。

　　夕阳西下，当我停顿下来斜倚着锄头的时候，我在田垄的任何地方都能听到这种声音，看到这种景象，它们是乡村提供出来的取之不尽的慰藉。

　　在这些日子里，我心情的冬天正和土地一起疏松，而处于蛰伏状态的生命也开始舒展身躯。有一天，我的锄头柄掉落了，于是，我砍下一段较为粗壮的青色荆棘主干做楔子，用石头把它打进去，然后，我浇灌上带去的茶水让楔子膨胀。既是一阵紧张的活动，也是另外一种休息。

　　地瓜和锄头的亲密程度，不像棉花那样如胶似漆，它对锄头若即若离，地瓜秧完全盖住地面时，地瓜就像长大的孩子，离开锄头，自由地疯长，又似乎像长不大的孩子，在村外撒野，母亲百遍呼喊，日落西山，才尽兴回家。

　　当棉花正在成长的时候，我经常是从清晨六点就开始锄地，一直干到中午，通常在一天的其他时间处理别的事物。仔细想来，一个人与各种各样的杂草之间竟可以有那种亲密而又奇特的关系——说起这事怪烦人的，因为这是个苦差事——我如此无情地破坏了杂草纤柔的组织，用锄头把杂草从根部切断，把一种草全部除掉，把它砍断，把根翻过来对着太阳，不让它的一根纤维留在背阴处。这是一场旷日持久的战争，是我与野草的一场战争。

秋末，锄头像老农一样，劳累了春夏秋三季，到歇息的时节，它立在房屋的一旁，默默无语。它心想，这会儿该我很好地歇息一阵子了。

时光如水，岁月如歌。

岁月的纸张，翻过一页又一页，三百六十五张日历像雪花纷纷落地时，农民的思想，渐渐远离棉花，高级保暖衣物，走进千家万户，轻盈而又温暖，单薄而又风度。棉花，进入了烦琐作物的行列。

地瓜转眼间成为城市的一种标识，一种香味的源头。

锄头，立在房屋的一角，孤独而又寂寞。各种姓名的除草剂，铺天盖地席卷而来，顷刻间涌进农民手中。

锄头，惊呆了。

原来光洁的锄头上渐渐上锈，最初是光洁的锄面，一点一点被氧化，而后面积逐渐扩大，方方正正的锄面上，逐日失去原有的光泽，像一位光鲜水灵的少女，失去往日的风采，皮肤失去水分，缺少往日的弹性。伴随岁月的流逝，锄头在哀叹声中，丢掉自己的地位。

在几千年前，我们的祖先运用石器耕耘土地，经过一个漫长的时代，铁器时代来临，祖先们又在一个全新的时代，躬耕田地，收获稼穑。

他们手握乌黑的锄头，身体如一张拉满的弓，随时有射出的机会。锄头，在岁月中被洗刷得锃亮，泥土的气息，在时光的长河里散发、升腾。

一把光亮的锄头，就是一个农家勤劳的标识，一个农家富裕的标识，一个农家殷实的标识。

时光的长河，不停地奔流。

立在我家门扇后的锄头，默默地变得无声。锈迹斑斑的锄面上失去原有的光泽，在锄柄的顶端，依然保留着父亲、母亲以及我的手印，那是岁月的足迹，时光的印痕。

锄头躲在墙角处，像一个饱经沧桑的老人，默默无语，此时，它忽然明白了许多道理，它曾经有过辉煌的历史，远在战国时期，它就在田野间与杂草为敌，成为庄稼的朋友。

难怪，农民对锄头有着深深的情意，每到初春时节都要拿出锄头，弹去它满身的灰尘，还它磨亮光洁的锄面，到山坡上的田野里，挥舞一番，臂膀酸疼，两腿尘土，愁绪顷刻间消失得无影无踪。

双休日，我就是一位农民，手握锄头在躬耕田野，一种割不断的情感，在时光的流逝中回味咀嚼。

锈锄头，偶尔也能派上用场，那是除草剂派不上的场合，那是情感挥洒的场所。

立在房屋一角的锈锄头，我永远为它保留立足之地。在我心里是这样，在父辈的心里也是如此。

在我子孙辈的心里也是如此。虽然他们在各自的岗位有了工作，但他们对家的情感难以割舍，对土地的牵挂难以割舍，他们对锄头的情感，一直在心中保留着，直到永久……

镰　刀

在农家，镰刀就是一件农具，就是乡村人的标识。一把镰刀，曾经对付田野间的野草，也对付田埂上的荆棘。

一把镰刀，在农家的地位，等同于重要的农具，如锄头、镢头等。春末，野草长势旺盛，农民就拿上镰刀去田间地头，割下一片片野草。

大型联合收割机在乡村有立足之地时，镰刀就退居二线了。夏收时节，小麦成熟时，收割机在田野间欢腾，转眼间，饱满的颗粒小山似的呈现在农民的眼前。

镰刀退居在地头一隅，默默无语，好像是自惭形秽，好像没有它说话的份儿。

秋天，庄稼成熟的日子，镰刀偶尔派上用场。大豆熟了，眼看就要收割，镰刀来了；谷穗黄了，镰刀到了；高粱红了，镰刀赶到了；芝麻花凋谢了，镰刀匆忙过去了。锋利的刀刃上忽而变得更加明亮，手柄上也有光滑的痕迹，叠印着农民的手纹。

在这个时节，镰刀感受到自身的价值。它在农家成为不可缺少的一员，收割机是庞然大物，在山坡上难以施展威风，一把镰刀，可以挥洒自如。饱食过稻香，品尝过豆香，与秋天的浓香，融为一体。

疯长的野草，曾经倒在镰刀的手下，成为它的手下败将。高大的荆棘、野蒿、狗尾巴草，它也毫不畏惧。锋利的刀刃，留下一个又一个刀伤，磨刀石上走几个回合，刀伤便会痊愈。

重新披挂上阵，田边的荆棘倒下一大片，路边的野蒿，失去往日的威严，狗尾巴草不过盈尺就倒在田垄间。蒲公英、车前草、地丁、甘草，坡上、田埂、堰边，民间的药材一样不少地走进百姓家的小院，或成为佳肴，或成为野菜汤，或成为稀有的良药。

此时的镰刀感到非常自豪，它不再计较夏日麦收时的失落，它感受秋日的温馨。

说起镰刀，我想起一件难忘的事情，简单地说，我左手上曾留下镰刀的伤痕。在年少时，每到暑假我都喜欢到姥姥家小住数日，与当地的孩童混得火热。小舅父与我的年龄相仿，他常领着我在田野间洗澡、割草、玩耍。那时，村东有一条小溪流，夏日里水流不断，清澈见底，流水将沙粒冲刷得像珍珠一样透明。玩耍累了，就割上一会儿野草，野草可以卖给生产队喂牲口，我们也可以挣到工分。小舅父割草很快，不一会儿，就可以割一大堆，他不让我割，害怕镰刀割伤我的手或脚，越是这样，我越是想试一试。趁他不在意的当儿，我拿上镰刀割草，因架势不对，镰刀的方向偏差，我的左手中指被割伤，鲜血直流，小舅父看到后，立马找来野草捣碎捂在伤口上，不一会儿，血止住了。

对镰刀的记忆，我一直烙印在心里。

冬日，镰刀便有了闲暇的时日，唯有本家三伯父，常在冬日的清晨，踏着洁白的霜花，手拿镰刀前往北山坡砍粗壮的荆棘，山坡上，成片成片的荆棘倒下。冬日的暖阳下，镰刀似乎累了，似乎伤痕累累，三伯父，也坐在山坡的向阳处，或紧闭双眼养神，或抽上一支他自己卷的旱烟。这时，他抚摸着伤痕累累的镰刀，感叹不已。

镰刀，是他的亲密伙伴，他的每一顿饭，都是靠柴草的燃烧而炊成，他吃不惯煤气做的饭菜，感觉柴草烧出的饭菜，喷香可口，米饭柔软，香味醇绵。

他是一个闲不住的人。春天，他手持镰刀，在田垄间除草；初夏，他山坡上的小麦熟透了，他靠镰刀收割回家；秋天，他种在山坡上的庄稼依次成熟，先是大豆的叶子黄了，他收回家。他山坡上的地块多，且大小不等、形状不一，三角形一块，长方形一块，梯形一块，不规则的图形一块，每收割一块都有难度，收割机是不能施展身手的，因而只能用镰刀收割，为此三伯父成了一位忙碌的人。

他播种的谷穗，也沉甸甸地熟透了，高粱晒红了脸膛，芝麻褪谢了花朵，咧开了嘴，露出整齐的牙齿。

他累了，他手中的镰刀也累了，锋利的刀刃，就像老人掉下的牙齿，露出一个又一个缺口，说话时，就好像漏风一样，显得有气无力，显得不清晰。

在磨刀石上，走几个来来回回，高大的身材，忽而变得矮小了。

前几日，在我前去上班的路上，我又遇见了三伯父，他手拿镰刀，迎着北风，低着头，身体佝偻，向前走着……

我默默地注视着他，忽然间，感到他的身躯，就像他手中的钝镰刀。我默默地注视着，视线渐渐地模糊了。

第三章　秋　天

秋　雨

秋雨，没有春雨的缠绵，也没有夏雨的猛烈，秋雨有自己的个性，她带着独特的性情来到了。

秋雨，带着几分凉意，几分惆怅，几分激越，来到大地。玉米在雨中静默。秋风，时而猛烈，时而轻微。玉米，也就随风忽而摆向左边，忽而摆向右边，身体在晃动中吸吮雨水的滋养。玉米在授完花粉后，就静待成长，就是像孕育子女一样。

玉米正日渐成熟，穗头也在长身体，不断扩展着胸围。大雁们会跑到玉米地里寻找食物，饱餐之后，又回到河流上空盘旋。这一次，它们像落叶一样不断地翻滚，忽而向左，忽而向右，忽而上升，忽而下降，在一片欢呼声中，又开双脚落在地上了。

风快速地吹过玉米田，玉米秆一边摇摆着身体，一边哼着歌，松散的玉米叶被风吹到了空中，翻滚着朝远方飞去……

风快速地吹过河流，风浪在水草中滚动，不一会儿，就跑到岸边的柳树上，拍打着细长的柳条。柳树想留住风，于是拼命地摇动着树干，但是风不搭理它，很快就走了。

风快速地来到田边，看见一条小河正朝着大海的方向奔流着。田边上的每一簇草都在画着圈圈。

大豆的叶子，在雨水的滋润下，显得更加明亮，更加耀眼，更富有光泽。豆荚在雨水的清洗下，也逐渐显示出自己的轮廓，在雨水的亮光下晃眼。花生暗暗地在地下成熟，她们不声张，也不狂妄，她们内敛，从不会炫耀自己是秋天的一分子。

秋风，带着雨丝倾斜而来，夏日的炎热，似乎一日一日地退出舞台，没有自己的地位。树叶被雨水打湿了，紧贴在路面上，显出留恋的模样。树木依然在风中摇摆，树叶依然偶尔飘落而下。

秋雨，就是有自己的个性。她没有春雨如丝如缕的景象，也没有夏雨的激越疯狂。再过些时日，当田地间涂上一层金黄色时，当各种各样的果实摇响着铃铛时，秋雨似乎也像出嫁生了孩子的妇人，显得端庄而又沉静了。

此时，秋雨就很少出面登场，也就是很少出门。俗话说的"一场秋雨一场寒"也就应验了。田野上，几乎是金黄色。这时候，我们似乎忘记了雨，成熟的庄稼，等待收割；金灿灿的粮食，在等待晾晒；熟透了的瓜果，也要透出最后的香甜。

忽然，在一个秋夜，在秋风吹动了几日后，窗外发出了响声，我们也听到了玻璃上的响声。那是雨，是让人静谧，让人怀想，让人动情的秋雨呀！

天空是灰色的，也是暗色的，有时也是铅灰色的，室内也显得更加暗淡。但是室外的雨，是闪着光的，是明亮的，是有色泽的，甚至是晶莹剔透的。田野是静的，庄稼在雨中静默。但是雨在倾诉着，庄稼聆听着，是那么投入，那么着迷，那么认真。这时，我们会产生一脉悠远的情思。也许，是我们在劳累了一个春夏，收获已经就在眼前的时候，就在家门口的时候，就要囤粮食的时候，多么需要安静和沉思呀！

雨变得更轻了，也更深情了，似乎马上就可以包含春雨的缠绵温情了，水声立马在屋檐下，水花立马在玻璃上，陪伴着我们的夜梦。

如果我们本身就怀着那种快乐感的话，那白天的秋雨也不会使人厌烦。我们只会感到更高远、悠远，让凄冷的雨滴，净化我们的灵魂，给予我们秋天稳重的成熟，而且一定会盼望秋雨后将会出现一个更精美、开阔的大地，将会出现一个透着香甜、金黄的大地。

秋日相册

秋　色

　　住在城里的好多人，无缘在这个季节走进乡村，所以从未目睹这岁月的鲜花，确切言之，这岁月的果实。

　　大多数人似乎将秋叶混于枯叶，在我看来，叶子日益鲜亮的变化是它臻入浑成晚景的象征，跟果实的成熟相辅相成。最近地面、最先长出的那批叶子通常最早变色。但是，正如昆虫一俟羽翼丰满，光彩照人，便意味着去日无多，所以成熟唯有陨落。

　　通常而言，所有果实从开始成熟到行将陨落，会越发独立自主。此时所需的养分更少，而且，这些养分与其说源自土壤经由枝干，莫不如说直接来自太阳和空气，因而，最终使叶子着上了艳丽的光彩。叶子也是如此，从林木到百草，也就是大地之表，肯定会光彩装着身，借以宣示自己的成熟，好似地球本身就是一枚系于柄端的果实，永远让一侧脸颊对着太阳。花朵都是彩叶，果实是无非成熟的叶片。十月属于彩叶，它们流光溢彩，在天地间闪耀。恰似果实、叶片和日子都在接近归宿前抹上了亮色，成长年份也这时行将终结。十月是薄暮的天空，十一月是后续的黄昏。

　　不论是乔木、灌木，而或百草，都会从翠绿变为褐黄，这时它们都换上了个性独具、鲜亮无比的彩装。我以前想，真该在这时为它们取样存照，在册页中描画其形象，以颜料逼真地再现其光色。这个册子该名为"十月秋色"，先从最早变红的忍冬及根部猩红的叶子开篇，而后渐及枫树、山胡桃、漆树和好多靓色着身，世所罕闻的其他叶子，以换装最晚的橡树和山杨收尾。这会留下多么美丽的回忆！心情好的时候，只消打开封面，就能进入秋日林间徜徉。

画眉草

到了八月二十日，无论在林间，还是在湿地，草叶无不提醒我们秋天将至。

这时，画眉草已经漂亮得无以复加，我至今仍清晰记得第一次看到它的情形。那时我站在河边的山坡上，对面三四十米之外也是一处缓缓的山坡，下连草场，上接森林，就在跟林带毗连的地方，我看见一抹长可六米的紫色光带，宛若浆果丛聚，虽然不比枸杞鲜亮，却也十分绚丽悦目。走近查看，才发现那是一种开花的芳草，高近一米，绿叶的花朵聚为花穗，但觉紫尘浮动，氤氲起伏。近在眼前，它却微泛紫色，似有若无，甚至缥缈得不着痕迹。你若采下一株，不但纤弱的植株让人深感意外，就连寡淡的颜色也会使人为之讶然。但若天气晴好，站在远处，眼前便是清新蓬勃的紫色，好似花朵装点着大地。若许微不足道的因素相聚为用，居然成就了如此夺目的效果。百草每每朴质内敛，让人惊叹，为之着迷。

这时枸杞已经落叶，因此眼前的美丽紫晕既唤醒了我对它的回忆，也填补了它在大地上留下的空白，为极具魅力的八月景观又添了一笔。枸杞美丽无比，点缀着干旱山脚下荒弃的边角，由于恰好位于草场上方，贪婪的刈草者也无意在这里挥镰。或许这种太过贫瘠，让他不屑一顾，也可能太过美丽，使他难以下手，因为在有些人眼中跟莎草相似。

枸杞每年都会在那里现身，用悦目的紫晕装点着大地。它长在缓坡上，或连成一片，或星星点点，要不就是直径盈尺的一丛，这种灌木点缀着大地，直待酷热的初霜降临。

绝大多数植物色彩最艳也最诱人的部分，是花冠或萼，有些是果皮或果实，还有的是叶子，比如红枫，其他则是茎秆本身，它充当着花朵，或是发挥着绽放花蕾的功能。

大自然孕育出这种生命，并成就它的完美，堪称造化，好像给夏日做了一番像样的交代。这是何等圆熟的境界！这是一种走向成功而正常谢幕的生命象征，也为大自然增添了光彩！

整个九月，商陆光鲜依旧，绚丽不减。

它们色彩奔放，宛若成熟的葡萄，展示出一种在春天难以想象的盎然生机，也只有八月的阳光才能将这些茎秆和枝叶打理得如此绚丽。这纤弱的野草稀稀疏疏，草丛中时时都会露出地皮，农民许久以来都在高地上割草，绝对不屑于来这种地方挥镰。

莎草高从半米到一米半不等，在荒地上随处都是，却也俊秀有加，更为艳丽，想必是为了引起我们的关注。这种野草花穗细长，呈现炫目的褐色和浅红色，缀在一边，微微点头，像是苇叶中升起了一面旗子。这些鲜亮的旗子现在已经插上了远方的山坡，不过，它们并非集体行动，而是散兵游勇或单列纵队。它们立在山坡上，优雅绚丽，从我首次遇到并注意之后，它那形象好似明眸流盼，在我心头萦绕达一个星期之久。它站在那里，像一位朴实的农民，给自己钟爱的土地投去最后一瞥。

红　枫

如果在常青树木的掩映下，或是在翠色不减的枫林中，有那么几棵树通身猩红，光彩照人，就会让人难以忘却。试想，从最低的枝条到树冠的高枝，每一片树叶都鲜艳炽热，使整个植株像一枚猩红的水果，胀满果汁，硕大无比，这会是何等漂亮的景致，更不要说迎着太阳望去！大地上还能有比这更绝的存在吗？数里之外，依然让人流连顾盼，美得不可思议。如果这种景象出现之后便永远消失，就会口耳相传、垂之子孙，最终沉淀为神话。

整棵树就这么首开风气，率先成熟，显得卓尔不群而备享尊崇，这种荣耀有时会持续一两个星期。它统领着林间军团，为绿甲着身的士卒打起高高的猩红大旗，让人眼前一亮，激动不已。为探明究竟，我特意走了半里路。草场沟壑的美景就这样被一棵树独占鳌头，顿时让周围的林木格外意气风发，蓬勃昂扬。

有些山谷幽远僻远，距近处的大路都有一里之远，可能在谷口就会立着一株默默无闻的小红枫。不论冬夏，它在那里恪守职责，不遗余力，但求以枫树的名义为自己增添光彩。连着好几个月，它潜滋暗长，稳健以之，全副身心地向目标努力，比春天的时候离天堂更近。它从不虚耗自己的元神，又为飞临的鸟儿提供了荫庇。许久以来，它成就了种子便付之于风，或许，得悉数千株幼苗已经在某些地方牢牢扎根并苗壮成长，它便会心满意足。

而年岁的时针指向十一，它便染上红晕，走向成熟，向粗疏冷漠的路人展示风采，让他们虽然身在满是灰尘的路上，心却驶往勇毅精进、独享其乐的幽寂山谷。它强悍卓异，风姿绰约，光彩四射，引人注目。

有些树通身猩红，加之树身端直，那鲜亮的光彩四向射出，像叶脉那样规则匀称。有些树则枝条旁逸斜出，微微转一下头就看不到地皮和树干，浓密的叶片团团簇簇如同橙黄猩红的云彩层层叠叠。这块湿地美丽如许，时至十月，漂亮的枫树又替它锦上添花，就算其中没有其他树种，它也并非单调混一的色彩，而好像由众多各色各类、五彩斑斓的树木组成，树冠重重叠加，轮廓清晰可见。

十月光鲜如许，一天下午，我穿过草场径直向一块洼地中的高处走去，但见约略五十米之外，对面的夕阳给山脊抹上了血色的亮边。湿地中的一片枫林恰好冒过山梁，长二十米，高五米。眼前一片猩红、橙黄和金色，浓烈灼目，堪比春花，媲美秋实，跟任何画师的手笔相较也毫不逊色。那道山脊既为这幅画提供了前景，又好像充当了画框的下缘。继续向前，翻过山梁下行，这片绚丽灿烂的林子越来越清晰地呈现在眼前，可以想见整个山谷都是如此辉煌壮丽。枫树色彩浓艳，生机勃发，本地的顽固老人却唯恐其中酝酿着祸端而不愿意出门，让人讶然，也让人不解。正当枫树燃成一片猩红的时候，不知道那些农民在浓密的树林间在忙活什么。

榆　树

十月一日后，榆树的秋日之美也到了极致。九月这个烤炉将它烤得暖意融融，壮丽的棕黄一团一团，悬在路上，这时，榆树叶子已经彻底成熟。人们住在树下，我因之思虑：他们的人生是否也到了相应的境界。街道上榆树成行，举目看去，那身姿和色彩让我想到金黄的谷束，好似丰收实实在在地来到了镇上。那棕黄的叶簇沙沙作响，在路人的头顶行将飘落，面对此景，粗鄙的念想怎能抬头，而幼稚的行径又如何能支配人们？那边有六棵榆树笼罩着一间屋子，站在树下，我就像置身于一个成熟的南瓜里，虽然我只是血肉之躯，甚至粗鄙不洁，却觉得自身已经成熟，融入其中，成了瓜瓤。街道上的榆树到现在依然是一片稚嫩的绿色，好似一根落令的黄瓜，不知何年何月才能成熟，跟其他地方的榆树已然成熟的金黄相比，实在不值一提！单凭秋日的光彩，榆树也值得四处栽培。那五十米之长的树荫，好似金色的华盖，又如黄色的阳伞，罩着屋舍和人们，将整个镇子聚为一体，简直就是一方榆树苗圃，既在成就自己，又在呵护人类！

在需要太阳发挥作用的时候，它们便悄然卸去浓妆，让阳光射入。这时金黄的叶片悄无声息，飘上屋顶，飘向街道，镇上的阳伞便因此收起，放在一旁。我看到商人蜂拥而至，涌入镇子，又消失在榆树的浓荫之中，好像进入了一个硕大的仓院。

落　叶

十月六日左右，树木开始纷纷落叶，寒霜或秋雨之后更是一阵紧似一阵。不过，十六日前后，落叶会迎来高峰，秋天也将臻于极致。这时，或有更烈的晨霜降临，水泵下面也会结冰，晨风吹起，树叶萧萧而下，比此前更密更急。就这样一场轻风，有时甚至无风，便会在树下骤然铺上一块厚厚的床垫或地毯，形态大小跟树冠相若。

这些叶子尽管已经枯萎，却依旧金黄鲜亮，在地上反射出一道耀眼的光芒。只要秋日真心挥动魔杖，树叶便纷纷落下，沙沙作响，宛若阵雨。

潮湿的雨季过后，树叶也会落下。一早醒来，眼前的落叶如此之多，让人不觉一惊。

不过，山间的枫叶却不为所动。街上满是厚厚的战利品，榆树叶片会在脚下铺出一条深褐色的甬道。如果天气格外晴好，阳光分外温暖，我发现树叶便会在次日或随后几天落下，原因恰好是这份不寻常的热量，因为这时可能会连着好几天既无霜冻，又无秋雨。强烈的热度会让它们顿然成熟而枯萎，好比桃子或其他水果也会因之变软成熟，最终坠落。

红枫晚熟，枫叶落地后光彩依旧。黄土地上斑斑点点，像是落满了野苹果，只是这鲜亮的落红，尤其逢着雨天，只能在地上持续一两天之久。我走在大路上，经行之处，所有的红枫都脱去艳装，枝丫光秃，缥缈如烟，树下却枫叶堆积，鲜亮如初。叶子落在树的一侧，构成了图案，浑似尚未坠落时投下的树荫那般齐整规则。

我更想说，我第一眼看到的枫树偃卧在地，好似永不褪色的绚丽树荫，一意找寻它曾经寄身的枝干和树身。这些堂皇壮丽的树木将自己的披风铺在地上，连皇后漫步其上也会引以为荣。我却看到马车一碾而过，好像那是一片阴影，在车夫眼中，它跟树木当初投在地上的影子一样无足轻重。

不管鸟儿将窝搭在山胡桃树上，还是灌木或乔木上，这时都会落满枯叶。落叶铺满树木，就连松鼠在撵滚落的坚果时也不免会弄出响动。孩子们在街上耙集落叶，好像打理如此干净轻脆的东西是一种乐趣。有些孩子把路面收拾得干干净净，然后站在一旁，等待下一股微风再次铺满奖品。湿地里飘满了枯叶，鲜亮的石松顿时显得绿意葱茏。密林中满是落叶，连三四米之长的水塘都有一半为落叶所覆。

十六日是树木落叶的高峰，我于次日来到野外的时候，眼前的小路上满是金黄的柳叶，覆盖了小路，满满地看不到路面，也看不到路基。

　　午后，野外静得出奇，我在密集的落叶间取道前行，这时，落叶的香泽又是多么富于疗疾之功！草叶和树叶刚刚干枯，有些飘进了路边的池塘或沟渠，洁净干爽，然而，一经秋雨冲刷浸泡就成"茶饮"。这些"茶水"或是泛出绿色和黑色，或是呈现棕色和黄色，或微泛清香，或浓烈扑鼻，劲道不同，风味各异，足以让整个天地焕然一新。这些草叶在冲泡之前都会被大自然的铜炉烘焙一番，显得色彩富丽，纯净怡人。

　　枫树和桦树，各色叶子混而为一，无所不备！不过，大自然并不满足于它们的杂凑，她将这些叶子加以保存，处置得井井有条，杨树浓妆艳抹，一派明黄，越橘辉赫绚烂，周身鲜红，点染了群山的轮廓，好似远方的山脉。

　　斗转星移，节候往复，天地间一阵隐微难察的喘息，更兼寒霜拂过，于是百叶飘扬，零落如雨。大地因之各色杂陈，斑斓绚丽。它们落在自己奋身而起的森林，落进自己将要提供肥力并融身其中的土壤，从而让生命在那里得以延续，为了在来年攀得更高而屈尊落下，它们化作隐微的物质，融进上行的树汁，融进小树婆娑成荫的初果，最终获得升华，点缀在树冠之上，多年以后，将会成为林中的霸主。

　　这些窸窣作响的落叶形成了独特的通路，漫步其中真是一桩乐事。它们优雅地走向林区，静静地落下，悄悄地化作泥土。它们流光溢彩，堪为生者的卧榻。它们结伴而行，轻盈灵巧，一路欢歌，共赴永久的安息之所。它们弃绝了黑纱，在大地上兴高采烈地蹦蹦跳跳，审择地段，选定地皮，在周边林木的各个角落里喁喁耳语。它们曾在高高的枝头飘扬，此时复归尘土，埋身其中，接受树下酣眠，化为腐土的归宿，既为上方轻飏的枝叶承担滋养，又为新生的子代提供哺育。深秋将尽，风和日丽，将身躯付与这派静谧与祥和。

　　树木落叶后，整个大地就成厚厚的地毯，漫步其间，让人心旷神怡。我喜欢在这样的大地上漫步沉思，徜徉默想。

秋天的意境

　　秋天是一个美好的季节，它不同于夏季的炎热、冬天的苦寒，它和春天是孪生姐妹，有着相同的闪光点。秋天是一个瓜果飘香的季节，秋天是一个播种希望的季节。成筐的柑橘、成堆的荔枝，都很新鲜，令你垂涎欲滴。

　　我向往秋天，钟情于秋天，也热爱秋天。秋天的风温柔、清凉，它是大地母亲的清洁工，把无数枯枝败叶耐心地理清。但秋天的风也是冷酷无情的，它扼杀了一切生灵，使草儿枯黄，树叶凋零。同时，秋风也是一位最伟大的法官，它为来年的丰收做好了准备，自己却躲到一个岩洞里去忍受寂寞和萧索。

　　秋天的草略显枯黄，但有一股蓬勃的生命力，它百折不挠，与外界环境做着激烈的抗争；秋天的草是成熟的，它们用自己的胸膛遮住母亲，借以抵御可怕的寒冷！啊！这些小草的精神是多么质朴、宝贵呀！

　　有个词叫"秋雨连绵"，秋天的雨一下就是好几天，可别恼，秋雨把尘世尘埃洗去，带来一份清新。它给枯燥的环境添上一道美丽的光环。谈到秋雨，就必定得说到秋霜了。霜洁白素雅、神圣端庄、无色透明，象征着纯洁。秋霜能杀死一部分害虫和细菌，对庄稼的生长很有帮助，所以富有经验的老农编了一句谚语："先霜后又雪，仓满不愁年。"可见秋霜的作用有多大。

　　最动人是秋林映着落日。那酡红如醉，衬托着天边加深的暮色。晚风带着清澈的凉意，随着暮色浸染，是一种十分艳丽的凄楚之美，让你想流几行感怀身世之泪，却又被那逐渐淡去的醉红所慑住，而情愿把奔放的情感凝结。

曾有一位画家画过一幅霜染枫林的《秋院》。高高的枫树，静静掩住一园幽寂，树后重门深掩，看不尽的寂寥，好像我曾生活其中，品尝过秋之清寂。而我仍想悄悄步入画里，问讯那深掩的重门，看其中有多少灰尘，封存着多少生活的足迹。

最耐寻味的是秋日天宇的闲云，那么淡淡然、悠悠然，悄悄远离尘间，对俗世悲欢扰攘，不再有片刻意动。

秋天的风不带一点修饰，是最纯净的风。那么爽利地轻轻掠过园林，对萧萧落叶不必有所眷顾——季节就是季节，代谢就是代谢，生死就是生死，悲欢就是悲欢。无须参与，不必流连。

秋水和风一样的明澈。"点秋江，白鹭沙鸥"，就画出了这份明澈。没有什么可忧心、可紧张、可执着。"傲杀人间万户侯，不识字烟波钓叟。"秋就是如此一尘不染。

"闲云野鹤"是秋的题目，只有秋日明净的天宇间，那一抹白云，当得起一个"闲"字。淡如秋水，远如秋山，无法捉摸的那么一份飘萧，当得起一个"逸"字。"闲"与"逸"，正是秋的本色。

也有某些人，具有这份秋之美。这样的美来自内在，他拥有一切，却并不想拥有任何，那是由极深的认知与感悟所形成的一种透彻与洒脱。

秋天的意境是诗人无法用语言所描绘的，也是画家无法用画笔描绘的，秋天的意境只能用心去体味，用眼去感受，我对秋天的意境有一番独到的见解。秋天丰富的文化历史底蕴，使秋天充满灵秀之气。无论是岳飞、辛弃疾、文天祥、屈原，还是龚自珍、夏完淳，他们都盛赞秋天的美景，歌颂祖国的大好河山。陶醉于其中，轻掩门扉、与秋为友、与秋为伴、与秋同行，是我由衷的愿望！

秋天是一个知识丰富的学者，在挫折、困难的考验下走了过来；秋天是一个公正的法官，它扫清邪恶，让天地间只留"正义"二字；秋天是冲刺的运动员，跨过无尽的障碍物，领着我们向前进！

遇见秋天，不要畏惧，秋有凋落的美，也有深藏的韵味，走进秋天，你会看清所有人生……

　　秋是成熟的季节，是收获的季节，是充实的季节，却也是淡泊的季节。它饱经了春之蓬勃与夏之繁盛，不再以受赞美、被宠爱为荣。它把一切的赞美与宠爱都隔离在淡淡的秋光外，而只愿做一个闲闲的、远远的、可望而不可即的秋。

秋日音符

山杨树

在森林旁边有一条小溪流，我出乎意料地发现了山鸡，当我涉过小溪流的时候，一块石头啪地响了一声，声音惊动了一只雌山鸡，从我头顶的山杨树上飞走。

这是一棵高大的山杨树，长在森林旁边的小溪流边缘上，这儿有不少山杨，和白桦掺杂地长在一起。它们为了跟松树和云杉争夺日光，长得很高很高。离小溪流岸边几步路的地方，有一条被车轮压坏了的林道，整条道路都是黑色的，但在长着山杨的地方，散满了山杨叶子，远远望去，一地浅黄色的斑点。在这布满黄斑的道上，森林中的小道是崭新的，去年冬天才有。一堆堆留待今冬运出的木材，躺了一个夏天，都发黑了。它们埋在幼嫩的山杨树丛里，树上挂着仍然很鲜艳的宽大的杨树叶。老山杨树上的叶子，却几乎全都变黄了。

我沿着林道，从这一棵山杨默默地走到另一棵山杨。天上细雨蒙蒙，微风轻拂，山杨树叶随风飘动，簌簌有声，雨珠到处淅淅沥沥，这一来，我听不清山鸡采撷树叶的声音了。森林里突然有一只山鸡从小山杨林中飞了起来，停落在森林那边一棵最靠边的山杨上，离我有两百来步远。我看了一会儿，看它怎样不时地啄那树叶，又迅速吐出去。间或一阵疾风刮过，顿时一切归于静寂，山鸡采撷树叶或把树叶撕破的声音传到了我的耳朵里，我于是熟悉了森林中的这种声音。当山鸡把粗枝上的叶子吃得差不多，够不着好叶子的时候，就怯怯地跳到低一些的小枝上去，然而小枝过于细嫩，弯了下来。山鸡也跟着往下垂，于是它赶紧张开翅膀，免得掉下来。不一会儿，我听见我这一边也有同样清晰可闻的撕裂声和嘈杂声，后来我才弄明白，原来我周围各处那些夹杂在针叶林中的山杨树上，都停着山鸡。我也明白了，白天它们都在森林里玩耍，或者捕捉一些虫儿吃吃，吞几颗它们消化时少不了的石沙，到了晚间，才飞上山杨树，在临睡时饱餐一顿喜爱的叶子。

日落之前，西风照例渐渐静息了，太阳突然将万道金光投入森林。我用两手兜着耳朵，继续谛听，听到在山杨树叶的轻微抖动中，有采撷树叶的声音，这声音比滴水声更为沉闷，更为刺耳。于是我小心翼翼地站起来，悄悄去观察，我并不是在山鸡高唱春歌之际大步流星地跑去。山鸡全神贯注在悠扬的歌声里的时候，倒是什么也听不见的。眼下使我特别感到困难的是要走过一个大泥洼，那个泥洼里，看上去好像铺满了厚厚的杨树叶，实际上却满是泥泞。要想那泥泞在你拔脚时不发声响，需得将脚掌伸直，和大腿成一线，像跳芭蕾舞一样。而当你轻轻地把脚从泥泞里拔出来时，沾在脚上的泥泞却又滴入水中，声音之响，真会吓煞人。可是你瞧，小老鼠却可以在落叶底下乱窜，窜过的地方，落叶塌了下去，像犁沟似的，并发出响亮的沙沙声。要是我这样做的话，山鸡早就飞走了。看起来，这种声音在山鸡是习以为常的，它知道是老鼠在跑，所以毫不介意。如果是狐狸走过去，踩得枯枝啪啦响，山鸡在树上大概也会听得出，这是狐狸在偷偷地行事。原来森林里一切都有定规，彼此之间都是协调地联系着。但是，人是变幻无常的，什么都会做得出来，因而他的一声一息都会尖刻地干扰大自然的生活。

秋 叶

日出前，初寒降临林中空地。且藏身一边等着，瞧那空地上究竟会有什么情形！朦胧中，只见来了一些看不清的林中生物，后来整个空地铺上了一层白霜。朝阳揭晓，把霜一点点融化，在白色的地方，仍然还原为绿色。白霜消失，只在树木和土墩本身所投下的楔形的阴影里，还长久地留有那么一点白意。

从金黄的树木之间看那蓝天之上，你真不明白是怎么回事。仿佛那是风在把树叶吹得飘飘悠悠，又像是小鸟成群结伙，在飞往温暖、遥远的异乡。

风是个勤快的当家人。夏天里，它到处转悠，连在枝叶最稠密的地方也没有一片它不熟悉的叶子。转眼秋天到了，勤快的当家人在忙着秋收呢。

黄叶飘零，悄悄地说着永诀的话。它们向来如此：一旦离开了自己的天地，那就永别，走向死亡。

我又想起了莎草，我的心在这秋天的日子里也像在春天一样，充满喜悦。我觉得我像树叶似的离开了她，但是我不是树叶，我也是人。也许我正需要这样做，因为离开了她，失去了她，我跟整个人类世界也许就真正接近起来了。

秋　虫

秋夜，最让我痴迷的事便是散步到田野，听各种昆虫生动地鸣唱。不知这些昆虫是喝了夏天的醇浆，还是饮了月光的仙露，鸣叫听起来是那样婉转悠扬、悦耳动听。

顺着乡间的小路，你听，这儿是"唧唧吱、唧唧吱"，那儿是"唧唧吱、唧唧吱"，这是蟋蟀的鸣叫，辨不清是来自哪个方向，忽而东，又忽而西，时断时续，时高时低，时紧时慢，其声细微袅袅，偶尔带颤，似山泉潺潺细流之声，又像水纹缕缕颤动妙音，错杂交替地在这秋夜里弹鸣。在这如水秋夜的清凉中，虫鸣仿佛滤去了世界的喧嚣，让我的心也渐渐变得透明澄澈起来。

蟋蟀又名蛐蛐、促织，它同油葫芦、蝈蝈号称"中国三大鸣虫"。记得韩愈曾说过："以鸟鸣春，以雷鸣夏，以虫鸣秋，以风鸣冬。"古人以自然的现象提醒时序，虫鸣是秋夜最生动的音符，抑扬顿挫、洋洋盈耳。此刻，让我想起幼时捉蝈蝈的趣事。

在秋夜鸣虫中，我最爱听"国、国、国、国"蝈蝈短促的鸣叫。它那声调时高时低，时缓时疾，波浪似的上下起伏，有滑轮的声响，又像有金属碰撞般的脆响。我至今还清晰记得第一次捉蝈蝈的情景。

　　那是几十年前一个周末的午后，我和几个小伙伴去捉蝈蝈，蝈蝈喜欢住在芦苇丛中，它们有的伏在苇叶上，有的伏在苇秆上，像召开歌咏比赛似的，高低错落地演唱。蝈蝈伏在苇叶上鸣叫时，苇秆下面的河水也随着微微地晃动，阳光便从晃动的水面反射到苇叶上。于是，芦苇丛里，光点斑驳，迷迷离离，形成了诗一样美丽的氛围。这让我们也优哉游哉得惬意起来，恨不得马上捉到蝈蝈。

　　蝈蝈性黠而灵敏，我们还未拨开苇丛靠近，它已闻声倏忽下坠，边叫边遁入苇叶深处，靠着一身莹润如翠玉的绿色，藏得不见踪迹。我们只好静蹲下来，打开手电筒，身子趴在地上沿着洞寻找。起先，我们竖着耳朵，放轻脚步，瞪大眼睛，全神贯注地挨洞搜索，一发现洞边露出一个小脑袋，就挥手向身边的小伙伴们示意，让他们快快过来"围剿"这个"国、国、国、国"地叫着的小家伙。

　　等小伙伴们蹑手蹑脚地聚拢过来后，我们就围成一圈，分工合作，有的用小棍挖，有的用小手紧紧捂着洞，逼着蝈蝈"自投罗网"。然后，等到这小家伙"国"的一声跳出来，我们就手疾眼快地把它"捉住"了。最后，我们再小心翼翼地把它放到瓶子里，准备带回家好好欣赏。就这样，我们捉了很多蝈蝈，夜色降临的时候，我们才听着"国、国、国、国"的"小夜曲"，依依不舍离开芦苇丛回家去。

　　《诗经》中说："七月在野，八月在宇，九月在户，十月蟋蟀入我床下。"秋虫的叫声是一个季节的开始，叫声的终止又是一个季节的结束。而此时，我正欣然于秋虫的呢喃，漫步在秋夜的沃野，和着舒爽的夜风，听着彼伏的虫鸣，心情更增添了一份雅致清新，超凡脱俗。

　　生活中，有的人喜欢气势恢宏的交响乐，有的人喜欢优雅抒情的小夜曲，而我却独爱秋夜虫鸣的静谧。它们的鸣叫自然纯净，没有指挥，没有特邀的听众，想停就停，想鸣就鸣。混乱之中又整齐划一，浑然之间又节奏鲜明，不缓不疾，缠绵悠远，将秋夜烘托得宁静而美好，也将我的心陶冶得情趣盎然。

林中太阳

好一片密林，密得让人无法一下子看到天际的太阳，只有凭着斑斑驳驳的和像箭似的金光，你才能猜到太阳就藏在那棵大树后面，从那儿向着黑暗的林中投射清晨的斜光……

从敞亮的空地走进林中，就像进了山洞一般，但是你若环视四周，真是妙极了！在阳光明艳的日子里，处身于黑暗的林中，简直是美不可言。我想那时无论是谁，愁思会顿然消失，心境会豁然开朗。那时欢愉的思绪将会从一个光斑飞向另一个光斑，一路飞到阳光明艳的空地上，突然抱住一棵枝叶扶疏有如小塔楼似的云杉，像毫不懂事的小姑娘似的为桦树的白皙而神迷，把红扑扑的小脸蛋藏到它那郁茂的绿叶中，在阳光下兴冲冲地再从一个空地奔向另一个空地。

乡野时间

乡野，不是荒蛮野地，而是富饶之所。乡野和人一样，常常隐藏着秘密的财富。想要觉察这笔财富，就必须在乡野生活，与之为伴。

乡野为何如此富饶？答案并不难找到。山坡之上，满眼是碧绿的核桃树，如果是在八月，核桃在耀眼的阳光下，向人们证实一个富饶的乡野。干涸的土里，催生出一种肥胖的豆株；上面都结满豆荚。如果你穿过这片土地，你的口袋将会装满带壳的豆荚。麦状的草籽，多得也可以和丰收的麦子相媲美。深秋，小枸杞渐渐地幻化色彩，青青，淡青，浅红，深红……急匆匆的行路人，停下脚步，手伸向一串又一串枸杞枝条。

在这片流动着油脂、飘扬着果香的土地上，我们与鹌鹑、刺猬和鸽子分享一草一木的欢乐。我们都陶醉在共同的富裕和彼此的快乐之中。在人群定居的地方，我从来没有产生过类似的情感。

在绿荫的掩映下，我悄悄地接近了一只正在睡大觉的刺猬。酸枣树的根盘绕在古老的基石上。刺猬蜷曲在一片树荫下，微眯的眼睛，在远处金黄色的垂穗草的映衬下，闪现出明显的轮廓。垂穗草丛中长着绿色的玫瑰状的龙舌兰。整个场景被布置得恰到妙处，如餐桌上的摆饰一般妥帖。没有什么比长满刺柏的山坡更单调的了，直到那棵老树被满树的浆果染成红色，突然从遥远的山脚下，传来一阵阵山鸡啼鸣的喧闹声。

这是一片富饶的乡野。

有些地方，树木虽然一年四季常青，却没有迷人的魅力。也许，从远处看，高大的白杨树挺拔俊美，但当你走进林子里，就发现那里的植物非常平淡，没有奇异之处，几乎看不到野生动物。我无法解释其中的原委，一片没有鸟叫的树林，不过是一片蛮荒之地。

有些地方，看起来很普通，一旦走进去，却别有一番情趣。像某些季节的玉米地，是最无趣的地方。然而，深秋时节，我一人披衣散步在田野间，散步累了，有时就蹲在玉米的田垄里，久久不动。这里夜色正浓，夜深人静，浸透了夜的空气格外饱满，它给人灵感，给人真正的激情。这是一个人所能享受的最好的夜晚，这是我们所向往的夜晚。

玉米地曾经裸露着刺眼的麦茬，绿色的玉米苗遮挡不住麦茬的光芒，显示出单调而乏味。然而，当它们迎来麻雀漫天飞翔时，只听得时而叽喳，时而低沉，时而寂寞无声，时而叫声不停，后来变成一片又一片的嘈杂声，却不知道这声音到底来自哪里。最后，一大群麻雀循着阳光的指引飞了过来，它们张开静止的翅膀，从渐渐散去的薄雾中显露出来，待在天空中画出最后一道弧线后，便啼叫着，盘旋着，落在它们觅食的草地上。风快速地吹过玉米田，玉米秆一边摆着身体，一边哼着歌。松散的玉米苞叶被风吹到了空中，翻滚着朝远处飞去，风也马不停蹄地向前方奔去。玉米地便不再寂寞乏味了，别样的情趣在田野间涟漪荡漾。

黎明的风迈着轻盈的脚步，推着一团团浓雾，几乎不被人察觉地穿过广阔的山坡。薄雾如冰川的白色倩影般向前飘移着，穿过整齐划一的落叶树林，滑过满是露珠的浅浅草地，将其沉浸在纯粹的宁静中。

天空遥远的深处，传来了一阵阵清脆的铃声，温柔地落在正侧耳倾听的大地上。山坡又陷入了宁静。此刻，乡野的一户人家院里，传来家犬美妙的吠声，没过多久，其他地方的家犬也遥相呼应地喧闹。一动一静，一静一动，相互映衬着乡野的景色不停变幻。

一人一品，各有审美情趣和价值取向。有的人对于"风景区"特别有好感，喜欢看悬崖、峭壁、瀑布、河流、湖泊、溶洞，有这些就是一座好山。在有些人眼中一望无际的平原、河流、森林是单调无趣的，他们看不到广阔的草原，喘着粗气的牛群，正在穿越绿色的波浪前进。他们认为，历史在博物馆里生长。他们也凝望遥远的地平线，却无法欣赏海边的日出。

而在乡野，时间给人一种与众不同的厚重感。自乡野诞生扎根以来，每到春天，沉睡的广袤乡野，被喧嚣的鸟声唤醒。乡野的土层就像远古湖底的腐殖质，肥沃、油亮而有光泽，乡野上空的鸽子，就好像站在被历史浸透的书页之上。

不只是一幅画

　　玉米，一次又一次俯下身躯，亲吻大地，它是在与土地相亲近。

　　斜阳依旧炙烤着大地。大雁经过一片片草地，也经过池塘和河流，在远处灰色山丘的映衬下，羽毛也像灰色的小山丘了。落到水面上，它们就高兴得不得了，扯着嗓子大声喊叫，你追我赶，打闹嬉戏，溅起大片大片的水花，有些像玉米顶端花粉的色彩，弥漫、扩散在空中，好像是在催玉米赶紧成熟。

　　风快速地吹过玉米田，玉米秆一边摇摆着身体，一边哼着歌，松散的玉米叶被风吹到了空中，翻滚着朝远方飞去……

　　田鼠全家出动，兴高采烈地跑到草地上，像赶集一样热闹。它们在草地上一住就是好几个晚上，天鹅绒般的青草为它们按摩身体。没多久，田鼠的足迹就在青草地上，绘制出了一个迷人的宫殿。

　　野兔也耐不住性子，跑到草地上，啃几口青草，又到草地边沿撒野去了。野鸡也跑下山凑热闹，雄野鸡的羽毛色彩斑斓，高昂着头，显示着趾高气扬的样子；雌野鸡温顺无比，低头在草间寻找草籽、虫子，过上好一会儿，才咯咯地叫上几声，去河边饮水了。或许此时，一只雄野鸡正沉浸在往昔风流韵事的回忆中，它在空中拍打着有力的翅膀，似乎在用沙哑的声音告诉这个世界，那片田地里所有的雌野鸡都归它所有。

　　不知名的河流，就在此时，慢慢地作画。那时候，河流已经把所有的颜色都涂在画面上了，并且把透明的露水喷洒在五彩缤纷的颜色上。它时而伸手，时而曲臂，忽而向左，忽而向右，细心地涂色、点缀。此时，青草更加翠绿，茅草挺立起来，像一把把长矛朝天空四面延伸，野葡萄花挂在枝条上，绚丽多姿。垂柳的枝条，柔软得像少女的腰肢。

我怀着一颗虔诚的心，安安静静地欣赏着河流大师的杰作。

雁群在河岸边安顿下来，狗躺在一旁，兴奋得全身发抖，我从隐蔽处窥视着雁群，听它们闲聊，看它们对着沙砾吞食。一群吃饱了离开，另一群又来了，它们迫不及待地开始享用食物。雁群悠闲地盘旋着，争论着，犹豫着，最后飞向远方……

河流上四处弥漫着历史的厚重感。早在遥远的冰河时期，雁的祖先就养成了习惯，在每年的春天归来，用欢歌将沉睡的河流唤醒。山涧溪流，也在夏季的三个月里，汇入河流，并且深深地牢牢地记住这条河道，岁岁年年，开枝散叶，添丁增户，家族兴旺。

与其说雁群站在河岸边，不如说它们正站在隶属于自己的被浸湿的历史页面上。厚厚的页面，是由无数的残骸堆积而成。因而，单从这一方面看，雁不仅活在当下，活在我们的眼前，更活在缓慢演变的历史进程之中。它们每年都极准时地归来一次，如同精准的时钟又走了一个轮回。而它们的归来，也为这段广阔的河流带来了莫大的荣耀。

但我发现，这段河流荣耀的光芒越来越微弱。雁群美丽的身影和婉转的歌声，也越来越难以见到，难以听到。

那是一幅正在迅速消失的画。仿佛这条挥动画笔的河，在我还没有来得及带着朋友去欣赏它的画作时，就会把画从人类的视线中抹去了。真担心从此这幅画只能存在于我的脑海之中。

幸好国家颁布了保护自然的相关法规，对于这幅画来说，这是最大的福音。

小院秋韵

翻过夏的最后一页日历，秋天就来了。

秋风舞动着秋雨，舞黄了一片片稻田，舞红了一树树枫叶，舞开了一棵棵清香的桂花，舞艳了一株株盛开的菊花……秋天带着大自然的调色板，迈着轻盈的脚步，一路描绘着绚丽的秋色。

秋走在广阔的田野上，秋也走进了农家小院里。在乡村，我就有个精致的小院。小院的东侧是个走廊，雕花的飞檐下摆放了石桌、石凳子，西侧是高高的院墙，墙下有个花池，花池旁有一口水井。秋来了，小小的庭院里就装满了秋色秋景。秋是娴静的、清雅的，我静静地坐在廊檐下的石凳上，欣赏小院里的秋景，聆听秋天的声音，解读秋天的诗意……

丝丝秋雨，缕缕秋风，催开了小院内几株最美的菊花。"不是花中偏爱菊，此花开尽更无花"，金秋从来都是菊花的主场。居于小院，花开从容淡定，小朵状如向日葵，大朵的形如螃蟹。无论是小朵还是大朵，在微风中摇曳着，扭动着曼妙的腰肢，宛如婀娜的淑女，拨弄着小院的秋韵。旁边一棵月季花，在这和煦的清秋里，带着刚从夏日而来的热情，尽情地盛开着，怒放的花朵开得更艳了，簇拥的枝头就像是一团燃烧的火焰，仿佛要与菊花媲美斗艳似的。如果说黄色的菊花是秋姑娘的脸庞，那粉红的月季花则是秋姑娘的朱唇，它们化成小院里一道独特的亮丽风景。

小院秋色关不住，一树枫叶出墙来。花池内一棵高大的枫树，枝繁叶茂，高傲地爬过院墙头，向墙外伸展着，似乎在窥探着墙外的秋景。它亭亭玉立地站在小院的最高处，张开无数的纤指。它不仅第一个迎接晨曦，又第一个将秋引入小院里。穿一身绿装的枫叶，从暮夏中蹁跹而来，谁将绿叶涂红色？那定是秋风与秋雨了。经过几许秋风秋雨后，枫叶就姹紫嫣红了，此时就多了几分妩媚，似乎摇身一变就成了出嫁的新娘，那鲜艳的一身红装，红红火火的，阳光一照，叶脉清晰可见。枫叶胜于红花，越过院墙的枫叶，清晨与红彤彤的霞光交相辉映，染红了院墙，装扮了满院的秋色。

秋风送清爽，一树桂花染鹅黄。枫树旁是一棵金桂树，小院藏娇，仿佛一个是靓妹，一个是香姐。细雨轻濯桂树后，浅碧的绿叶间镶嵌着一撮撮深黄色的小花朵，丰盈柔嫩。"莫羡三春桃与李，桂花成实向秋荣"，只在秋天开花的八月金桂，此时正倾吐芬芳，绽艳的花蕊，芳香浓郁，沁人心脾。它虽没有牡丹那样的雍容华贵，也没有菊花那样的清素淡雅，却用芳心在编织秋天的甜梦，小院也因此香气弥漫。

小院里的桂树与枫树一般高大，沐浴着缕缕暖阳，秋风拂过，花瓣飞舞，坠入泥土依然馨香，墙里墙外留香一片。如果说红枫是秋姑娘亮丽的红裙，那香气袭人的桂花则是秋姑娘佩挂的香囊，连攀附在这两棵树上的一根蜿蜒曲折的葡萄藤，因枫叶的艳红、桂花的馥郁而忘记了结果。

花池里，两棵小小的茶花悄然长在枫树和桂树下。只有几缕阳光偷偷地从枫叶和桂花的指缝里洒落在茶花的枝头上，但一身翠绿的茶花并不埋怨，因为它既可以欣赏到枫叶绚烂的风采，品味到桂花的馨香，又有它们庇护着而免遭风霜雪雨的侵袭。秋夜，茶花虽没有沐浴月光，但从红枫里感受到了秋月丝丝的暖意，又从桂花间感受到了月色的淡淡清雅。茶花胸怀着清秋的温情，默默地孕育着花蕾，经过秋冬的积蓄，将美丽绽放在春天里。

初识睡莲时便就喜爱上它了，是因为能识时势的睡莲夜合朝开，圣洁优雅。每当初秋时节，我就会在一只桶内放些泥土，到荷塘池边将睡莲的根部装进桶内，再注满了塘水，把它带回家安置在了小院花池内，秋天里它虽不开花，但小碟盘状的翠绿的花盘会伸出桶外，小院因此就充满了浓浓的绿意和诗意。

鸡冠花，秋之最艳丽的花，小院南面墙沿下有几株鸡冠花，"一枝浓艳对秋光，露滴风摇倚砌旁"，随着秋天脚步的来临，朝食清露，日沐秋阳，枝头慢慢地就冒出了花冠，紫红色越开越大，犹如雄鸡的鸡冠。它们你不让我不让你地争相开放着，点缀了庭院新景。

秋高气爽，菊芳桂馥，冲天的香气溢出小院，几只喜鹊循着香气，驻足在院墙头，赏红枫看秋景，嗅花香品秋味，咯喳咯喳地又蹦又跳，抒情着清秋的韵律。麻雀在明媚的阳光下更是叽叽喳喳地兴奋不已，嘭嘭地一会儿从枫树上飞到桂花树上，一会儿又从桂花树上飞到枫树上，尽情打闹着、嬉戏着，有时会拥在一起从树杈上滚落在花池里，打着情骂着俏，渴了就落脚在井旁，喝一口苔藓间的井泉水，然后在蓝天白云下快乐地闹着秋，尽情地享受着秋的欢畅。"秋日树上噪鸟鹊，秋夜月下闻蛩鸣。"蟋蟀是秋夜的主唱，璀璨星空，皎洁月光，辉洒小院，花池内蟋蟀轻轻地拨动着琴弦，吟唱着秋歌，音调悠悠，在静谧的小院里回荡着。蛩鸣一首低婉的曲子，鸟唱一首激昂的旋律，它们合奏了一曲美妙动听的秋之交响乐。

菊艳、莲绿、枫红、桂馥，秋在浪漫中带着飘逸；鸟唱、蛩鸣、雨敲、风鼓，秋在宁静中带着激情。农家小院，秋色正一点点地蔓延着，秋意正一层层地浓郁着，无言诠释着秋的静美、秋的韵味……

田野有田野的秋色，小院有小院的秋韵。看院内一花一草、一树一叶，它们展现着秋天的多姿多彩，它们自然组合在庭院里，就是浓缩的最美的秋色秋景，就是最耐人寻味的秋韵！

一个秋韵丰盈的小院，让生命充满了阳光，让生活富有了诗意！

林中絮语

　　天高气爽，太阳从早上就开始忙碌起来，为自己寻找出路，不停地在云层中穿梭着。安静的树林，浓郁的树木，在那一片蔚蓝下站立。

　　夜晚的树林，已经冒着丝丝的凉意。也许在某个阴暗的小角落，在阳光无法顾及的地方，已经有凝重露水的落脚之处。

　　夜晚，一弯新月在树林中升起，光亮给树林穿上了一层温暖的外衣。清晨，阳光明媚，光的身影照亮了每一滴露水。

　　人们已经开始生火了，树林边，远处的炊烟在袅袅升起。今天，璀璨的阳光，透过玻璃，肆无忌惮地照射进屋子里面。露水遍布这个世界，那晶莹剔透的质感，虽然没有钻石那么闪亮，却拥有珍珠般的光泽。

　　从清晨到现在，蔚蓝的天空中，云朵时卷时舒。白杨树林中热闹非凡，每个白杨树的下面都有低矮的小树，整个白桦林就置身于这些繁密的小林丛中。而小树木的脑袋上，散落了很多白杨树金黄的叶子。

　　在树林的每一个角落，我们都能找到蜘蛛留下的痕迹，无论是在草丛里，还是在白杨树上，尤其是在低矮的灌木上，更容易找到。一个个像碟子一样，装饰着整个树林。

　　在一个露水滋长凝重的季节，在一个蘑菇生长旺盛的季节，在一个秋果色彩多姿的季节。在这样的清晨，我进入了白杨树林，期待着能像大自然那样，过自由的生活，过舒适的生活，过浪漫温馨、富有哲理的生活。我知道，应该给这个生活怎样的定义，又该从何开始。

我非常清楚，自然界中的某个地点，一定有一颗种子是属于我的，当我和那颗种子见面，哪怕就只是几眼的相见，那也是我和大自然步调统一生活的开始。相信到那个时候，无论我看到什么，它们都能够走近我的灵魂。也许，到那个时候，我的种子会自己消失，就这样慢慢地消失。因此，从我的角度出发，我不能轻易地断定，那是怎样的一粒种子，这里的一切又将从什么时候开始，我的努力什么时候才能得到回报，我的愿望什么时候才能实现。

我懂得，首先我想要如愿以偿，就必须让自己的注意力更加集中，所以我开始行动了。

看看，快来看看，这是什么？蒲公英——我们北方最常见的野草之一，它的身影总是随处可见，它的子孙也曾随风而飞，因此它的家族就随处可见。我想我要记录一下，也许属于我的种子就藏在像它一样的平凡生命里。

我还注意到，在整整一个夏天，白杨树不停地向下挥洒着金色的小叶子，它们全部落在了下面低矮的灌木丛上。这样看来，一切的运动都是自然中激发思想的源头。

瞧瞧，快来瞧瞧，这又是什么？多么感人的画面。一棵比我稍高一点的洋槐树，像一位抱着自己孩子的母亲，为自己的孩子遮风御寒。小家伙十分可爱调皮，从母亲身后偷偷翘起了一个像手指一样的树枝。而在下面，还有更健壮、更苍翠的小枝丫。

生命，就是从发现开始的，浓绿的蒲公英和白杨洒落的金色小叶子，都是大自然给我们的暗示。我一直关注着大自然的运动，运动就是事物生命的起跑线。

所以在我看来，运动是自然界中一切的基础。它引起了人们的关注，而寻找事物是我们首要关注的事情，就像我在林中的发现：母亲怀抱自己的孩子为其遮风御寒。

也许，人们看到树木就像看到自己的影子，并从中认识到生命的意义。

满地秋阳

多变的天气，时而细雨朦胧，时而阳光灿烂。

雨过天晴，被雨水滋润之后的农作物，在阳光的照耀下异彩纷呈，浑身充满了晶莹的水珠。

漫长的一天，是这样丰富多彩，可是也有静谧之时，犹如，爬山到了山顶，想要坐下来稍稍休息，然后再下山。

秋天就这样渐渐走进我们的生活，阳光的角度，虽说倾斜了一点点，但照射的强度与夏日相比一点也不逊色。

我们居住在乡野的一隅，对阳光的恩泽永远铭记于心。但我们也很容易忘记，太阳照在我们耕作过的田地上，也不偏不倚地照在远方的草原和森林上。它们同样反射和吸收太阳的光芒，太阳每天从天上走过，田地只是它眺望到的图画中的一个小小的部分。在太阳的视野里，大地同样得到了耕耘，如同花园一样。因此，我们应该接受它的光与热的恩泽。我珍视这些农作物的种子，珍视一年一秋的收获，那又如何呢？这片广阔的土地，我守望了这么长时间，可它并不把我当作主要的耕种者，而是将我抛到一边，去寻找那些给它洒水、给它浇灌，让它变绿的，对它更亲近的各种影响因素。因为这些作物的生长的结果并不是归我一人所有的，我想确实应该如此！

在晴朗的秋日，太阳的温暖被充分接收，这时我坐在高高的山岗上，俯瞰着村外的池塘，端详那些水面上泛起涟漪的圆圈，真是一种令人心旷神怡的活动，须知在天空和树木的倒影之中，如果没有那些泛起涟漪的圆圈，水面就看不到。在这片广阔的水面之上，即使有一些骚动也会很快平静下来，就像在水中投下石子，颤抖的涟漪到了岸边之后，便立刻恢复了平静。在池塘上只要有一条鱼跳跃，或者一只昆虫落下，都能这样用盘旋的涟漪把自己的存在报道出来，用这美丽的线条展示出来，好像那就是它的泉水在不断涌起，是它的生命节奏的徐缓跳动，是它的胸膛的起伏。

　　一整天，太阳一直照射在广阔无垠的田野之上，那里有高高低低的农作物，灰喜鹊在上空盘旋，麻雀在常绿树中叽叽喳喳鸣叫，鹌鹑和野兔隐伏在树荫下。但是现在开始破晓了，不同的一批动物醒来了，不同的农作物也开始依次成熟了，在那里表达着大自然的意义。

秋天的色彩

玉米，在农家的房顶上懒洋洋地晒着太阳，秋天就是真正到了。大豆比不上玉米，只能躺在水泥地面上等待阳光。墙外的南瓜，是一个机灵鬼，早早地爬到树梢上，此时此刻，一个又一个南瓜，从树梢垂下，和玉米比傲气；冬瓜，天生憨态笨拙，在院墙外睡大觉。

墙角的石榴树上，红透脸庞的石榴咧开嘴，露出玛瑙般的牙齿在微笑。紫红的葡萄，从枝条和叶子的缝隙中探出晶莹剔透的模样，令人垂涎三尺。牵牛花在清晨就吹奏青春圆舞曲，鸽子也在一旁的树杈上伴奏。

落叶在空中画着美丽的弧度，最后回到了大地母亲的怀抱。一片色泽红润、沾有露珠的杨树叶子刚好掉在了一旁的蜘蛛网上。阳光的偶尔宠幸，使叶子发出耀眼的光芒，这样的光芒使我又一次思绪飞扬。

秋天的脚步近了，秋色越来越重地挂在我们的窗棂和屋檐之上。成行成串的玉米，黄灿灿地挂在阳光里，着实逗人喜爱。田野恬静得如山坳里那一潭幽深的秋水。玉米已收获完毕，登高远望，空旷的田野里，几只洁白的鸽子在田野间觅食，显得更加悠闲。田野里，欢声笑语充盈其间，红白黄蓝各种色彩，令人目不暇接。那些踏着阳光经脉，采摘酸枣的小孩、小伙和少女意气风发，笑意正浓。田野的小路边，还有几棵株果和秋花。秋风中，许多野草已经憔悴了，野菊花正在悄悄地绽放，红黄紫白，星星点点，闪烁在青藤上，点缀在绿叶间。水塘旁边，几枝残留的芦花在秋风中飘荡，旁边突兀的几块嶙峋的石块上，爬满了绿茸茸的青藤，曲干虬枝的藤蔓垂落于碧水，构成一幅精美的图案。

　　田野里，五谷杂粮，在季节里争相放彩。高粱，是易于生长的高秆作物，这时，火红的穗头在空中摇来晃去，就像一只只美丽的红鸟。收割时，运气好，会碰上瓷亮瓷亮的鸟蛋，还有没有长齐毛的小鸟，正戳破蛋壳露出嫩黄的小嘴，等待送食的母亲到来。深秋时节，土地翻耕起来，站在田埂上，就能闻到泥土的清新气息，闭了眼，一股股粮食的味道随之而来。

　　到了九月底，我去河边灌木丛里采摘枸杞，每次都是收获满满，它们长得色泽芬芳娇艳欲滴，真是想不到它竟然那么美味。在枝条上悬挂的那小小的红辣椒，就像珍珠一样闪亮，红得透亮，我一边采摘，一边往嘴里放，不一会儿，我就像一个涂抹了口红的少妇。

　　雾气朦胧的清晨，仿佛眼睛还没有睁开的睡美人，耳朵却在细心地听着周边的变化。雾气越来越浓，水滴重重地拍打在金黄的叶子上，一滴水马上就要落下了。如果真的落下，那就意味着，下面的叶子要承受两滴水的重量，叶子一般是无法承担这样的重量的，多数会被折断。

　　秋后的田野，成了田鼠的地盘。它在空旷的田野里搜寻过冬的粮食，想方设法接近玉米穗，从里头挑选好的饱餐一顿，我曾经在不远处，仔细地观察过这样一个场景：开始是狼吞虎咽地乱啃一气，把啃过一半的玉米芯扔掉。后来，它就越来越挑三拣四，拿它的吃食耍着玩，仅仅是浅尝一下玉米粒的滋味，地上满是它弄掉的玉米粒，它露出一种茫然不知所措的滑稽可笑的表情，低着头看着那地上的玉米穗，好像怀疑那掉下来的玉米穗是不是也有生命，它拿不定主意，该不该把它再捡起来，或者另寻一个新的，或者干脆走开。它一会儿想到那个玉米穗，一会儿又听听风声中有什么动静。就这样，这个家伙一上午糟蹋了好多玉米穗。最后，它抓起了一个长一点、粗一点的玉米穗，个头儿要比它还大得多，好歹拖住玉米穗，朝它洞穴里走去，就像蚂蚁拖着一只蜻蜓的尸体，同样照着原来的路线，左拐右弯，走走停停，真够累的。它觉得仿佛这个玉米穗太沉重，动不动就掉在了地上，于是，它让玉米穗循着垂直线与地平线之间对角线方向移动，不管怎么样，硬要把它拉回去——好一个轻浮而又古怪的家伙，它就这么样地拖到自己的栖居地，也许是在四五十米的堤堰边。后来，我总会在树林子里发现那些到处乱扔的玉米芯。

最后，鸽子来了，它们的叫声早就听到了。它们在几十米以外，小心翼翼飞过来，偷偷摸摸地从这一棵灌木飞到另一棵灌木，越飞越近，把田鼠掉在地上的玉米粒都给捡了起来。随后，它们落在一棵低矮的灌木上，急匆匆地把玉米粒吞下去，不料，有的玉米粒个儿太大，卡在喉咙口，差点给噎死。它们费了老大劲儿，才把玉米粒又吐了出来，接着花上个把钟头，用它们尖喙啄呀啄的，终于把玉米粒给啄碎了。一帮可爱的家伙，在田野里演戏，我对它们稍微有一点好感。

野外，河岸边，金黄的杨树叶漫天飞舞，这片杨树林是春季鸟雀求偶的最佳地点。

秋夜，一盏盏明亮的夜灯，照亮了这个漆黑幽暗的树林，在暗淡的背景下看着眼前的光亮突然展现出火一样的热情，人有一种睁不开眼睛的感觉。

深秋时节，溪水消瘦而干涸，在细流如线的水面上铺上了一层红彤彤的树叶。左右两侧的峰峦直达天际，夹在其间的天空仿佛也似溪水在流动……

秋色下的乡间是那么祥和纯美！是呀，每一片秋叶，每一根虬枝，每一粒玉米，每一粒圆石，每一张蛛网都在午后闪着光芒，犹如春天的清晨缀满露珠一样。每划一下桨或每一只小虫的飞舞和蠕动，都能闪出一道光辉，而每一个声响，又会荡起何等美妙甜美的山水清音。

这是何等美妙的乡间秋韵呢？我是难以给出准确答案的！

秋天在微笑

这是一个雾气浓重的季节，这是一个蘑菇生长旺盛的季节。在这样的清晨，我进入了树林，期待着能像大自然那样，过自由的生活，过浪漫温馨、富有哲理的生活。我知道应该给这个生活怎样的定义，又该从何开始。

快来看看，这是什么？羊齿——初秋的亮黄色的代表，它总是生存在阴冷、潮湿的树林里。我想要记录一下，也许属于我的种子就藏在像它一样的生命里。我还注意到，在整整一个夏天，白杨不停地向下挥散着金色的小叶子，它们全部落在了下面黑乎乎的云杉身上。这样看来，一切的运动都是自然中激发思想的源头。

生命，就是从发现开始的，亮黄的羊齿和白桦洒落的金色小叶子，都是大自然给我们的暗示。我一直关注着大自然的运动，运动就是事物生命的起跑线。

也许，人们看到树木就像看到自己的影子，从中认识到生命的意义。

人们已经开始生火。今天，璀璨的阳光透过玻璃肆无忌惮地照射进屋子里面，露水遍布这个世界，那晶莹剔透的质感，虽然没有钻石那么闪亮，却拥有珍珠般的光泽。

从清晨到现在，蔚蓝的天空中，云朵时卷时舒。天气预报说今天没有雨，要经过多少没有雨水的天气，才能让那些对大自然有需求的人，彻底地摆脱掉这个充满雨水的夏季。

不需要亲眼所见，凭借着对光亮的了解，我就能非常确定，用不了多长时间，太阳就会懒洋洋地从雾中淡出人们的视野。

现在的白天和盛夏的白天没什么区别，除了浓重的水汽和雾气以外，现在的白天显得有些灰白。不过偶尔下起小雨，会让你惊喜地发现，原来草木还会泛着新绿的光彩。

白桦树林中热闹非凡，每棵白桦树的下面都有十几棵小云杉树，整个白桦林就置身于这些繁密的小云杉丛中。而小云杉的脑袋上，散落了很多白桦树金黄的叶子。

将近九点的时候，才能清晰地看清河对面河滩的轮廓，农民们在麦田地里忙碌的身影，看得还不是很清楚，不过风儿会夹杂着他们谈话的声音，向我们吹来。

在有雾的天气里，在森林的每个角落，你总能找到蜘蛛留下的痕迹，无论是草丛里，还是山杨树上，尤其是在灌木丛中，更容易找到。一个个蛛网像碟子一样，装饰着整棵杨树。

我脑中一直存在着这样一个疑问：到底是为什么？难道雾气是蜘蛛的最爱？还是这样的现象只是雾气自己的杰作？蜘蛛网上，水滴在晶莹剔透地闪耀着光芒，让蜘蛛网这件普通的作品，变得异常美丽。

太阳从早上就开始忙碌起来，为自己寻找出路，不停地在云层中穿梭着。安静的树林，苍翠的树木，在那一片蔚蓝下站立。

夜晚的森林已经冒着丝丝的凉意。也许在某个阴暗的小角落，在阳光无法顾及的地方，已经开始有象征寒冷的白霜了。

夜晚，一弯新月在树林中升起，光亮给树林穿上了一层温暖的外衣。清晨，阳光明媚，光的身影照亮了每一滴晶莹的露水。

多变的天气，时而细雨朦胧，时而阳光灿烂。

雨过天晴之后，被雨水洗礼过的树林，在阳光的照耀下异彩纷呈，浑身充满了晶莹的水珠。拥有少女姿态的小松树，好像在对我说："其实，我已经长大了！"

漫长的一天，是这样丰富多彩，可是也有静谧的时候，犹如爬山爬到了顶端，想要坐下来稍做休息，之后再下山。

秋天就这样渐渐走进了我们的生活。

和春夏的风一样，这个风的名字还是风。无论在哪个季节，这里的风都会吹个不停。秋天的风，疯狂地将叶子从树上拉扯下来，紧接着要求树叶和它翩翩起舞，顽皮的风对于这件事情，一直乐此不疲。

可是风儿哪知道哇，现在的树叶中已经没有生命了，没有办法与它共舞。

山坡上的小草，在它们绿油油的身影下，经常会出现一片漆黑的影子。每当微风轻盈而过的时候，都呈现出一片勃勃生机。

到了黎明时分，树林中的雾气更重了。雾水滴落在白桦叶子上，越聚越多，叶子无法承担，那晶莹剔透的水珠终于从枝头挣脱，滚落在地上。

太阳出来，林中的雾气散了，水滴也不再滴落，无拘无束的清风轻抚着山杨的叶子。摇摆不停的树叶，使树影变得婆娑、曼妙。

偶尔，会有一部分树叶摆脱树木，飞离枝头，不过一直陪伴它的还有它快乐的影子。

夜晚似乎很冷。寒冷侵袭之后的早上，黄瓜叶好像被灼伤了，黑黑的，蜷缩在了一起，这时藏在叶子下面绿色的小黄瓜，伸出了小脑袋。

又是一个繁星满天的夜晚，可是清晨并不怎么冷。当阳光普照整个大地时，那个炎热的夏季又回来了。一切好像什么都没发生，只有菜园里，那黑蝙蝠翅膀一样的黄瓜叶记录着昨晚出现的严寒。

河岸每天都会出现我的足迹。每当天空乌云密布，河水就会迅速变得冰冷吓人，可是当阳光明媚，河水又会欢呼雀跃地跳动着。

表情严肃的乌云正看着河水，河水似乎感应到了什么。它冰冷地躺在那儿，就像一只安静的小猫正在用它那神秘的眼睛看着这个世界。当它从你身边走过时，你很快就能发现它，原因很简单，因为它是猫。

我隐隐约约地感觉到，田野里好像停留着什么东西。可是，距离太远看不清楚，但正因为看不清，才更想探个究竟。我不停地向那个方向观望着，时不时地喃喃自语："是什么东西在那里？"

没来由的，就是觉得在那个地方正发生着什么。每当这个时候，我总会满脑子疑问地张望，不过心里已经有了明确的答案。

到底是什么东西呢？如果是石头，也不应该是那样趴着的，在田野中出现这种事情是不应该的。

灌木丛突然晃动起来，我心一惊，忙走上前细瞧，真是意外的惊喜：原来是一只麻雀，我们从不远离的麻雀！像自己人一样，它和我们生活在一起，即使是严冬也不会飞到别处。

从清晨开始，整个森林就一片寂静。林间升起了一道笔直的幽蓝色烟柱，蚊子早早地就成群结队地飞了起来。在这个寒凉的季节竟然出现了一片温暖、祥和、明亮的景象。

就像今天早晨一样，我仿佛就能感受到，在这里的一切事物，好像都找到了自己的位置，谁也不会妨碍着谁，这个世界呈现出一片和平宁静的景象。

秋天里出现了难得的好天气，这样美妙的天气甚至在四月也不一定能遇上。小白桦的叶子已经落光了，正准备一觉睡到明年开春呢。可是，这样温暖的天气又让人觉得，小白桦正准备抽枝发芽呢。乌鸦似乎没有感觉到季节的变化，像春天一样在树上兴奋地聒噪着，而鸽子正在默默地低鸣。数里外的村子里不知是谁在引吭高歌，歌声响彻四方，在林中听得依然清晰。

树叶满天飞舞。可是，正蓄势待发的生命——叶芽已经形成，在每个叶芽上，你还能看见那泛着生命光辉的水珠。

我早就注意到，当微风拂过树林，树枝轻轻摇曳时，总有某种奇异的东西深深吸引着人们的心灵。我一直在寻找着一种方式，将这种美丽呈现出来。也许，我应该将这种美景和落叶很好地融为一体才行。我还会再回来观察的。

颤抖的树叶相互碰撞着，正奋力地挣脱着枝丫的束缚。可是等树叶真的纷纷落下后，不久便化作一堆堆春肥。树叶尚且如此，我们中许多人更是如此。那些舍弃小我，永怀有自由感的人就像生出双翼一样，一直在往前飞，往前飞。

秋之落叶

秋天，落叶是最引人注目的美丽焦点。秋风掠过树木，拉下了一片片树叶。它们在空中轻盈地旋转着，似一只只美丽的彩蝶，又如一个个翩翩起舞的精灵。

有人说，秋天的落叶是枯槁的，没有任何价值。我却不以为然。秋天的落叶是神圣的，尽管落叶已没有了春叶的可爱，夏叶的蓬勃，但枯萎便是落叶最可贵的奉献精神，当叶子萌发于阳春三月之时，便开始吸收阳光与空气，孕育着鲜花和累累硕果。当烈日炎炎，叶子手拉着手连成一把巨大的伞，为小鸟送去片片清凉。等到秋日来临，生命将尽的秋叶仍然以金黄和火红装点着大地，为天地展现自己的最后一次美丽。秋风吹过，秋叶坦荡而安详地落下，融入泥土，化为养料，孕育春的希望。我相信，来年春的嫩芽里，一定隐隐地泛着秋叶淡淡微笑的身影。啊！这是生命的轮回！

已经是深秋了，森林里那一望无际的林木都已光秃，老树阴郁地站着，让褐色的苔掩住它身上的皱纹。无情的秋天剥下了它们美丽的衣裳，它们只好枯槁地站在那里。

秋天带着落叶的声音来了，早晨像露珠一样新鲜。天空发出柔和的光辉，澄清又缥缈，使人想听见一阵高飞的云雀的歌唱，正如望着碧海就会想着见一片白帆。夕阳是时间的翅膀，当它飞遁时有一刹那极其绚烂的展开。

于是薄暮，大地穿上了一件金黄色的毛衣，枯黄的杨树叶和鲜艳的枫叶飘落下来，好像是几只彩色的蝴蝶在空中飞舞。虽然寒霜降临，可青松还穿着碧绿碧绿的长袍，显得更加苍翠。花园里，菊花争芳斗艳，红的如火，粉的似霞，白的像雪，美不胜收。柿子树上的叶子全都落了，可黄澄澄的柿子还挂在枝头，像一个个大大小小的橘黄灯笼，红通通的海棠把树枝都压弯了。秋天是美的画意，情的诉说，漂亮极了。

蔚蓝色的天幕，在阳光照射下，那紫边镶金的彩云，在空中飘荡，似峰峦叠嶂的群山，如草原上滚动的羊群，似牧场里追逐的奔马……

秋叶，你衔一抹春的清丽，披半肩夏的温媚，沿着季节的小路，走到秋的怀里。从你那含情脉脉的眸中，我看得出，你还眷恋着风华正茂的春季；从你那恋恋不舍的脸上，我读出了，你还思念着温情四溢的夏日。可，你那泛黄的裙袂，毕竟撩起了秋的涟漪……

谁说岁月无痕？在这"山明水净夜来霜，数树深红出浅黄"的季节里，到处是"树树皆秋色，山山唯落晖"的萧瑟景象。此刻，唯有你这片片秋叶，还倔强地站在秋的肩头，执意打捞夏的美丽！其实，你那一袭墨绿渗黄的秋衫，本身就是一种沉淀的华丽，一如平平仄仄的诗，咏叹出秋的旖旎。

俯仰之间，扬手是春，落手是秋。时间好像注上了润滑剂，匆匆从指尖滑去。转眼已是"黄芦千里月，红叶万山霜"的境况。一抹碧绿，瞬间成了红黄，一缕凉风，染黄了岁月的痕迹。那片片静美的叶子，站在万木枝头，摆出了秋的姿势。张扬了一春一夏的你，此时有了些许的疲惫，于是你在寂静地等待，等待一场潇潇风雨。

"无边落木萧萧下，不尽长江滚滚来"。静候之后，便是一场凛冽风雨的浩劫，你瘦弱的身体被秋风撕咬着，然后抛向苍凉的大地。一阵阵疼痛，在空中打着旋儿，不禁潸然泪下，滴成一个悲凉的秋季！其实，此刻的你，是你一生中最飘逸、最灵动的时刻，长空中，你翩翩起舞，婀娜多姿，凭吊着春的冷艳，夏的绚丽。在秋的世界，那一山一水，一朝一夕，都因你的存在而更加丰姿！

一场疯狂的劲舞之后，你端坐在秋光里，默读着你那曾经翠绿的文字。于是，你把梦想写满寄往未来的信笺，告知下一个春天，你重归的消息。秋叶，我沿着你清晰的叶脉，已然走进你的世界，看到了你冬的历练，春的孕育，夏的茁壮，秋的瑰丽。你那透明的美，欲燃的红，让我对人生有了新的诠释。

人生，何尝不是这一片轰轰烈烈的秋叶，浅踏流年，撑过葱绿，走过繁华，最后，步入这殷红金黄的秋日。在这深秋暮景中，我淡定地看着花开花落、云卷云舒，任由那缕缕凉风，撩动我的思绪。风中，我俯身拾起一枚飘落的秋叶，又一次目睹了你的风采：通透，沉稳，厚重，美丽！

听着窗外风吹着树叶的声音，一片片枯叶盘旋着落了下来。如一只只蝴蝶，盘旋飞舞；如一个个气泡，在空中飘扬；如一颗颗黄宝石，抛撒而下。

正如"落红不是无情物，化作春泥更护花"所说的那样，落叶纷纷扬扬落下，随风飘舞，展示它优美的舞步。它自信，它满足，它兴奋。因为，在它落下的地方将会长出带着它的影子的小草，它无怨无悔，任由风带着它飞向何处。它知道它带着一身使命，这使命就是为自然出份力。

落叶飘飘扬扬，我的心也随它而去。它的生命即将完结。它的生命固然很短，却充实有趣。它年轻过，光辉过，或许当年它那旺盛的生命力与华丽的外表是那些娇花贵草所不能比拟的，但它所想的绝不是对生命的留恋，而是对生命意义的领悟。或许它认为即使在生命的末端被人烧毁也是值得的，至少把它最后一丝温暖留在了人世间的某个角落。

落叶纷纷扬扬落下，时间已扒下了它那美丽的外衣，为它穿上了又黄又丑的旧大衣，并夺去了它的工作证。望着它们孤独的身影，我看见了那些年老离职的人，它们不正像那样的人吗？虽已离职，但心却永远停在了工作上，希望在有生之年，把爱献给社会。

此时，我不经意间想起了王勃的"落霞与孤鹜齐飞，秋水共长天一色"，心里淡然了好多。秋叶，积淀的美，厚重的情，通透的思想。它不亢不卑，用豁达支撑着勇气，用淡定捍卫着美丽。秋叶，成熟的美，永远属于你！

有人爱春天，那是因为她花如海，柳如烟；有人爱夏天，那是因为她生机勃勃，绿如墨染；有人爱冬天，那是因为她冰封雪漫，气象万千。而我对秋天独有钟情，衷心赞美。

秋天是甘美的酒，秋天是壮丽的诗，秋天是动人的歌。如果说日月轮回的四季是一幕跌宕起伏的戏剧，那么秋天就是戏剧的高潮。

秋天是画，是彩云，是流霞，是成熟，是收获。让我们赞美秋天，赞美丰收的图景，赞美这绚丽多姿的秋天风采，珍惜这"人到中年"的美好时光。

秋天迈着轻盈的步子，带着收获的希望和喜悦。

秋日晒秋

秋日，阳光灿烂时，我都要到田野间走走，我出生在农村，从小与山水田园打交道，对大自然情有独钟，每逢双休日，我都要到田野间，在那里尽情地敞开心扉，呼吸大自然的新鲜空气。

晴朗的周日，身披曙光，秋风把心绪吹到了天上，村外，溪流生白雾，草尖挂露珠，果园里的枝头悬挂着累累硕果，秋风中有缕缕香飘，田野里有片片稻菽的金黄，我似乎看到了我们的祖先脸朝黄土背朝天，用汗水和智慧开垦了一个民族的文化，耕耘了中华民族几千年的历史……

秋日的乡下，天蓝得纯净，树绿得清亮，环境、空气都可以养眼洗肺。走到了一个林荫笼罩、树木环抱的村庄，就能看到许多房檐下挂满了一串串鲜红的辣椒干，像春节的喜炮。

在街道，我走近一位坐在长凳上切茄子条的老大娘。她头系方格子头巾，把两个或者三个茄子并拢按在刀板上，一刀接着一刀，刀法娴熟，切下的茄子一条一条的，散在刀板上，水滋滋的，鲜润得很。等装茄子的竹篮里茄条的数量够上一晒盘了，就搬到楼顶去晒。于是，空气中飘浮着一股茄子的气味。

色泽诱人的茄子经不住晒，阳光一照就蔫了，原本满当当的塑料布便留出了许多空隙。农村妇女们的美是呈现在日常劳作中的，她们永远是这个季节的主角。趁着好天气晒农作物，虽然忙前忙后，她们的言谈举止中却有闲适自得的一面。她们觉得生活很简单，她们关注更多的是一家人餐桌上的鲜香。这日子就是春播、夏种、秋收、冬藏，一年四季有饭吃、有事做就够了。

我想，埋在地下的果实，长在地上的庄稼，哪一样秋粮人不动手都不会自动归仓。拱腰、屈腿、伸颈，农人的每一个秋收动作都不轻松；大风、阴雨、浓雾，每一种恶劣天气农民都得承受。在急喘中抹去成串的汗珠，是秋收时农民的常见动作。大自然就是要以此教会人类懂得珍惜粮食。

山村周围，林茂树密，屋宇之间，鸡犬相闻，依然透着原始村落的生活气息。

阳光充足，空气干燥，是最适合晾晒果实的季节。被秋晒红的高粱，被秋吹熟的大豆，被挖出的大蒜，砍来的白菜……全都一一走进了秋季，汇聚出一派祥和灿烂。

这个时节的农村，晒农作物没什么讲究，山里种的、地里长的，什么赶上就晒什么，辣椒、核桃、黄豆、皇菊（菊花）、柿子，一年又一年，循环往复，他们恨不得把整个山野田地的收成都晒起来。

村庄一家一户的水泥地上、草坪上、阳台上、房顶上晒满了东西，金灿灿的谷子、油光发亮的豆子、橙黄的花生等，迅速占领了小院的屋檐、外墙，有的被线穿起来晾晒开，有的装入簸箩或大大小小的竹筐，依次铺开，一片接一片的，像村姑拼出来的绣花图案，耀眼夺目、迷人心魂。

从一家两家，到一百多户人家纷纷把收获的果实晒出来，那是何其壮观的场景！穿过高低不平的巷子，平视或者俯视，我从不同的角度欣赏农村的晒秋图，感受农村人家对农耕文明最原生态的表达。

熟透的果实，以各异的姿态自由地享受阳光。收获的食物日晒、风吹，改变了原有的模样，以另一种方式继续被人们享用。

时代发展，人们对食物的传统的保存方式，未曾改变。

记得儿时，随着最后一场暴雨的结束，秋天便热辣辣地敞开了怀抱，让玉米、豆子、谷子、花生等五颜六色的果实从田野里，叽里咕噜地涌进村子里。于是场院里，屋前房后，院子里，大门口，还有家家屋顶上，一坨一坨地堆满了沉甸甸的丰收产物。一霎时，整个村子的上空，被浓得化不开的味道包围起来，香甜的、清新的、温暖的味道，在村庄上空飘来荡去。

玉米进家后，扒玉米皮、打豆子的活，是老人和孩子们的事。一堆堆豆子摊晒在大门口，我们在玉米堆上用大大小小的玉米投掷嬉戏，在大人连哄带呵斥的软硬兼施下，一个个金黄色的玉米被扒下皮，露出一排排整齐的粒子。

扒皮后的玉米，要么带着几瓣白而柔软的皮系在院子里的树上垒成玉米柱，要么就用竹筐弄上屋顶。等到全年的玉米都上了屋顶，母亲就会把红红的辣椒穿成串挂在屋檐下晾晒。窗台上、柴垛上、架起来的竹帘上都会有母亲晾晒的东西，刚收下的葵花、花椒、花生……房前屋后，犹如一幅幅美丽的丰收画卷。

一阵秋风吹来，我从联想中醒来，闻到阵阵果香，放眼一看，只见家家户户的小院里、门前屋后都堆放着成熟的果实。

太阳底下，或在一块大晒地上、或在那大大小小圆圆的簸箕里，晒着的五颜六色的自己种的瓜、菜、豆、粮，这是丰收的展示，构成了色彩斑斓的农村晒秋时节的美丽景象。这美，既是自然的馈赠，更是对农民兄弟辛劳和汗水的回报。

秋收冬藏，是阳光与食物的天然碰撞。

晒秋，晒的是瓜果丰收，晒的是满园飘香，晒的是一季的丰收喜悦，晒的是人生的辉煌与壮大，晒的是生命的价值与意义。

返回路上，饱食晒秋的成果，回味着饭后的余香，我默默地想：秋收开始时，人们对丰收满怀希冀；秋收结束后，人们对土地充满感激。秋收充实的，是我们的粮囤；秋收强化的，是我们劳动的信心；秋收巩固的，是我们人类生活的根基。晒秋，是世间万物都开始振作精神，奔赴另一场生命孕育的运动。生命的轮回才真正地开始，步入循环，一秋又一秋！

月光深处是故乡

月光，无论在哪一个季节，都轻柔如纱，像一位轻歌曼舞的少女，因此，夜晚也被她映衬得柔软而美丽。

白昼匆匆退场之后，月光就如溪水般漫过来了，洒满大地，乡村的每一个角落都披上了一层透明的纱衣。池塘里青蛙的叫声不时传来，夜莺的鸣叫声响起，显得夜色更加宁静。

微风拂过，月光如水一样从空中静静地泻下，树木与花草的影子投射在地上，深浅不一。影子是最虔诚的，有时候比事物本身更接近事实。那些我们感觉格外平整的路，投射出来的影子却呈现出粗糙的褶皱，即使有非常微小的不规则、不平整，也能透过影子显示出来。夜是一场各种影子汇集的盛会，自然比白天的精致更显斑驳，也更加立体。夜色里，露水不动声色，却无法让人视而不见。露水躺在低矮灌木丛的叶子上，懒洋洋地晒着月光，晃出明亮的光晕。

或许，露水是属于草木的，是属于田野的，而月光是属于大地的，属于大自然的。此时，大自然正在酣睡，月亮却不肯睡去，皎洁的月光，照射着远处的悬崖，如同闪烁的灯光。深夜，月光愈加明亮。在乡村，每一棵树，每一片田野，每一处森林，每一段河流，每一座池塘，都散发着特别的味道，嗅觉也成了散步者的导游。听觉是那样敏锐，潺潺水流的叮咚声不时地传入耳中，如果在是白昼这些便常常被人忽略。而在正午时分，阳光充沛，在阳光下闪闪发光的河流，从我们的额头上滴落的汗珠，还有在花丛里嘤嘤嗡嗡劳作的蜜蜂，都随着风的温度浮现在我们的脑海里，定格成为一种永久的记忆。

白昼，劳作一天的人们都呼吸着这样温暖的空气，太阳落到地平线以下，暖风就像被主人遗弃的流浪狗，或者像一只迷途的羔羊，不停地在林边和山坡间奔跑逃窜。

在午夜，我躺在残留着白昼温度的岩石上，看着缀满星辰的夜空，真是一种莫大的享受。

偶尔，在明月当空之时，我会在路上遇到几只流浪狗，它们都在树林子里东奔西窜，却会闪开给我让路，仿佛有点胆怯似的，不声不响地站在灌木丛里，直到我走过去它们才探出脑袋。

这时候，我感到如水的月色，与我有着相同的孤独之感。不过，我愿意成为月的知己，为月而喜。天上的月光皎洁，像在铺垫一个轻盈缠绵的美梦，以这柔和的方式迎接满月之光。

大地不甘寂寞，不愿孤独，在农庄点燃白炽灯光，想要夺了月色的风光。我们时而在月光下凝神静思，时而望着被灯光照亮的地面和绵延起伏的群山，感受着大自然的风情。不知不觉，时光就从狭窄的指缝间溜了过去，晚风却把沉醉在思考中的人们唤醒。

许是因为无人陪伴，许是因为太过寂寞，暮色渐沉时，晚风变着花样，在山岩与林木间肆意折腾着，惊扰了一席清梦，让我们有了更多清醒的时间沐浴在月光下。晚风能把午后的惬意驱散，却不能把月亮熄灭，反而是雾霭散尽，云团溜走，月光更加明亮了。苍茫大地，晚风习习，月色缠绵缭绕，别有一番月夜之美。

大自然，是世上最公平的。温柔的月光，也给平静的乡村及街道涂抹上如银的色彩，但与耀眼的阳光相比，柔和的月光更容易得到人们的热爱，因为她与人的思维步调相一致，同样深邃，同样明亮，同样纯洁，因为她像一位披着轻柔纱衣的少女，在人们心目中轻歌曼舞，永远容颜不衰。

对于旅行者来说，明亮的月光实在是太重要了。当皎洁的月亮无私地把光芒洒向四周，一个常常在月下散步的人能在第一时间感受到它带来的安详与快乐。我们常常围观月亮与云彩捉迷藏，只见月光不停地展现自己的明亮，先将云朵置于黑暗里，然后又将它们投掷到隐匿的光芒下，随后就唱着凯歌闯入了另一片星海。

不论是夜行人，还是那如水的月色，都是孤独的。不过，夜行人总是愿意成为知己，为月而喜，也因月而欢。当月光被乌云遮蔽，夜行人就会寄予深深的同情，期待自己能用鞭子驱散云朵，为月开辟出一片天空；当月光穿过积压在森林、湖泊和山峦上空的层层乌云，夜行人也忍不住要欢呼雀跃。那冲出重围的月亮，往往给旅行者带去信心与勇气，让他也如那月色一样明亮，信心百倍地冲破前方的一切阻碍。

在每一个季节，月光总是如水一般，静静地泻在大地之上，且没有留下一丝的皱痕。

在月光深处，无论是我，还是夜行人，或是旅行者，都被月光寄予了深切的情感与希望，远方有我们的亲人，那就是我们的故乡。

月光下的表情

当月色如同昨夜那般皎洁时，我的心中便涌动着漫游溪谷、攀登群山的激情和冲动。我要登高望远，一睹月光下的野外风景，我要看那咆哮的、银白色的激流和波光粼粼的湖泊。

每当这种时刻，我必须逃离房屋、城镇以及一切碍眼之物，使自己与洒满月光的风景和那倾泻而出的月色融为一体。只有当满月时，只有当一轮圆月如同昨夜那般升起，如同一团巨大的、橙色的奶酪悬挂在地平线上，充满威仪地缓缓移动时，我才会有这种感觉。

新月或半月都不会激起我的这种冲动，但当一轮满月升起时，我的心中便无法平静，所有世俗之物都显得无关紧要。月圆时，所有的生命都随之变化。看到满月，村庄里的狗狂吠回荡于山谷；鱼群在水中觅食并跃出水面；鸟儿飞向空中，在璀璨的月光下放声歌唱；野兽在它们的地面上狂奔。在一轮满月下，生活全然成为冒险。

我们必须追溯到生命的源头来理解为什么会发生这种情况。我们要回到史前时代，当时生命的最初表现——那点点滴滴的原生质就是随着月亮的盈亏和新世界潮汐的周期而变化的。月亮对所有的原生质都具有强大、长久的影响，它能够移动海洋，创造保护生命的环境。

随之而来，这种影响深深地融入完整复杂的动物反应之中。在人类智力的萌发时期，我们就用月亮的周期来确定时间，所以月亮不仅是校时器，还是人类行为的指导者也就不足为奇了。渐渐地，月亮进入了人类理解生活的初识阶段中那些神秘的梦想。它尽显魔力，以至于多少个世纪以来，人类一直心怀敬畏之情地恭候它的升起。

现在，当我们面对升起的一轮满月时依然感到神妙，满月仍旧会让我们感到惴惴不安，向往冒险，这种现象是否令人感到不可思议？令我们疑惑的还有，尽管我们不再依靠月亮来预测凶吉，不再让它的盈亏来主宰我们的生活，可是它一如既往地在我们心中激起奇特而难以言表的情感。作为现代人，我们或许已经忘记了满月在远古时的意义，然而，我们与生俱来的那种对月光的反应与我们的祖先对它的反应毫无差异。满月依然是宇宙至关重要的盛事。

所以，当月光如昨夜那般皎洁时，我不禁会忘记自己的工作和责任，在神奇诱人的月光下，奔向旷野，漫游于山间，把自己累得筋疲力尽，最终躺倒在明媚的月色中，进入梦乡。对我而言，这是一件司空见惯的事。很久之前，我就不再刻意压抑内心的冲动。我只不过是忠实于内心一种最强大的影响力，忠实于原生质对月亮自然之力的反应。

如果老于世故的人类都允许月光来影响他们，那么，月光又是如何影响动物的呢？从月光下漫游的亲身经历中，我曾有幸多次看到它的影响及荒野中动物对它那种魔力的反应。我曾听到过潜鸟在荒凉的湖泊心醉神迷的歌声，听到它们整夜啼鸣并鬼使神差地掠过水面。我曾听到睡意浓浓的鸟儿在子夜放开歌喉，野狼、狐狸、青蛙和猫头鹰以同样固有的冲动做出反应。

然而，我所知道的最欢快的表述是野兔在仲冬的舞蹈。当月光皎皎之时，你在一片有兔子的沼泽地附近藏身，并静静等候，便可以看到那种舞蹈。可是，由于天寒地冻、夜深人静，你得有耐心和耐力。不久，野兔就开始现身，那是幽灵般的影子，除了黑眼珠外，浑身褐色的皮毛毫无掺杂。月光下，它们从纵横交错的小道上过来，在小路上奔跑撒欢，你追我赶，疯狂地跳跃。

假如你看够了，感到乏味，就像鸟儿展翅般发出嗖嗖的响声，刹那间，每只兔子便在原地呆如木鸡，等待死亡的来临。然而，它们这种静止状态不会持续多久。危险一旦过去，它们就又开始了自己的游戏。它们几乎不怎么离开可以逃身的小路和可以藏身的林地。

可是去年冬天，我发现了距离兔子隐藏之地几百米的一只野兔的足迹，知道是月亮使它不能自持。在月光下，它离开了树林，贸然冲出来，穿过空旷的原野。想查明可能会发生的事情，我跟随着它，担心随时都可能看到那傻家伙的下场：不是被路边扑下来的老鹰捉走，就是被游荡的野狗或狐狸撕扯得只剩下一堆带血的兔毛。可是，那野兔的足迹不停地延伸，堂而皇之地围着草地上的石堆和吹积成的落叶堆转圈。最终，那足迹返回树林，可以从足迹判断出它最后的跳跃堪称使足力气，孤注一掷。我知道此时月光暗淡，魔力渐消。我断定那只野兔不是少不更事，傻头傻脑，就是老谋深算，深谙此道。

有一次，我在村北山坡上的一处多岩之地守夜照看地瓜。那天满月当头，我的窝棚扎在月光之下。我躺在窝棚里，窝棚口敞开着，我便静静欣赏着松针蚀刻在天幕上的风景。突然，我感到有阵轻轻的响动，像是只小动物试着爬上光滑的窝棚顶。随后，我看到是只小田鼠沿着窝棚侧面的边拼命向上攀爬。它犹豫片刻，然后滑下来。我想它摔下来是必定无疑的事了。可是，又是一阵疯狂的攀爬，它竟然上了窝棚顶的绳索，在上面来回地摇摆不定。随后，令我惊奇的是，它在空中一跃，继而沿着光滑的窝棚表面滑到地面。

这种动作重复了多次，直到那个小动物成了高手，毫不顾忌，飞快地爬回去，再滑下来。它越跑越快，陶醉于它这种令人兴奋的新游戏之中；沿着窝棚边缘直上窝棚顶绳索的中央，纵身飞跃，腹部朝下，两腿伸开，充分享受它找到的滑雪橇似的欢乐。

我久久地观望着这个游戏。终于不再设法数它滑落的次数，而是开始疑惑小田鼠怎样才能控制步子的节奏。我就那样躺在那里，渐渐地确信它自己玩得很开心，我是在见证一种除了欢乐而别无他图的活动。我曾见过许多动物在月光下玩耍——曾观看水獭的一家老小欢快地滑入深潭，海狸在池塘中玩捉迷藏，松鼠在洒满银色月光的松树顶上追逐撒欢。在神奇的月光下，小田鼠的行为与其他动物并无二致。

我躺在窝棚里思索着，如果月光能使人和动物暂且忘记生活的重担也就足矣。我想到世间确有一些享受生活，随自然之天性挥洒精力的时刻。我知道如果一个人能够像可爱的小田鼠那样，每个月或者每一年都能沿着地球表面滑一次，那么对他的心灵将是有益的。事实就是如此！

月光不锈

在乡村，月光不锈。

在乡村，月光是温柔的，月光是多情的，月光是无私的，月光是温馨的，月光是润泽的，月光是不锈的。

在冬日，月光显得格外皎洁，也显得格外明亮。树木在秋天时落光了头发，田野在秋天时失掉了青绿的衣裳，河流已经冰封，山丘冷得发黑。大雪飘飞的时候，它们都高兴了。树木的枝干白白胖胖，田野成了纯净的地毯，河水盖着被子偷偷地流动，山丘蒙着神秘的盖头。在月的布光之下，每一片雪花的落地，都是一个音符，连同遥远犬吠，树木折枝，容器冻裂，合成一段深远的音乐。

古代的寺庙是一个容纳游子过客的驿站。大雪之日，漂泊的人们终于停下来，在一片雪光与月光的朦胧中，开始想念故乡和母亲，写一些伤感的诗歌，狂欢地饮酒，然后醉醺醺地将诗句题于壁上……

秋天的月光，透过庄稼射下，地面上就有黑白相间的景色。在秋风的吹拂下，月光在晃动，月光在摇曳，月光在沙沙作响。

中秋之月，庄稼成熟，月光送来阵阵成熟的香味。香味伴随着月光，月光掺和着香味，在乡村的上空弥漫、扩散、升腾。我们将收获的玉米堆放好，而后将玉米皮剥净，一堆堆黄澄澄的景色就呈现在我们的眼前。大豆、高粱、芝麻、棉花也在此时纷纷登场，走进农家小院。

月色朦胧的夜晚，我站在院中看着金黄的落叶。月亮忽而躲藏在云层里，繁星点点，我伫立在院中的树下，夜色凝聚不动了，树上的枯枝有声响，脚下的落叶也沙沙作响，片刻之后归于静止。月光如霜，布满地面。秋风，在天空有响动。夜里人声寂静，月光下仿佛可以听到一种至高无上的音响。

回想夏日的月光，在乡村，是温柔的景象。

夏夜，如水的月光泻下，乡村披上一层薄薄的纱巾，呈现出一种朦胧的意境美。不停转动一天的石碾，在月光里停下歇息；麻雀、鸽子、燕子、斑鸠、喜鹊，归巢与家人团聚，寂静无声；归家的山羊，在羊圈静卧反刍；乡村人的晚餐，也在月光下慢条斯理地进行着。白日的喧嚣，夏日的燥热，忽而融入月光的海洋世界，一切回归到祥和的宁静。

夏夜，是静谧的；夏夜，是喧嚣的。

在我们童年时，夏夜里，月光下，是最美好的时光。三五一群，女孩们踢毽子，男孩们打瓦，为了争当大堂、争当二堂、争当衙役，而争吵不休，而面红耳赤，忘记回家的时间，等待母亲的声声呼唤。

如果是初夏，在月光下，在庭院里，一家人支起一架圆桌，凉拌几个小菜，在月光下畅饮，李白是享受不到这样的生活的。乡村人不像李白那样，常常对月吟唱，"举杯邀明月，对影成三人。"酒桌上，刚满上酒，月亮就立刻融入酒杯，酒杯静止不动时，月亮在酒杯中散发出光芒。乡村人不懂诗情画意，只是感受良辰美景。

春天的月光，在山冈上，坑坑洼洼地闪现。偶尔，远处传来布谷鸟的叫声，打破春夜的宁静。

我在柔和的春夜，漫步田间，朦胧的月光下，小麦在风中摇曳，显示出努力生长的模样，土地是软绵绵的，踏上去有一种舒服的感觉，新翻的泥土散发着一种特有的气息，与小麦散发的清香味糅合在一起，有一种给人向上的力量的感觉。夜，在滋长着；春夜，在我们的生命中蔓延着，在我们的生命中延续，在乡村的血管里流动着，在乡村的生命中升腾着，发展着……

春夜，月光如水，静静地泻在田野作物的叶面之上，像洁白的乳汁。作物在春的时节，努力地拔节生长，似乎能听到生长的声音，一种向上的声响。

野草，在月光下，暗暗地生长；本想这一季敷衍过去的各路野花，却引来蝴蝶、蜜蜂围绕不停盘旋，野花被扰得睡不安稳，便也在月光下，悄然绽放了。

乡村像一个熟睡的孩子，在月光里安详地睡着，春天的月光下，乡村有萌动的梦；夏日的月光下，乡村有成长的梦；秋日的月光下，乡村有成熟的梦；冬日的月光下，乡村有温馨的梦。

月光，是乡村古老的见证人。

从三五户的小村落，到三五百户的乡村，几百年的发展史，月光一直默默见证。乡村的历史，乡村的当今，乡村的未来，甚至乡村有一天，被社区所取代，月光都会时时刻刻关注着。

乡村的落后，乡村的进步；乡村的愚昧，乡村的文明；乡村的贫穷，乡村的兴旺。乡村的一切兴替演变，月光见证乡村细微的变化。

月光，在四季的演变中，是永恒不变的。月光，给乡村镀上闪亮的光泽，无论昼夜如何更替，千古永恒。

在乡村，月光不锈。

冬前秋后

到了八月，这个季节的光泽开始黯淡，树木的叶簇和森林开始脱色，鸟儿的羽衣开始褪色，它们的歌声开始停歇，每个方面都有了临近秋天的暗示。

四季的路线延伸得不够平坦，这归因于土地、水、山、树林和平原分布的不均匀。

然而，我们的气候通常是在十月达到均衡的，有时十一月最显著，形成芳香的晚秋的小阳春。宣布休战了，热与冷这两种力量在田野上以友好交谈的方式而相遇和融合。

到这时，或更早之前，大大小小的蜜蜂都在筹划进入冬天的居所。这里只有王族在逃逸：蜂后独自预见到正在来临的冬夜和远未抵达的春天的早晨，而部落里其余蜜蜂尝试着像吉卜赛人那样流浪一阵子，最后却消亡在最初降临的霜里。十月份，我惊讶于那穿着黄外衣的蜂后竟然在树林中寻找到一个非常合适的隐蔽处。这皇家贵妇在寻找房子，当在树叶间遭到我探寻的戳动而带来的骚扰时，它就发出一阵缓慢深沉的嗡嗡声迅速飞走了。它的躯体在此时变得非同寻常的大，我无法辨别它的体内是长满了脂肪还是装满了卵。九月，在野外，我取下一个蜂的巢穴，发现里面有几只身体硕大的蜂后，可是工蜂都消失了。蜂后们显然在这里挨过了霜降和暴风雨天气，等待晚秋小阳春来临，届时再寻找一个永久的冬天居所。在这个季节，如果能够揭开田野和树林的盖子，那么许多自然界中的有趣事实就会被展现出来——蟋蟀、蚂蚁、蜜蜂、爬虫，也许还有那在它们的冬天宿舍里熟睡或准备好睡觉的蜘蛛和苍蝇——生命之火堆积起来，缓缓燃烧着，把火花保持到春天。

季节的均衡从十月中旬一直持续到十二月，几乎没有中断。有六周的晚秋小阳春，白天一派金灿灿的阳光；月亮升起时，夜间又是一派银白的月光。河流那么光滑、平静，延伸到更远的地方。你似乎置身于一片迷人之地，整天呼吸着寓言和传奇故事中的空气。没有一缕烟，只有一种闪耀的雨云充满所有空间。

秋天在好多方面模仿春天！在它的某些特征中，它的确是一年中的第二春。清新的事物再次出现，变得醒目。树木就像五月那样吸引着目光。鸟儿从它们夏天的秘密中涌现出来，模仿它们在春天的团聚和竞争；有些鸟儿在沉默好几个月之后发出一点点歌声。知更鸟、草地鹨、乌鸦……都在游戏和鸣叫，它们的举止有一种暗示春天的方式。空气湿润，湿气从地面升起。大自然就像它在春天开始宿营那样，此时正在结束宿营。对春天的怀念和不安，通过对旅行有增无减的渴望而在人们的身上表现出来。

春天是吸入，秋天是呼出。两个季节都有它们的昼夜平分点，两者都有它们那样朦胧模糊的空气，它们那红色的森林色调，它们那寒冷的雨水，它们那打湿人衣的雾霭，它们那神秘的月亮，它们那相同的太阳光和温暖。然而，它们吸入的情感毕竟是那么不同！一种是在早晨，一种则在傍晚；一种是在青春，另一种则是在暮年。

这种差异不仅仅存于我们的内心，空气中也有一种微妙的差异。所有的感觉都记录了一种差异：太阳似乎燃尽了。有人会追忆希罗多德的观念，这个观念就是：太阳此时已变得虚弱了，撤退到南方，因为它再也不能面对来自北方的强大寒意和暴风雨。在春天，它的光束有一种增长的力量；在秋天，它则有渐亏的光辉。一种是刚刚点燃的火焰，另一种则是衰竭的火苗。

很久以前，我就观察到这么一点，阴影在早晨比在傍晚更不透明，光明与黑暗之间的斗争更显著，幽暗更稳固，对照更鲜明。晨曦的光线与落日的光线所不同的方式来雕琢和分割阴影。因此，阳光在早晨就更明彻、更新颖——不那么发黄和分散。在我说到的两个季节中，这种差异是真实的。春天是晨曦，清澈而确定；秋天则是暮色，忧郁、衰退、金黄。

乡村的秋天有一个奇异的特征，可以在这个季节的晚期看得见，那是一个无比清晰的下午。在落日下越过田野看过去，地面好像覆盖着一块闪耀的薄纱；像一张仙女的网，正午时无形，太阳现在的位置把它给显现出来，歇息在树桩和草丛的嫩枝上，其长度覆盖了微小的土地——如无数小蜘蛛的作品。牛群穿过它而行走，然而却似乎没有踩破它。也许一只苍蝇会在它上面留下记号。同时，从树端延伸，或者从篱笆桩上延伸，通往天空，看得见悬空的蜘蛛线——一座从有到无形的仙女桥。偶尔在一大团深深的阴影上看见它们，也许是被黏附的灰尘微粒放大了，它们显得相当清楚，像一根拉伸的绳子下垂，或者像潮汐中的一条大缆绳那样摇晃着、波动着。

回过头来说，九月份是形成高大野草的月份。在它们坚忍伫立之处，沿着篱笆、路边和被遗忘的角落——马鞭草、牛蒡、土木香等等——它们让自己多么高昂地扬起，仿佛现在不怕被看见了！它们热爱路边，因为它们在这里比较安全；参差不齐，覆满灰尘，就像普通的漂泊者，它们形成早秋的一种颇有个性的特征。

我相信，梭罗是第一个注意到同一种树木不同个性的人，他尊重它们的叶簇——一些枫叶成熟得早一些，一些成熟得晚一些，一些是一种色彩，而一些则是另一种色彩。而且，每棵树年复一年坚持着同样的特征。实际上，枫树中间有很大的不同。

我们北方十二月的日子本身就像泉水，它是融化的霜、融化的雪。它里面有寒意，还有一些愉快。阴影似乎出现，对白昼进行对应。阳光稀释于黑暗，色彩从风景中隐退，而只有河流的光泽照亮灰白和棕黄色的远方。

第四章　冬　天

初冬的原野

阳光，在大地上的角度日渐减小，树叶在微风中时不时地飘落，偶尔在空中打着旋又落下，好像一幅动人的画面，温馨舒畅。

原野，像一张无形的大网，但又无法网住麦田和山丘。麦田，一望无尽，就像一眼望不到边际的绿色地毯。沟渠边，觅食的鸽子在悠闲地踱着步子，当我们想靠近它时，它振翅飞向空中，划出一段优美的弧线。

远处的河滩上，还留着些许色彩，黄色、金色和红色，随着水波缓缓移动，像个万花筒，不停地将变幻的光影投在水底。继而，在高高的山脊上，我们找到了一直在寻觅的东西：一片孤寂的深红，一种坚持到底、公然藐视风暴的姿态，一抹那片由灰色、褐色及绿色交织的全景中仅存的亮点。我们将独木舟靠岸，开始爬山，却发现山上的路很难走，一路攀登上去，处处是悬崖峭壁，小峡谷里榛树杂乱丛生，吹落的树枝层层叠叠。最终，我们总算来到了一片平缓荒凉的山脊，那里有一小丛矮柳树，叶子完好无损，它们那深红和亮丽的红褐色如同胜利的旗帜，飘扬在荒废的战场上。经受了狂风暴雨的多次摧残，这丛矮柳树被打造成一种仿佛能拥抱住它所生长的那个山丘的特有形状。

空气中充满着落叶的气味，遍地都是古铜色和暗黄色的叶子。从山顶向下远远地望去，可见一条漂浮着树叶的河流注入一个蓝色的湖泊。当河流与宽阔的湖面相遇时，那树叶便呈扇状散开，如同一条金色围裙，集中在腰部色彩浓厚，在它的边缘则点缀着蓝色的斑纹。

突然，从北方传来了我一直在期待的声音，一种柔和悦耳的嘎嘎的叫声，那声音时强时弱，却在不断增强，直至成为一片喧哗，吞灭了所有其他的声响。在碧空的尽头，我看到了它们，一列长长的斑点，宛若一条漂浮的丝带向着南方舞动，Ｖ字形的顶部像是打了个无形的结。

那黑点般的长长的雁群渐渐地消失在地平线上，雁鸣声也随之渐渐地离去。

雁鸣一时间消失了，但是我几乎还能听见，那是记忆中的声音。随后，雁鸣又起，我看到雁群扑向蓝色的湖面之后，又高高地飞升。我身下的远处是那个湖，一条漂浮着树叶的金色河流正流入那湖泊，空气中充满着落叶的气味。

只有到了初冬，当白杨叶变成一片古典的金黄，山坡及河岸都映在蔚蓝色的水面之时，那光影才令人心醉神迷，宁静主宰着整片原野。

我们在院落里种上了枫树，这样，秋末初冬便可以有那么几日来观赏它们红色和黄色的斑斓。无论何时向它们望去，都能令我们想起整个北方那如同火焰般燃烧的盛景壮观，那充满诗情画意的湖畔和树木掩映的水湾，那覆盖着沉稳绿色的山坡被泼上的一道孤单而生动的红色。枫树的观赏期来去匆匆，而当它们突如其来的狂喜结束之后，便浑身灰色，光秃秃地立在那里，没有任何办法来缓和它们僵硬的树枝。

然而，春季来临时，它们又是最早报春的，陡然绽开的深红树芽如同北方的鲜花般艳丽。

我们种植了白桦，因为我们希望它们令我们忆起白桦在褐色山坡上亭亭玉立、一片洁白的身影。我们希望忆起仲冬时节月光下它们的模样，月光使它们变成朦胧的银白，在雪地上投下短暂的斑影。我们希望在春季观赏它们，当树液开始溢出时，冬季那大片的褐色慢慢地变成了温暖的紫色或者淡紫色。

此时，远处的山丘，轮廓更加清晰，我们的视野更加开阔，山丘上的树木日渐变成褐色，而大地依然是无边无垠的绿色，是拥有无限生机与活力的色彩。

冬的标识

晚上的时候，气温反而变暖了，或许是经过白天太阳的照射留下的余温。大地已经上冻，不管什么到了水里，都静止不动：把一块石头投到冰面上去，会发出一声清脆的响声，但不会把冰打破，而且冰凌已经不流动了。

太阳不像昨天那样落进透明的云彩里，而是落进一片很厚很厚的云层里。月亮出来时，脸有点发红，怒气冲冲，照在水面的影子已经看不出月球上的地形，什么也没有，既没有眉毛，也没有鼻子……

白天天色阴沉，严寒并不害怕，大白天里也在坚守着自己的阵地；快到晚上的时候，寒气更加凛冽了。瞧，这正是最可靠的冬天的标志：严寒和乌云正在为新的降雪创造有利条件，而再有两三次像第一次那样的新雪，就一切都完了。一切都将被掩埋起来，雪也不会融化，我们外出散步的次数也日益减少了。

真好像三月里的天气，我久久地在树林里寻找某种标志，好让一个沉睡了许多年刚刚醒来的人，能够确定这是什么季节。瞧，我终于在一条被雪埋没的林间小路上看到——从一棵树上吊下一面蜘蛛网，网的尽头有一个小圆球。"这是不是蜘蛛冻死了？"我对小球这样猜测。经过仔细研究，细心观察，我终于看清，这是上个星期大雾弥漫时凝聚起来的水滴，水滴结成冰，下雪的时候，几片六角形的小雪花粘到结冰的水滴上，于是就变成了一个小球。

朝霞和晚霞，黄澄澄的，如同熟透的栖霞苹果。

快到晚上的时候，这些天来黄澄澄的天空变得通红通红，因此天也暖和起来了。

黄中透红的霞光被天际一条蔚蓝色的带子衬托得更加显眼，太阳就躲在蓝色带子后面。

大地已经上冻，北面斜坡上撒上了一层薄薄的霜花。在暗红的朝霞中，我安静地喝着茶。太阳好似一只红翅膀的金鸟飞出来了，上面浮着朵朵深红色的红云。

微有寒意，从早晨起，雪花就纷纷扬扬地飘落下来，新雪对一切地形关怀备至，覆在昨天的雪糁上。

夜间的雪使树枝变得十分沉重，现在雪正顺着树枝慢慢地融成水滴，于是树枝渐渐抬起头来。当傍晚开始变冷的时候，寒气首先把水滴冻成了冰，而树枝上的积雪下仍然有水滴流出来，流动的水滴流到已经结成冰的水滴上，这时它们全都冻结在一起，使冰箸变得更长了。当一棵树上全都挂满叮当作响的小冰箸时，寒气终于止住了正在融化的雪。

清晨，林间空地上光辉灿烂，阳光下，柳树上挂满奇妙的礼品，熠熠发光，风——这位敲钟人开始在林中的钟楼上敲起钟来。

零下五摄氏度，河水仍然奔流不息，在我们的乡村，水桶里的水也没有结冰。后来稍微有点寒意，河水仍然在流动，岸边厚厚的冰层正在逐渐扩展。厨房里的水桶，我根本没有去想它。然而当寒气变得并非微不足道的时候，河立刻冻结起来，厨房里的水也结成了冰，把桶底都挤掉了。可见，不要那么害怕突然袭来的严寒，应该担心的倒是虽然并不厉害，但长期滞留，每天都在起作用的寒气。

所以冬天最初只是用雪和寒冷吓唬我们，它自己却在不知不觉地慢慢走近，于是你会突然感觉到：它猛然袭来，统治了大地，真正的冬天到了！

黄 昏

我的休闲时光，在午后是最为充足、最为富有的。我从来不曾淋浴在那样美好的光芒里，那是在十月的一个黄昏，夕阳仿佛变成了一汪金色的池塘，鱼儿跃动，荡出了一圈圈金色涟漪，又搅出一个很深的漩涡，让人的眼神与灵魂不自觉地就沦陷其中。

那是一个初冬暖阳的日子，我像以往那样在旷野散步，一条小溪从这里出发，唱着愉快的歌儿从脚下淌过。我的心情和溪水都踩在欢乐的鼓点上，但是远方山峦一侧的萧瑟灌木丛、枯枝败叶，还有连天衰草，多少让人有几分扫兴。高悬的太阳大概不忍见人伤心，慢慢坠落，伏在地平线上，像是要给人温柔的抚慰，原本略微萧索的美景都被夕阳的柔光笼罩，美丽而不妖艳，耀眼但不刺目，整个天际唯留下一片橙黄与明澈。

这绮丽的暮色简直就是天上奇景，气温和暖，空气纯净，风物娇美，一切都是那样柔静、暖亮。似乎只有我被那夕阳拉长的身影最不美观，黝黑地映在野地上，像斜晖中的微尘。

此前，我没有在意过日落的美景，也没有见到过更美丽的日落风景，但并不意味着它不存在。

事实上，大概自有天日以来，每一天的夕阳都是这样美丽，让置身其中的人，即便是天真的幼童，都感受到了纯粹的欢喜，只能怪我自己错过了太多的大好景致。

幸好我没有一直与它擦肩而过。这一刻，夕阳全部的灿烂都落进了行人的眼眸。太阳是最无私的，即使到了暮色时分，也不忘把光明平等地施与城市及乡村，所以这片偏僻荒凉的旷野，才有机会被涂抹上如此艳丽的色彩，还能保持着难得的纯美与恬静。

我们在这里散步，只见一条水色清凉的小溪蜿蜒流动，粼粼波光被镀上了金色。同样披上了金色光芒的，还有几只雄山鸡，它们扇动着金色的翅膀，低低地飞翔。新出土的冬小麦苗，寸高的身躯，头顶上挂着透亮的露珠，在夕阳的反射下，闪烁着晶莹的光芒。若不是小溪、山鸡及麦苗的存在，我真忍不住怀疑自己已从人间到了仙境，身旁的溪流草地、西边的林木丘岗，都笼罩着流光溢彩，迷离朦胧。

美景往往最容易勾起回忆，回忆为旧事笼罩上了更绚丽的色彩，让人把一次偶入森林的经历描绘得如同一首诗歌：一个令人愉快的黄昏，他进入了森林，林木苍翠，藤蔓青葱，鸟儿婉转啼鸣，野兔奔跑而过，让人想起在森林里的愉快经历，忍不住想长期逗留，听鸟唱，看蝶舞。

在完全放松的状态下漫步，真的是一件幸福的事情。如果让我一天到晚待在房间里，恐怕我的身体将要生锈。每天必须保证至少四个小时远离繁杂尘世，漫步于森林里、山水间，我的内心才会宁静，身体才会健康，心灵才会明净，头脑才会清醒。即使白天无暇，那么等到下午黄昏之时，我还是会推开房门，到室外去走走，感受黄昏里的美景奇遇。白昼的踪迹自然已经无处可寻，为了弥补白天没有散步的遗憾，我必须朝着远方行走，否则，我就会觉得自己的罪过又加深了一重。

夕阳最后还是要沉睡到地平线下，美好的景色终归要在这一天结束。此时此刻，落日就像一位慈祥的牧人，夜色赶走暮色，它也把我们送回家。多数的离别都会让人不舍，但这次我没有遗憾，既是因为知道风景不曾远去，更因为这黄昏的奇遇让我明白，无论在朝圣的路上徘徊，还是踟蹰在普通的日常生活里，都会有这般境遇。不期然间，一些意料之外的美景就会如初冬的落日那样闯入你的生活，驱散心扉里的困惑与阴霾，带来彻悟后的喜悦。

雪　夜

在乡村，在冬夜，在不锈钢门窗外，一阵细细的呢喃时断时续，原来是风，像一片片羽毛附在门窗上，对着人打招呼。偶尔，这阵风也会抓起一些落叶戏耍，沙沙作响……

此时此刻，整个大地都在沉睡。野外林地的洞穴里，田鼠在梦中憨笑。沟壑边沿上的空心树里，一只猫头鹰闭上了它的双眼。野兔、野鸡和獾全都回到了温暖的家。狗在火炉旁半睁着眼睛，以似醒非醒的状态守护着主人的家。还有围栏里的牲畜，宁静安详地站着，干草堆是它们暖和的被子。大地就这样睡过去了，可是，它会再次醒来，这不过是告别过去一年的一次短暂休息而已。

夜深人静，在大自然之外，乡村也好像遁入沉寂之中，偶尔听到街上传来的一块块招牌敲击不锈钢门窗的声音。这声音成了宇宙里的自言自语，在金星和火星之间无限重复飘荡，仿佛找不到家的轻风。可是，我们的心在这时候触到了一丝暖意，好像得到心灵的慰藉和欢乐。看，那不就是北方五谷女神吗？她手中无穷无尽的银色谷粒，正摇摇荡荡地飘洒在天空中——雪花为沉睡的大地铺上了一层棉被。

当我们醒来后，发现窗台上覆盖了一层白雪，冰花结在玻璃上，看起来四分五裂的，令人心生寒意。站在屋子里，感觉温暖多了，但我们还是舍不得错过这寂静的清晨。我们来到窗边，透过玻璃往外望去，一片碎玉乱琼的世界！

远处的田野像种了棉花，院子里许多透明的冰柱拔地而起。屋顶上偶尔也会有化成水的雪沿着墙壁流下来，屋檐下和围栏上更是挂满了无数冰锥。在整个森林中，护林的小屋穿上一套素净的衣裳，像一位仙女在朦胧的气氛里翩然起舞。天空透明干净，树林和灌木用力伸展它们的树枝，像在伸懒腰，或是在用力品尝这清澈的早晨。这是大自然的作品，它在一夜之间创造了这幅玲珑美图，令全世界的艺术家欢欣雀跃。

我们不舍得将这幅美景拒之门外，于是打开门，一阵寒风夹着白雪迎面而来，冷到骨子里。走到外面，冷飕飕的，晨星将要隐没在地平线下。东方透出一丝光芒，这是太阳露出了它的第一个微笑。

相比之下，西方的地平线好像被凶残的外族铁骑摧毁一般，留下暗淡荒凉的废墟。鸡鸣，牲畜低吟，还有伐木声，简洁而有节奏，仿佛不是天外来客。院子里一层厚厚的白雪，上面有麻雀和鸽子走过的痕迹。这是大自然的细枝末节，却传递了一个重要的信息：即使雪花飘舞，大地也从未静息。

打开院子大门，我们往那条乡间的幽径走去。踩在雪花之上，就像踏在柔软的细沙上一样。身旁驶过一个骑电动车的农民，他正往远方的集市赶去，身影越来越远。小路两边的农舍透出亮丽的光辉，这是白炽节能灯透过窗口上的积雪射出来的光。袅袅炊烟从每家每户的烟囱里飘出，像一朵朵白云，游荡在树木和白雪之间。

我们走近农舍，砍柴声混杂着鸡犬喧闹的声音，杂质在稀薄的空气里洗去，随着白雪沉降在大地上，独留动听的那一部分。时断时续的乡间乐曲，仿佛来自远方，因为雪的阻碍，断断续续，却清晰无比，格外迷人。

冬天的空气比较干净，不像夏天那样混浊，声音自然也就清脆响亮。我们走在结冰的路面，就像打鼓一般咚咚作响，好像踩在实心木上。这时候，整个大自然的声音完美地融合，像神仙在吹奏着交响乐。冷风呼呼作响，树上的小冰柱在风的吹打下掉落地上，发出清脆的断裂声。空气非常干燥，就像水气已经全被冻结一样。因为这样，空气更清新，仿佛褪去了所有的粉饰。每吸一下，都像饮入了大自然最纯净的甘泉。

往头顶望去，云朵都聚集在远处，整片天空呈现出弧形，就像一座宽阔壮观的皇宫的走廊一样。太阳出来了，从东方的树林中慢慢升起。冰晶随着温度的升高而逐个碎裂，整个空气噼噼啪啪响，像一场欢乐的敲击乐。很快，阳光普照大地，连最西边的地平线都被镀上了金边。

我们的思想在温馨的光线中跳动着，身体则像一群活泼的孩子，一惊一乍地走过冰层。阳光感动了我们，这寒冷的季节顿时成了阳春三月。如果能让心贴近自然，将它看作我们的朋友或母亲，我们一定会和所有活在自然怀抱中的生物一样，对寒冷毫无畏惧。如果我们多吃一些简单的素食，不使用繁复的烹饪手法，也会像大树那样挺拔着身躯，在冬日里任凭严寒侵体。

大自然在冬季里显得纯白无瑕。那些腐朽了的断根，长满青苔的石头和栏杆，还有枯枝败叶，全安睡在白雪之下，就像一张纯净的纸巾拭去了桌面上所有油污。原野上空旷寂静，森林里风声呼啸，在这些寒冷的地方，美好的精神和道德如花绽放。肮脏污秽的东西抵不住这种寒冷，只有那些圣洁的事情才能勇敢面对。

在最高的山嶂上，除了刺骨的寒风外，别无其他。它坚守着这块领地，令人赞叹不已。

雪让空气变得纯净，如泉水一般甘洌，我们非常喜欢在这种环境里呼吸。一般不到很晚的时候，我们都不会轻易回家，就这样静静地在寒冷的空气里走着。经常会有寒风如刀片一样刮过肌肤，我们就像走在密密麻麻的荆棘地里，被刮开许多口子。但正是这种历练强壮了我们的身体，让我们的心灵也变得更加坚定。我们在这里行走，就是为了向大自然讨取这种坚忍，这种不惧寒冷的坚忍。

我们走到一片冬麦面前，它在深秋时发芽，这时候在下面藏着一把大自然的地火。这种地火无时无刻不在燃烧着。它在每年的春夏潜藏起来，厚积薄发，在最寒冷的季节如岩浆般滚滚而出，将整片冰雪融化殆尽。

这时候，冰雪正在地火的拥抱下慢慢地消逝，连我们的心也随之融化了。温暖在寒冬里显得格外美，牵动着人们的思绪。我们好像看到了一条清澈的小溪，许多石头静卧在里面，在阳光下透着光亮。还有温泉在深林里流淌着，水珠四溅，引来几只野兔和鸽子。池塘和沼泽地热气升腾，如同仙境。几只田鼠睁开惺忪睡眼，走出洞穴，在墙壁下警惕地走过。头顶的树干栖息着几只麻雀，它们正欢快地唱歌。冬天的太阳温暖至极，任何火焰都比不上。

它的温暖是太阳直接照射的结果，而不像夏天那样，先烤熟地面，再反射出来。它会跟在我们背后走过积雪的森林，背部在它的触碰下，在严冬之中感觉格外舒服。这冬天里的太阳，深得人喜爱。阳光将恩惠赠予我们，并愿意陪着我们走过这湿冷偏僻之地。

瑞雪造访

大地坚硬，封冻的水路一片湛蓝。光秃秃的白杨和桦树像是哥特式窗上的透雕花格映在蓝天上，淡紫色的山峰衬托着阴暗朦胧的云杉和青松的树影。溪谷洼地中落叶深深，这些落叶湿漉漉的，散发着潮湿和沃土的气味。那里有着某种令人翘首期盼和屏息神往的感觉。窸窸窣窣的声音消失了，只剩下枯叶飘落下的细微声响。

在几个月前那一番色彩斑斓、热闹非凡的场面离去之后，出现了一种短暂的平静，一种深深的屏息等待。众鸟南飞，松鼠忙着贮存冬季的最后的那点食粮，湖面上的冰封锁了湖岸和岛屿，这种千里冰封的状态要持续到来年春季。树木做好了准备，当那最关键的时刻来临时，更深沉的宁静笼罩着北方。

当我感受这种宁静时，当这种宁静向万物悄然逼近时，时光暂且停悬，仿佛说话都是一种亵渎。突然，天空中飘起雪花，之前的紧张感荡然无存。雪花飘然而至，落在树叶上，落在树皮的裂缝中，落在覆盖着地衣的岩石上，瞬间分解，融入更广阔的湿润之中。随后，大地不再是褐色，而是近乎奇迹般地呈现出片片白色的斑纹。此时，当雪花飘落在树叶和落叶层上时，传来细小的声响。白色迅速铺开，随之而来的是，大地封冻，秋季已过，冬季来临。

现在，鸟类和松鼠无比活跃。到处是麻雀、鸽子和灰喜鹊。松鼠疯狂地奔跑，忙着到处收获。从现在起，我生活将会在一个稳定的白色世界中延续，在相当长的时间里，食物和居所的情况都不会发生变化。稳定降临北方，也降临我的生活之中。

瑞雪来临，激起了我的感动。如今，我有时间来做许多事情，而这些事情是在焦躁不安的夏秋两季无法完成的，这可谓是漫长和持续的忙碌之后的一段闲暇。对我而言，冬季第一场雪的真正意义在于——它不是活动的终止，而是拉开了帷幕，让我们进行许多在温暖季节因耗时过多而无法做的活动。降雪意味着重返一个井然有序、安静简单的世界，初雪中那些飘飘洒洒的雪花是一种祈福，它们降临的那一天非同寻常。

在这场冬季初降的大雪之后，有一个早晨我来到林中。气温很低，瑞雪随风飘荡。再也看不到草地或那些长长的枯草茎。树木、树桩和低矮的灌木完全被覆盖，大地平缓，一片白茫茫。冷杉和云杉都沉甸甸落满了雪，有些树枝被雪压弯。环顾四周，一片冰天雪地异常宁静，没有任何小道可走，没有生命的迹象。

当太阳攀上山脊时，它改变了白雪的色彩，紫色的影子闪烁着银光。林木银装素裹，晶莹剔透。

在一道山岭的阳面，我停下休息，因为这里积雪虽然深，却不够密实。我发现，我并不孤独。一只山鸡从我眼前的林间空地飞过，恰如皑皑白雪中闪过的一道彩色的火焰。它落在我身边的一棵白杨上，这样我便可以观赏它那拦路贼般的黑色面罩、红褐相间的斑纹和鲜艳的褐色羽毛，它发出了生硬刺耳的尖叫声，与其说那是歌声，倒不如说是一种挑战，一种对风暴和严寒的挑战。那叫声中包含着轻松愉快和不屈不挠的精神，向我和整个冰天雪地宣告，活着就是一种欢乐。我喜欢那只山鸡及其象征：这里没有柔弱温情，只有无视严寒的铮铮铁骨。

一群灰喜鹊飞进云杉林的树顶，在那里忙碌着寻找球果中的籽粒。白色鸽子也在高高的树顶上，在那里，它们能捕捉到第一缕温暖的阳光。它们是多么欢快，充满了活力。

不远处，一只躲在枯死松树中的狗獾向我投来责备的目光。从一根原木下面延伸而来的两条痕迹来看，那里是它在风暴中过夜的地方。它现在出来为的是寻找下雪前它曾经精心埋在落叶及地面腐殖层里的松果。它会找到其中的一部分，但不是全部——因而无愧于它的名称：北方最伟大的林务员，陆地上松树最伟大的播种者。它拿不准我的身份，跺着脚，喋喋不休地责骂我，先后从枯树的两侧来打量我。看到我毫无动静，它冒冒失失、连跑带颠地过来，睁大眼睛，就在我的前方机警地站立片刻，随后疯狂地摇摆着尾巴，潜入它的洞穴。

下到山谷里，我看到了一只野兔的踪迹，那只是短短的足迹，从一个白雪覆盖的落叶堆到另一个落叶堆。在大雪中进行长途跋涉会是很危险的，因为此时野兔每天夜里都在寻找食物，观察着茫茫雪地中的一举一动。尽管野兔是黄褐色，但它那双黑眼睛总会使它暴露。在大雪变得密实之前，它一般会很聪明地藏身，然而在某个月光明媚的夜晚，也会禁不住诱惑，鲁莽地冲向旷野。

在湿地边缘，一只山鸡从一堆积雪中冲了出来，如同一颗炸弹般横冲直撞，随后飞入一棵高大的白杨树顶，开始无忧无虑地啄树顶上的叶芽，仿佛这就像每天要起床一样司空见惯。对于野鸡而言，在严寒中生存是简单的。早在很久之前，它们肯定就知道绒毛和雪意味着温暖。

我下方有一片沼泽地，那地方长着酸果蔓，它们细长的蔓藤缠绕着水苔。座座小山都被雪覆盖，整片沼泽地的表层如同其他任何地面一样平滑。表层之下是盘根错节的草丛和草根、小山似的水苔、丛林般的石楠，而这一切又与成千上万个弯弯曲曲的田鼠洞交织在一起。几个月内田鼠将见不到阳光，它们将生活在一片似明非明、半蓝半白的朦胧之中，避开风暴、老鹰和猫头鹰的袭击。只有黄鼠狼会追踪到它们，偶尔，狐狸也会去探查。它们的世界是一个远离尘嚣的世界，一个错综复杂的冬季社区，自给自足，治理有方。

北方所有生物的生活都发生了变化，交配、筑巢和养育后代都结束了。大家只面临着一个重大的问题：如何在深深的积雪和漫长的严寒中生存。对某些生物而言，解决问题的方法是冬眠，以贮存的脂肪为能量和热量的来源。对另一些而言，则依然是持之以恒、无休无止地寻找食物和住处。

毫无疑问，荒野中恢复了春季以来就从未有过的简单秩序和宁静。冬季的林地中有欢乐和美丽，但是也有痛苦和死亡。只有强者才会活到来年春季，生儿育女。不过情况历来如此，所有生物对此都有所准备，处变不惊地接受严酷的新环境。

　　那野鸡又叫了起来，当它从树下掠过时，我捕捉到了一抹闪烁的明艳。欢快自信，一如以往，它对于自己在荒野中的处境感到无忧无虑。对于冬季的平静，它的态度既不是安之若素，也不是忧虑重重。无论它是否能活过今日，此刻它都要向世界宣告它的想法，并挑战所有的来者，包括大雪和严寒。

雪夜读画

突如其来的一场大雪，一夜之间，整个乡村就被白茫茫的布幔笼罩。

单位放假，赋闲在家，一股无奈和无聊的情绪在心头涌动翻滚，打开手机微信，浏览宝鸡好友卢文娟的水墨画，给我无限的精神慰藉。

不知不觉，我被她的水墨画所吸引，所折服，所感动。一个年纪轻轻的女子，能画出非常入神、非常灵动、非常出神入化的作品，真的罕见。按正常的思路，她该讲究服装，讲究保养，讲究美食，而她不是，她是一个实实在在潜心钻研水墨画的人。稍微有一点绘画知识的人都知道，水墨画要的是真功夫。

与她交流得知，她从小就喜欢画画，如今有近三十年的画龄了，就凭这一点，我佩服得五体投地。

灯火阑珊，围炉读画，这个世界顿时安静下来。慢慢地一幅一幅地点击浏览，好像是品读一首首山水田园诗，仿佛走进陶渊明、王维笔下的山水田园，清新雅致抵达心间。写意牡丹，富贵牡丹，色彩鲜明，层次有序。金鱼游动，葡萄诱人，睡狮静卧，一幅幅画接着地气活生生地跃然在眼前。花鸟鱼虫鲜活灵动，春夏秋冬轻舞飞扬，大自然盈满了浓浓诗意。心无旁骛沉浸画里，诗书画印和谐优雅。

生动的笔墨在说话，清雅的色彩在曼舞。多元的人文素养在流淌，自然之美、生命之美、艺术之美相交相融。卢文娟，一个刚过而立之年的美貌女子，面对急功近利的生活，波澜不惊沉潜于画中。

忽然间，我感到，她需要多少静寂白日和幽静夜晚来积淀这艺术功底，才能达到这般炉火纯青的艺术效果。

我们是因为一个偶然的机会成为微信好友的，说实在话，至今我也说不清确切的时间。就这样，每日欣赏她的水墨画，也就成了我的生活调剂。当然，也成了我欣赏美的一个课堂，一个场所，一个美丽花园。

雪光射进室内，光亮无限，照射在我的眼前，此时我仿佛看到一个手持画笔的美丽女子，在室内精心作画，时而伸长手臂，时而弯曲手臂；手腕时而伸，时而屈；时而弯腰，时而探身。一幅幅更为宽广的山水长卷铺展在她的眼前，简直就是鲜活的一个世界，江南水乡、北国原野、西北大漠、东北森林在她的笔下栩栩如生，留给我一个"大漠孤烟直，长河落日圆"的意境，一个"空山新雨后，天气晚来秋"的美景。

她画荷花，因为她的根在陕西，荷花之美，早就给她深深的烙印。那种出淤泥而不染的美感，深深地留在她的心头。无论是她的四尺荷花，还是六尺荷花，都是活灵活现，杨万里的笔下美景，跃然在卢文娟的画笔之下。雨打荷叶的节奏，仿佛也在她的笔下表现得有声有色。那含苞待放的新荷，让人想起犹抱琵琶半遮面的美人，青葱出浴，含羞送波；那晴雨后的兰草，让人想起幽静的青山，空灵幽远，耐人咀嚼。

我不懂画，在书画上，我是一个门外汉，但与书画家也有或多或少的交往，或许是耳濡目染的缘故，我就喜欢上了书画。蜡梅、兰草、翠竹、傲菊在我的室内墙壁上度过一个又一个春夏秋冬，"春风大雅能容物，秋水文章不染尘"的书法，给我的居室增添色彩与雅致。美好的感觉，让人的生活更加有滋有味，与书画结友，就是与鸿儒高人结交。在不知不觉间，自己的修养在潜移默化的日子里也将得到提升，不也是一种快乐吗？

欣赏一幅画，就像在美好的黄昏漫步，也好像是扑面迎来一缕初春的清香，又好似在温馨的夜间与友人品茗，唇齿间留下缕缕茶香。欣赏卢文娟的水墨画，这种感觉，这种惬意，这种美好，就囊括其间，又像走进青青的牧场，光阴就在清新的草叶间流动，所有的烦恼，所有的世俗纷杂，所有的忧伤，所有的哀怨，顷刻间烟消云散了，人和日子都清新脱俗。

卢文娟，虽说不是什么知名画家，但她对工笔画的孜孜追求是十分可敬可佩的。一丛杂草，一棵老树，一种野花，一架火炉，在她的笔下，都变成可爱的风景，也是她的创作素材。她的感情有着女性所具有的温柔、细腻，她的情怀有着男性所具有的宽广、大气，她是一个有着非凡潜力的年轻画家。而今，她在不停地播种，也在不停地收获。她的作品，有获奖的，也有发表的，她与人合作举办的画展影响非凡。英国哲人查尔斯·里德曾这样说："播下一种思想，收获一种行为；播下一种行为，收获一种习惯；播下一种习惯，收获一种性格；播下一种性格，收获一种命运。"现如今，她正一步一步走向收获的季节。

抬头仰望窗外的皑皑积雪，似乎没有一点消融的迹象，也似乎没有一点锐减的痕迹。其实，这正如卢文娟的水墨画，没有一点退却，只有无畏的进步。

读画如同读诗，诗情画意糅合出高远的意境，令人遐思无限。尤其在当下的中国，关乎于人，关乎于乡村，关乎于自然环境，关乎于乡愁的作品，难得一见。卢文娟以深邃的思想、淋漓的情感、独到的观察与精美而又充满个性的画笔，将乡村的草木、山水、日月以及季节的变化，再现并刻画得栩栩如生，让人动容，让人共鸣，让人铭记，甚至让人落泪与思索，这就是我在雪夜观赏卢文娟的水墨画所得到的感受和体会。

卢文娟，一个有实力的水墨画家正在悄然成长，因为她年轻，因为她有一股不懈韧劲，因为她脚下的路更加漫长……

冬天的树

经过春的孕育，夏的成长，秋的收获，树在冬天脱尽了繁花。我喜欢春天的树，绿意盈盈；夏日的树，枝叶绵绵；秋天的树，硕果累累。但是，我更欣赏冬天的树，枝条裸露，坦然地面对自己，展示着真实的自我。

最能体现这种冬天里树的风采的，当数柿树。在故乡的荒山野地，柿树到处都是，不避山川，不择地势，随意而居。在我的印象里，所有的柿树都是一副沧桑的模样，好像几十年、几百年前就生长在那里，而且一经生长，就是那般模样，枝干皴裂，皮肤粗糙，仿佛从来没有年轻过，娇嫩过。而枝条呢？从皴裂的主干上生发开来，你不让我，我不让你，铆着劲儿向空中发散，却不是轻快流畅地伸展，而是伸展一截打个结，好像要积攒更多的力量，更加使劲地伸展、发散，不断地向上、向前。冬天的乡野辽阔而旷远，面对一棵枝干粗壮、枝条繁密庞大的柿树，我常常不忍离去，不是为它失去夏天里浓荫如盖的绿色而惋惜，不是想起了它秋日里挂满枝头的灯笼般的果实，更不是沉湎于它深秋时节朝霞般火红的柿叶呈现的美景，我就是看不够它那些洋洋洒洒、恣意、率性而又不弃不舍地向上向前伸展的枝条，它们像功力深厚的书法家留下的一条条墨迹，在冬日晴朗的蓝色天幕上，勾勒出一幅自然天成、意韵无穷的书法作品，给人一种力量，昭示一种精神。

柳树，自古以来以婀娜柔媚、风情万种的仪态，不知赢得多少文人墨客的赞誉。然而，一个晴暖的冬天，我在一座水库长满柳树的堤岸上闲走，无意中发现了柳树的秘密，准确地说，我看到了真实的柳树。斑驳粗糙的主干和树杈歪歪扭扭，盘根错节地拥挤着，还有些枝干也许被风摧折或人为损坏，残败的断茬似乎在固执地诉说它的不幸。

春日里颔首低垂、丝丝如缕的仪态没有了，所有的细枝一如缺少滋润的毛发，枯燥、散乱地向上旁逸着、伸展着。也许是见惯了它们"碧玉妆成一树高，万条垂下绿丝绦"的秀美，看多了它们岸边扶风、摇曳多姿的情态，我不禁心生惊异，甚至有些震撼：真实的柳树竟然是这般模样，美丽的背后竟然如此不堪！但是，没有这近乎丑陋的枝干的支撑，没有这笨拙的枝杈面对风雨摧折的坚毅，哪里会有春风似剪裁细叶的佳话？

冬天，树都脱去了繁华的外衣，回归了真实的自我，它们可能像柿树那样，给人一种力量和精神的壮美，也可能如柳树那样，让人感到单调、无趣、缺乏生机，甚至让人看到了它们美好的背后丑陋的一面。无论是什么样的结果，回归真实，展现自我，都需要一种勇气，更是一种智慧。

冬天里的树，不正是如此吗？

冬天的树，让北风甩落了满树绿叶，自是摈弃了喧嚣繁华；让寒意删除了丛生枝蔓，自是选择了最简单的幸福。然而，尚存的虬结枝干，是否能担当起生活的责任与热情。阳光普照之下，冬天的树就像一位耄耋老者，佝偻着腰，有着一副咳嗽连连的姿态，让人想起老去的父亲，抑或所有的祖先。

"枯藤老树昏鸦，小桥流水人家。古道西风瘦马。夕阳西下，断肠人在天涯。"这冬天的树，就成了一位实实在在的断肠人，失去了爱情，没有了诗兴，微风吹过时，再没有枝叶去拉邻近爱侣的手，尽管仍然立在夕阳下，却让人更觉荒凉和凄然。冬天的树，没有了春日的灵性和天真；冬天的树，没有了夏天的威猛和热情；冬天的树，没有了秋日的博大和深沉。难道，冬天注定是个没有爱情的季节，就连树木也是如此，小鸟不再唱着歌留恋树头，甚至脚下的河流都已断流干涸，再也无法映照出昔日的美丽容颜。

假如你是一位画家，你想画出冬天的树，就会知道非常不易。

因为简单的枝干并非一根僵直的朽木，那看似比铁还要冷硬的枝干里仍然奔涌着坚强的生命，要想把这最顽强的生命力表现出来，你会感觉到手中的画笔无能为力。

假如你是一位诗人，让你吟咏冬天的树，你会感觉无从下手，你只看到呼啸的北风，看到飘扬雪花，看到天边飘过的白云，还有在树下奔走的孩童，但这些都代表不了冬天的树，代表不了它已经成为冷眼旁观的哲人。

其实，冬天的树更是一位智者，当天空比大地更加生冷的时候，它将无比的热情进入大地内部，用自身保存的精力与大地交流，以此来获取轻松过冬的密码。从春到夏，从秋到冬，极力生长的树木已经累了，它也需要及时地休整，就像一支取得连连胜利的军队，在胜利过后，需要总结和展望，需要去除老弱伤残，需要补充新鲜养料，只有这样，才能保证下一场战斗的胜利。冬天的树是低调的，低调得你不用心就看不到；冬天的树是无声的，只有如刀似剑的枝干仍然四处展开，保持足够的警醒与一跃而起的战斗力。

人也如树木，冬天到了，你会怎样的内敛与睿智，你会怎样休整与规划，以便迎接即将到来的崭新人生阶段，书写新的精彩篇章。

冬日的原野

冬日，田埂的斜坡上，往日的青草失去容颜。干枯的茅草，像懒婆娘的头发，十多天没有梳，十多天也没有洗，没有一点整齐的迹象。

沟壑上，白杨树的叶子簌簌落下，无数枝干直插天空。树下的落叶随风起舞，有的落在水面上，像一只小船飘荡摇摆。牧羊人没有去处，在沟壑边追赶着羊群，像白色的云朵散落在地面。

山坡上，干枯的野草，躺在地面上呻吟。高矮不等的玉米秸，像一个个醉汉，摇晃着东歪西斜的躯体，表明它们的存在。失去衣服后，它们赤裸着躯体，羊群依然穿梭其间，然而远比鱼戏莲叶乏味。

鲁西南的大地，入冬以来，没有雪花，就连霜花也难得一见。"蒹葭苍苍，白露为霜，所谓伊人，在水一方。"只得在心中默念，抑或是一种对苍天的祈祷。江浙沿海一带，出奇地降下二十几厘米厚的雪，而在鲁西南，雪花却没有光顾的迹象。

田野里，麦苗失去原有的绿色，失水后，颜色立刻暗淡下来，似人的脸色，失去往日的红润。朔风一次次南下，麦苗的脸色，一次次失去光泽，像一个病恹恹的老人，没有一点生机，没有一点活力，没有一点精神，更没有一点朝气。

广袤的山丘上，茅草乱发蓬蓬，即使是冬日，依然丰满，偶尔有白色的穗头夹在草叶间。即使颜色发生变化，干枯的草依然可以是羊群啃食的对象。虽说茅草，在越来越深的季节，一天比一天憔悴，墨绿色的叶子，也慢慢失去水分，但苍白中有韧性，就是干枯些，也可以供羊充饥。

田埂上，地堰边，喝醉酒的玉米秸在睡大觉，只是姿态多样。或并排睡着，或东倒西歪睡着，在冬日里，只有牧羊人，在落日时，才唤醒它们，将它们带回家，放进柴房里，再睡上一宿。第二天，玉米秸就化为黑色的蝴蝶，在天空飞舞了。

山坡上，洋槐树的纸条上挂着蛇的外衣，胆小的人看过之后，身上顿然布满鸡皮疙瘩。微风吹拂，蛇，好像在蜿蜒游动……

冬日的山冈，是光秃秃的，像谢顶的青年人一样，与实际年龄不相符，让我心里总感到不是滋味。

山冈上，土地被大型的铲车揭去皮层，裸露出厚厚的岩石，粉石机在冬日里隆隆作响。偶尔，一两声放炮声，震得房屋像发生地震一样，人在屋里就有一种恐惧感，走出房屋观看，田野上，一层灰蒙蒙的粉尘到处弥漫。

冬日的原野，我们看见晨练的人们，他们在树林里，或跑步，或活动筋骨，或行走……

他们在田野间穿行，在树林中行走，唯独不见在山冈间，吸清晨之朝露，呼夕阳之余晖。

他们失落，他们无奈，他们惆怅，他们茫然……

夕阳，是播撒在田野的黄金；露珠，是散落在田野的珍珠；白霜，是雕镀在田野的白银；雪花，是刺绣在田野的梅花。

冬日的原野，虽说没有秋日的喧嚣，却应该拥有超脱喧嚣的宁静。

冬日的原野，虽说没有夏日的热烈，却应该拥有超脱热烈的寂寞。

冬日的原野，虽说没有春日的温暖，却应该拥有超脱温暖的闲适。

宁静的冬日原野，应该拥有，比喧嚣的秋日更富有的内涵。

寂寞的冬日原野，应该拥有，比热烈的夏日更丰富的外延。

闲适的冬日原野，应该拥有，比温暖的春日更富有的精髓。

冬日的原野，宽广的胸怀里，秉承着春日的温暖，我们在温暖的胸怀里呓语不断……

冬日的原野，博大的胸怀里，秉承着夏日的热烈，我们在热烈的胸怀里点燃希望……

冬日的原野，旷阔的胸怀里，秉承秋日的喧嚣，我们在喧嚣的胸怀里放飞梦想……

如此美妙的冬日原野，怎能不让人爱呢？

乡村味道

　　乡村，有时候可以简化成一片民居，一句乡音，一声乳名的呼唤，一种小吃的吆喝，在不经意间，唤醒一种长久的记忆与思索。

　　冬日的黎明，一声声"喝粥——"的吆喝声，打破寒冷的寂静，唤醒温暖的舒适。一阵接一阵的吆喝声，粥的香味，如丝如缕，弥漫，扩散，飘逸，升腾。偶尔，夹杂着嫩酥的油条味，钻入鼻孔、心肺、肠胃，激活人的精神。

　　粥的香味，抵不过羊肉膻味的浓烈。羊肉熬汤，是滋补身体的佳品，驱逐寒气的上品。酒精味混合着羊肉味，在乡村的天空袅袅升起。人们聚在柔和的灯光下，品酒，尝肉，观赏或真或幻的电视剧，时而泪流满面，时而痛恨不已，时而捧腹大笑，时而悲恸欲绝。人们生活在真实的世界里，人们秉承着特有的生活准则：亦简亦繁，是包容；亦诙亦谐，是幽默；亦容亦纳，是气度；亦刚亦柔，是凝练；亦动亦静，是自信；亦张亦弛，是和谐。

　　火炉旁，人们把玩传家物品，叙述蕴藏了几千年的故事。物品的渊源，物品的品德，物品的辛酸，物品的悲欢。一块玉珮，是祖传之宝。反复把玩，感受其温润，品赏其质地。玉者，石之美也，兼有五德：润泽以温，仁之方也；䚡理自外，可以知中，义之方也；其声舒扬，专以远闻，智之方也；不挠而折，勇之方也；锐廉而不忮，洁之方也。乡村之人常佩玉，是时刻提醒自己，要向着那些崇高的品质而努力。

　　冬月之初，多雾的季节，雾里蕴含着尘埃和水汽，在乡村的大街上，涌过来，又涌过去，雾中的脸，雾中的车，雾中的民房，雾中的树林……似乎是紧闭着呼吸器官的，它们嗅不到雾的真味。

季节，以镰刀的脚步，一步步走近。阳光的移动，河水的流逝，月亮的圆缺，燕去雁归，土地在河水中移动，这就是时间的脚步，在收割着地面的一切，不知不觉间，秋季来临了。

金黄的玉米，透着成熟；摇铃的大豆，透着内敛；沉甸的稻谷，透着谦虚；剔透的葡萄，透着晶莹。

香甜的月饼，是人们的期盼。

浓郁的美酒，是人们的酣畅。

明亮的露珠，是人们的项链。

鸣叫的蟋蟀，是人们的乐曲。

播种的季节，一只鸟，一根草，一株禾苗，都是那么庄严的事情。

英国哲人查尔斯·里德曾这样说：播下一种思想，收获一种行为；播下一种行为，收获一种习惯；播下一种习惯，收获一种性格；播下一种性格，收获一种命运。

播种一粒棉种，人们收获一个白茫茫的秋天。

播种一粒黄豆，人们收获一个金灿灿的秋天。

播种一粒玉米，人们收获一个沉甸甸的秋天。

播种一粒稻谷，人们收获一个香喷喷的秋天。

播种一粒高粱，人们收获一个红彤彤的秋天。

在乡村，不管任何季节，走进树林去，就会发现到处充满了勃勃生机，草木吸收露珠，承受阳光，努力地生长；花朵握紧拳头，在风中奋斗；然后伸展开放；蝉在地下长期的蛰伏，用几年乃至十几年的时光生活积蓄力量，才有夏天那短暂悠扬的歌声，从一个乡村传向另一个乡村。

钻出地面的青草，感谢春风，将淡淡的青草味，送向远方，送到乡村的每一条街道，每一个农舍，每一片树林，每一个角落。

四月的梧桐花，紫里透红，香中有甜，甜中带香；五月的洋槐花，洁白耀眼，味纯香浓。六月的楝子花，色浅味淡，淡中有味，味美醇厚。

一株月季，一幅画；一丛兰草，一幅图；一碟水仙，一位凌波美人。

火红的晚霞，从农家弥散到每一寸湖面，每一块麦田，每一段街道，每一幢民房，每一片丛林，升往高空，化为缕缕青烟消失。

乡村是蔬菜的王国。浓香的芫荽，青青的菠菜，酸辣的韭菜，翠嫩的芹菜……充实着人们的生活有色有味。

一碟辣椒，激活一个个味蕾。

一盘芹菜，刺激一个个喷嚏。

一张煎饼卷大葱，豪爽一个个人生。

一杯清茶，演绎一个个思考。

乡村的炊烟，是无根的树，是载不动的情。

炊烟袅袅，是一道风景，是一道彩虹，是一朵飘逸的白云，是一个家庭的温馨，是一个乡村的祥和。

人们看见炊烟，就有歇息的释然，有了炊烟，家就不再遥远。

面对炊烟，凝望云一样升腾，雾一样的飘散，炊烟总是在游子的记忆里飘荡；一种久违的亲情，牵系着终生无法忘却的母爱，因为母亲在终日侍弄炊烟，炊烟就飘荡在游子的记忆，定格为一种久违的亲情。即使日子久远，相隔万里，也割舍不下这灵魂深处的思念。

人们在爱的浓荫的庇护下，在炊烟的笼罩下，一天天长大，一天天远去。许多时候，人们想起快乐与忧伤；许多时候，人们记起孤独与寂寞；冰封的寒夜，孤独地守望他乡的炊烟而神色黯然；灼热的干旱季节，寂寞地遥望他乡的炊烟而恐慌不安；阴雨绵绵的季节，人们独守一隅，燃起炊烟升腾在他乡，人们肃穆伫立，心静若水，以一种最虔诚的姿态，仰望天空，倾听飘荡在岁月落叶的余音……

炊烟融入云端，飘到天际。乡村，是炊烟的根；爱，是炊烟的根；游子回家，第一件事是升起炊烟，那是爱的形体，那是爱的原形，那是爱的化身。不是吗？

　　乡村，有时候，可以简化为一粒种子，一株禾苗，一块田畴，一段河道，一个塘坝，一杯清茶，一缕炊烟，一个眼神，一个手势。这些，留存在人们的记忆里，而我们要用一生的时光，回味咀嚼其中的味道。

　　那不是乡村的味道吗？

腊八情缘

日月穿梭，转眼间就到了腊八。腊八是腊月的第一个重头戏。到这个时候，家乡山村的年味越来越浓了。

"腊八"是春节前的第一个节令，此后过年的气氛日渐浓郁。过了腊八就是年，腊八就像集结号一样，把人们的注意力都向年这边拉拢过来。腊八一到，新年的序幕就拉开了。东家杀猪，西家宰羊，买鸡的、买菜的，家家户户都是忙忙乎乎的，大人小孩走路都小跑着，在这一刻好像更加珍惜光阴。

孩提时，一进腊月，条件好一点的人家提前办年货，更好一点儿的人家便要杀猪。在山村，杀猪是件大事，就像办喜事一样热闹，来帮忙的人很多。那时，母亲大半年才养两头猪，吃的饲料大多是野菜。她劳动时从田间地头挑一些野菜回来，我和弟弟们一放学就去打猪草。猪虽长得不快，但长得壮实。到了年关的时候，我家经常是一头出售，一头宰了过年。宰完猪后，父母总要请前来帮忙的乡亲们吃"杀猪菜"。父亲酒过三巡后总是和邻居的大伯、大叔们聊聊今年的收成，谈谈新年的愿景。在腊月里，农民们就把丰收的希望播向春天。之所以大张旗鼓地筹备年货，过好年就为来年开一个好兆头。儿时吃"杀猪菜"，那大块的肉特别香，以至到现在，只要一想起来，都有余香回味在舌尖。

腊八是个重要的节日，要吃腊八粥。人们吃腊八粥，都是以庆祝丰收和期盼幸福为主题的。家乡人吃腊八粥的习俗，一直保持着上百年沿袭下来的传统方式，尽管世事变迁了，家乡的习俗却改变不大。家乡人浓浓的亲情在过节时表现得淋漓尽致，山村里弥漫的尽是淳朴的民风。

　　到了腊八这一天，天气往往是一年当中最冷的时刻。一大早母亲就熬好了一锅腊八粥，热气腾腾的，喝上一大碗，香香的、甜甜的，就算是过了腊八节。记得这一天母亲还要腌制腊八蒜，等到了大年初一吃饺子的时候，就着翠绿翠绿的腊八蒜，嘴里嚼着初一的肉馅儿饺子，可以说这是一年当中最奢侈的一顿饭了。

　　这些年生活好起来了，过腊八节熬腊八粥的用料比原来讲究了许多。腊八前就要到超市买好江米、小米、大米、红枣、红豆、莲子、薏仁等各种用料，用微火慢慢地熬制，添加适量的白砂糖，类似于超市里卖的八宝粥，好喝而适口。

　　腊八是一种等待，更是一种想念。腊八节，在我心中是浓香的、甜美的。每年腊八，无论我多忙，我都要回一趟老家，无论多晚，我都要守住腊八粥熬好的那一刻。揭开锅，带着丰收味道的香气扑鼻而来，我会把手伸进热气中，感受那暖暖的、润润的、甜甜的气味，然后双手搓一搓，捂在脸上，满脸都是香香的味道。我的眼睛从揭开锅盖起就盯着那锅粥，快乐和幸福的感觉就在我的心里荡漾。母亲总会盛上一大碗腊八粥给我。尽管我年龄已经不小了，但这种感觉和儿时一模一样，岁月在变，世事在变，唯一不变的是浓浓的亲情。

冬日漫步

长夜漫漫，风在百叶窗间喁喁低语，宛若羽绒拂过窗棂，偶尔又似夏日的微风掠起树叶，发出阵阵叹息。

田鼠在舒适的地下回廊中睡觉，猫头鹰在沼泽深处的枯树上栖身，野兔、松鼠和狐狸也钻入了洞穴。看家的狗安静地卧在壁炉前，牲畜站在圈里，悄然无声。

连大地也已经睡去，虽非长眠，却似初睡。寂寂长夜点缀着房门的吱呀声，这是浩瀚天宇中金星与火星间唯一的声响。它在向我们昭告某种邈远深沉的暖意，庄严的欣悦和神圣的友情，那是诸神谋面的去处，对人类却过于凄凉。然而，就在大地入睡之际，绒绒的羽片却从天而降，天地间一派生机，好似将银色的谷粒撒向了原野。

我们也睡了，一宿酣眠后已是冬日安静的早晨。雪落在窗台上，暖暖的，像是棉花。窗格的积雪使蒙霜的玻璃显得更小，一缕晨曦透了进来，让室内更加温暖惬意，早晨的静谧让人难以忘怀。我们起身后，随着脚下地板的嘎吱声走向窗边，通过还算透亮的玻璃瞭望原野，只见雪落满屋顶，挂上了屋檐和篱笆，盖着院内的物什，像垒垒石笋。树木挺着白色的手臂，四面八方地指向天空，墙垣和篱笆千姿百态，在黎明的微光中嬉戏蜿蜒。大自然似乎为世人提供可供借鉴的艺术范式，在夜间将自己的新作展示在原野之上。

轻轻地打开房门后，门口的积雪便倒进了室内。我们步出户外，以领教凛冽似刀的寒风。群星已经失去光彩，雾气灰暗似铅，缭绕在天际。东方的光亮辉赫如铜，预示着白天的来临，而西边却阴郁依旧，雾霭沉沉，笼罩着幽冷气息，好似影影绰绰的冥界。我们出了院门，步履轻快地走上了乡间大道，四周一片寂静，积雪干爽冷脆，在脚下嘎吱作响。透过雪花和蒙霜的窗户，农家的灯光依稀可见，微茫飘摇，淡似晓星，像是苦行者在做早课。炊烟逸出，丝丝缕缕，在林间和雪原上飘荡。

农家门口传来劈柴的声音，家犬吠叫，晨鸡啼鸣，透过稀薄凌厉的空气，只剩下些微短促悦耳的响动，至纯至轻的流体会滤去杂质，所以波动也会一触即止。这些声音从遥远的地平线传来，清晰可辨，如同钟声，怕是因为让声音稀疏寥落的障碍比夏日更少的缘故。脚下的大地像是风干的木材，低沉浑厚，就连乡间寻常的响动也清新悦耳，树上的冰凌叮当作响，甜润清澈。空气中的水分或已蒸发，或凝为冰霜，因此干到了极点，极端稀薄却无比通透，让人神清气爽。

太阳好像伴着隐微的钹声，终于从遥远的森林中升起，将寒冷的空气融入了它的光芒。早晨迫不及待地降临，早已为遥远的西方群山镀上了金光。而我们也满怀暖怡，快步跨过干爽的积雪，激情勃发，思绪翻腾，沐浴着心中的一片小阳春。我们若能追随自然，跟她同步，可能就不必抵御酷暑和严寒，反而会像草木和走兽一样，觉得她在给我们须臾不离的守护和关心。

冬天的大自然干净得出奇，让人满怀欢欣，无比惬意。落雪洁如餐巾，覆盖了一切，栅栏、残株、苔痕斑斑的石块，以及秋日的枯枝败叶。去看看荒芜的原野和林中的冰天雪地，看看是什么美德成就了寒冬的孑遗。大仁大爱在奇寒无比、满目荒寂的去处依旧能够立足。寒风刺骨，涤除了一切污秽，除却美德，没有什么能够禁受。所以，不论在刺骨的山巅，还是在寒冷的峰顶，触目入眼，都是强悍的代名词和坚韧的化身。万物皆趋向护佑，但凡拒绝荫庇，定然秉承了太古的元气和造物者本身的强毅。一口洁净的空气就会使人为之一振，它格外精纯澄澈，连眼睛都能看见。我们因此乐于待在户外，像落叶的树木那样，领受身边风暴的呼啸，以适应寒冬

——它似乎会赋予人纯洁坚定的品质，让我们终年受益。

　　大自然有一团沉睡的地火，永远都不会熄灭，酷寒都不会使它降温，茫茫冰雪也最终由它来消融。它无处不在，只是在一月埋得最深而在七月最浅。遇到最冷的日子，它会在地下流动，树木周围的积雪会因此融化。眼前这片是晚秋破土的冬小麦，正在快速消融着冰雪，说明地火在这里埋得很浅，连我们都能感受到它的暖意。在冬天，温暖是一切美德的代名。

　　我们继续前行，最终来到了林边，进入林子，我们好似鸟儿钻进了灌木丛林中的小窝，迈步之际，又像跨进了一间棚屋。虽然这里的屋顶和四壁都是积雪，可是依旧让人快意，予人温暖，亲和欢欣一如夏天。

　　这片林中空地一年之内就被灌木所覆盖，且看，银尘玉屑布满了幼枝和焦枯的叶子，造型各异，姿态万千，好像在用无尽的花样弥补色彩的缺憾。田鼠在所有植株的周围都留下了小小的脚踪，野兔也在雪上印下了三角形足迹。天幕广被万物，纯洁干净，富于弹性，夏日的天空好像被纯洁的严冬提纯升华，而将杂质滤到了大地。

　　夏日的光景风姿万状，而到了冬天，却被大自然混而为一，天空好像也离大地更近。这时，万物的要素不再隐微不彰，而显得豁然醒目，水成了冰，雨成了雪。大自然孕育着多少生灵！夜晚寒彻肌骨，但毛发覆身的动物依然活着，从旷野和森林的茫茫冰雪中探出身子，迎候日出。

　　我们在林边就听见远处河湾上冰块爆裂的声音，遥遥传来，似乎为某种跟海潮相异且更加微妙的涌动所致。那声音让我觉得又新鲜，又亲切，好像听到远方亲人的话音那样让人兴奋。阳光和暖，洒向了森林和湖泊，尽管方圆几十米之内只剩下一片绿叶，大自然却安泰宁静，强健如初。

　　我们站在密林深处，阵风吹过，拂去了树上的积雪，四周寂然无声。我们在雪上留下了脚印，那是这里仅有的人类足迹。此情此景让人思绪纷飞，感受颇多，远比城市的生活多样丰富。山坡上细流淙淙，层冰耀辉，五彩斑斓，粲若水晶，两侧的山坡矗立着铁杉和云杉，憔悴的冬小麦在田野生长。我们的生活恬适安详，意味悠远，让人深思。

我们面前是座小山，我们的小路渐渐向山顶攀升。小山的南侧是峭壁，站在那里，广袤的大地就会展现在眼前，从林木到荒原、河流，一直延伸到远方银装素裹的茫茫群山。下方的村舍为林木所掩，一缕轻烟排空而起，在森林上方盘桓缭绕，成了某个乡村的标识。烟柱下面定然有个地方让人备感温暖，更加向往，因为清泉弄烟，笼罩树丛，可知那里水雾弥漫，蒸汽氤氲。多么奇妙！

太阳越来越高，两边的山坡反射着它的热量。一阵动听的音乐隐隐传来，原来是挣脱了桎梏的溪水在流淌。树上的冰柱开始消融，麻雀和喜鹊也显出了身姿，张开了歌喉。中午的南风融化了积雪，露出了地皮和枯草败叶，一阵芳香袭来，好似浓浓的肉味，让人精神百倍。

冬天的大自然是个摆满标本的展室，展品依天然位序而列。草场和森林是块风干的园圃，树叶和草叶天然成形，不需螺丝钉和糨糊，鸟巢就在原来的位置，也没有挂上人造的树枝。我们脚不沾泥就能在芜杂的湿地中巡游，以探查桤树、柳树和枫树经过一个夏天长得如何，也查验它们领受了多少阳光和雨露。请看，这些枝条在蓬勃的夏日迈开了多大的步幅，用不了多久，这沉睡的芽蕾就会在天空拓展领地。

我们可以沿着极端幽僻、无比平坦的大道趋向遥远的旷野，不必翻山越岭，只需通过这伸向山间草场的宽阔平面。就在我们溜达的时候，天空再次阴云密布，雪片稀疏拉拉，从天而降。雪越来越紧，远处的一切渐渐模糊而不复可见。雪落满森林，落满旷野，连一个缝隙都没有漏掉，又洒到湖滨，洒到河畔，也飘向山丘，飘向溪涧。天地一片宁静，走兽躲进了树丛，飞禽落上了栖木。周围没有一点声响，比风和日丽的时候更为寂静。雪悄无声息，山坡、篱笆、灰色的墙垣，以及光亮的冰晶和焦枯的树叶，都被落雪所覆，一点一点地淡出了视野，人和动物的踪迹也荡然无存。大自然如此轻而易举地宣示了自己的权威，抹去了人类的印记。荷马曾有这样的描绘："冬日，雪又猛又密，没有一点风声。雪片漫天而降，越下越紧，盖住了群山和丘陵，盖住了长有枣树的平原，也盖住了农田，又飘向海湾和海岸，安静地融入汹涌的海波。"雪消弭了万物的差别，将它们深深地揽入自然的怀抱，好像夏日的植物，攀上神殿的屋檐，爬上城堡的塔楼，帮助大自然抹去了人类留下的痕迹。

晚风在林间飒飒作响，很不客气地提醒我们回家。大雪渐紧，太阳西沉，群鸟返巢，牛群进棚。

冬天的形象在历书中绘作一位老人，身裹大衣，站在漫天的风雪之中。我们倒觉得他是一位快乐的樵夫，一位热血青年，无忧无虑，如同夏天。暴风雪威猛壮观，神秘莫测，让旅人兴致不减。它不会戏弄我们，反倒温厚以之，充满诚意。冬天，我们的生活更有品质，心中洋溢着温暖和欢愉，像风雪中的一间小屋，尽管门窗已有一半为积雪所掩，可烟囱还在快乐地冒烟。室内的冷气恰好可以点缀房屋所给予的温馨。遇到最冷的日子，我们会心满意足地坐在炉边，顺着烟囱张望天空，享受烟囱旁某个温暖角隅的宁静和安适，要不就和着自己的脉搏，聆听大街上牛群的哞哞声。此刻，我们围着温暖的火炉和壁炉，享受着北国的闲适，而非东方的安逸，尘埃在光柱中静静地飘舞。

此刻，漫漫冬夜在农夫的壁炉前拉开了序幕，我们的思绪也飘得很远。人类不管因为天性，还是出于需求，对所有的生命都充满了慈悲和宽容。

荒野小道

隆冬下午，我们将踏上野外单行小道，这条小道带给我们的将是其他任何小道都无法给予的那种一望无际的辽阔感。我们将看到荒野的全景：冰天雪地中的湿地、湖泊和群山，穿越林地的蜿蜒小道。沿着那条小道走向落日，晚霞将比其他任何地方都令人震撼，因为在此处，乡野的全貌一览无余。

每天那小道都有所不同，因为风改变了它，雕刻了漂流物和滑雪的小道，它每时每刻都在变化。小道在我们面前几乎消失了，只是在那些遮掩得最严实的地方，才能看到行迹。在这里，它总是更新的，从来不会像我们从谷底上来的那条道那样隆起定型，每天它都像是刚开的新路一般，除了太阳直射时，它时刻都变幻无穷。在正午的短暂时光里，颗粒状的雪变软，在融化时结为一体；可是一旦阳光开始斜照，崇山峻岭之中就会响起阵阵沙沙细语，滑雪道上开始积雪，风重新建造并再度组合每一个飘游的雪团。

我们离开了没有树木、风吹积雪的高坡，滑向下面浓密的桦树和云杉林，滑雪的小道弯弯曲曲，在树丛中进进出出，在起伏的地势中上上下下，俯身躲过树枝，绕过岩石和林木，那感觉如同穿行于水陆联运的陆路，或散步的小路，或任何穿越荒野的原始小道。越野滑雪令人充满惊奇和新鲜感，但最大的好处莫过于那种与树林、树声、风声及鸟鸣如此贴近的感觉。

我们飞速而下，穿越了一小片田地，绕过了一个原木搭建的干草仓，来到一条起伏的长坡，随即下到一个崎岖不平的小山谷，那里的悬崖伸手可及。攀上一道陡峭山岭的顶部再次俯冲攀登，随后我们便登上了一座大山的顶峰，从那里，我们可以看到一望无际的雪原及散落其中的湖泊。远方群山起伏：二十里之外，是一处庞大采矿区留下的伤痕，人们曾在那里开山凿洞，采煤炭。离那座山脉的顶峰五十里处是微山湖的湖岸，这就是我们此行要来看的景色，此处就是荒野小道的顶端。

我们的下方是一片云杉沼泽地和一道长长的、蜿蜒的山丘。我们推了一下滑雪杖，瞬间加速。雪地柔软光滑，我们左右摇摆，迂回行进，犹如翩然起舞，轻盈惬意。穿越伸手可及的桦树和白杨林，在瑞雪的旋涡中绕过一棵松树，我们陡然间来到了郁郁葱葱、幽静怡人的云杉林，

从高原下来，感到这里幽暗而神秘。野兔的爪印迹纵横交叉，甚至还有鹿留下的深深的足迹。除了林子的边缘之外这里几乎无食可觅，然而，这里可以遮蔽风雨，在林子的深处，还能避寒取暖。林木又细又高，但我知道它们是参天古树，因为我早就查数了它们的年轮。在这些古树之中，有一种阴暗朦胧、亘古永存、天荒地老的沧桑感，那仿佛是所有沼泽地都持有的特征。

突然，我们冲出了昏暗，在我们从山脊上看到的那个被沼泽地环绕的冰冻湖面上滑行。宽阔水域上的雪很坚实，我们沿着曲折的河道，在水苔侵蚀的堤岸之间滑行。我们想沿着整个清澈的湖面一路前行，到我们秋日里曾轰起绿头鸭、采摘蔓越莓的那些青苔覆盖的小山丘上去。可是夕阳西下，我们必须再度穿越云杉沼泽地，攀上那道长斜坡的顶部，然后才能回家。

当我们匆匆地穿越云杉林时，天色越来越暗，而当我们攀上那处刚才飞速下滑的小山时，长长的阴影已经落在滑雪小道上。在山顶，我们驻足歇息，转身欣赏着我们一路滑过来的那些 Z 字形路痕以及跳跃其上的光影。西边一片辉耀，呈现出大片橘黄及玫瑰红色的晚霞。桦树林镶上了一圈柔和的银色。大片的沼泽地此时由深绿转向黑，天空中残阳如血。夕阳将些许色彩洒向湖面，湖边从沼泽地吸收了紫色，使得原本闪烁着淡粉红色的地带变成淡紫。点点灯

火显示出采矿区的位置，那是茫茫黑暗之中一片冷冰冰的蓝色。

我们恋恋不舍地转身，前面是滑雪小道及它那展开的长长的影子。寒意降临，滑雪板在如粉的细雪上发出嘶嘶的响声。树木显得更近更高，如同一条细丝带般的滑雪小道连同它两侧雪杖留下的斑痕都消失于树丛中。一棵高大松树顶端那丛松果在最后一抹夕阳残晖之下，陡然绽放出火红的铜色，随后又瞬间变成一片漆黑。

我们终于出了林地，沿着一个弯弯曲曲的蛇形小丘的顶部顺势下滑，那小丘顶部平滑，宛若一条铁道的斜坡。它的一侧是一小片水苔沼泽地，呈正圆形坐落于起伏的堤岸之上。那里曾经是一块巨大的冰块，冰融化后形成了一个池塘，最终水苔覆盖了池塘，它的周围长成了树林。那片草垫似的沼泽地依然富有弹性，每逢夏季，当冰雪融化了，人们可以大步流星，轻快地穿越它。那里生长着的捕蝇草，具有捕虫性能的叶子看上去怪怪的，一束束地挂在那里。春季，那里长着沼泽月桂和开蜡白色花的拉布拉多杜香。黄昏时分当白喉带鸡那忧伤的歌声响起时，你能闻到拉布拉多杜香那清冷刺鼻的气味

早期，一条伐木的道路依着蛇形小丘的顶部延伸，那是一条完美的路基，恰如由工程师精心设计而成，有平稳的路肩、新进的坡度以及和缓的曲线。这条穿越森林、蜿蜒起伏的小山曾经是冰下一条冰河的河床，它的河道中充满了翻滚着冰块的洪水、无数沉重的沉积物及巨石岩块。我们的上方曾经是晶莹剔透、一片湛蓝的穹顶。那座蛇形小丘形成至今，一万多年的光阴已经流逝，生长在那里的森林一代代兴衰交替，大火曾多次从那里席卷而过。早在金字塔建立之前，它就是一条荒原上的古道。

阴暗的林中传来猫头鹰的叫声，树顶上悬着一牙细细的银月。是离开的时候了。我们沿古河道飘然而下。在滑到最后一道长坡时，我们加快速度，感受到了所有滑雪者在夜间持有的那种激动，宛如在空中飞行。我们在夜色中飘向一片盆地，在那滑翔的瞬间，我们与那条河道中涌动着冰块的冰河融为一体，与那乳白色的水流一道

冲向下面布满石块的冰水。

随后，当我们冲出黑暗，穿越空旷的原野时，眼前呈现出下面那个暗夜之中灯火闪烁的城镇：白色的路灯，商店的红色霓虹灯，一棵依稀可见的圣诞树混杂其中。一道朦胧温馨的玫瑰红色覆盖于小城之上，而那道光线的边际就是家。

当滑下最后一道长坡时，我们的滑雪板都欢唱起来。我们迂回前进，随地势倾斜，灵活地绕弯，当转向我们的房子时，在一团飞旋的碎雪中驻足。片刻间，我们就来到了院落中，解开滑雪板，将它们倚墙而立，将雪杖插入土堆，弄掉上面的雪迹。我们曾一度想绕着地球的边际滑行，而现在我们体验了山下的城镇居民做梦都难以体验的事情。我们再次见到了高原上飘浮的雪花，穿越溪谷、通往高山的蜿蜒小道，领略到了大沼泽地的幽暗浓荫，观望到了落日留在湖面瑞雪之上的余晖。

我们听到了冰河的吼声，与它那狂野奔腾的激流一同穿越冰川。我们的目光越过辽阔冰冻的荒野，看到了一弯银色的新月从西边那一片紫色中升起。

青瓦庭院是俺家

青瓦整齐地排在屋顶上，像鱼鳞，又像一层一层的梯田。每一层都注满我的情感，丝丝缕缕渗入瓦缝的狭小空间。

青瓦，是由当地泥土烧制而成。是越过龙门的鲤鱼，是涅槃重生的凤凰。瓦，是屋顶的青色头冠，也是屋顶的青色盔甲。风撞在瓦上，跌跌撞撞地发出怪怪的声音。那是风与瓦语言上的障碍。风改变不了瓦的方向，风只能改变自己。

瓦是最缓慢的事物，从第一片瓦盖上屋顶起，瓦就一直保持着它的形态，到今天，已经过去了几千年时光。

大门、门楣、门槛和屋顶即将有消逝抑或凹陷的迹象，丁香树依然枝繁叶茂，每到春天，鲜花怒放，香气四溢，喜爱沉思又好动的乡邻们都会前去采摘。过去是孩子们在院子的小小地块上亲手栽下和呵护过的，而今却落到颓垣边上，把位置留给了一些新的拔地而起的树林。半个世纪过去了，丁香花还在把家族的故事讲给一个孤独的旅游者听——丁香花开得美丽如初，芳香扑鼻。

青瓦，是由泥土烧制而成，其中是物理变化，还是化学变化，我一直疑惑不解。泥土是松散的，青瓦是致密的；泥土是柔弱的，青瓦是刚强的。

夏季，雨水来临，雨水在青瓦的肌肤之上，时而急促，时而和缓，又如大珠小珠落玉盘，有时像《高山流水》，有时又如《二泉映月》；有时像《十面埋伏》，有时又如《霸王卸甲》。流水如一张竖琴，大弦嘈嘈，小弦切切，如诗如梦，清逸出尘，弹拨着大自然生生不息的律动。

青瓦读懂春雨的柔肠，夏雨的激越，秋雨的缠绵，冬雪的沉稳。三更雨，五更雪，滴滴落落，滴滴含情，片片缠绵。

　　春天，燕子归来，屋檐下的巢穴，残缺不整，燕子从远方衔来潮湿泥土，用唾液修补，一个完整的家，一个温暖的巢，在风雨飘摇的屋檐下稳固。

　　麻雀累了，在屋脊上歇脚，猫儿困了，蜷曲在屋顶上打盹。草从瓦缝里长出来，又细又高，像一个苗条的少女。

　　麻雀，喜欢在瓦下居住，春天孵化孩子。顽皮的孩子，掏鸟窝是再正常不过的事了。蛇，是喜阴的，有时也躲在麻雀窝里，一举两得，既能吃到鸟蛋，又能享受清凉世界。岂不妙哉。麻雀从窗户上方的瓦下的家中飞出，像迎接春天到来一样欢喜活跃。这不，有一只小麻雀正衔着一片羽毛回来筑巢呢！麻雀已经找到了自己的栖身之处，现在它们的生活可称得上逍遥惬意，当然，它们从来不会给主人带来任何麻烦。

　　树木掩映着房屋，落叶是房屋的伙伴，房屋是落叶的观众。杨树叶时而像一个尽职的舞蹈演员，做着惊险的旋转动作，时而又化身为蝴蝶，摆动着它那精美的翅膀。就在这时，白昼渐渐睁开了蒙眬的睡眼。风儿带走了房顶上的落叶，叶子像小鸟一样，快乐地紧随着它的同类，飞向了远方……

　　月光投射在树叶上，树叶斑驳的影子，在屋顶上，不停地变换着图案。时而大，时而小；时而斜长，时而椭圆。寂静的秋夜，清晰地听到秋虫的鸣叫，萤火虫不时地从院子的边沿飞出来，划出一道又一道的微弱的亮光。

　　雪花，不忍心惊扰房屋，在深夜，一片一片地落在屋顶的每一片瓦身之上，不忍心让瓦片承载过多负荷，承载过多重量。

　　遥远之处，我遥望青色的瓦房，就有一种家的感觉，有一种温暖的感觉。人要有一个房屋，一个能给他温暖或舒适的空间。一个人先是想要身体的温暖，然后是情感的温暖。

　　瓦来自泥土，终究有一天，它也会回归泥土。这就是万物的轮回。房屋在风雨飘摇百年，梁椽倾斜，瓦片散落，每次目睹如此景象，感慨顷刻就化为一种挥之不去的情感，在心头萦绕，久久难以离去⋯⋯

时间长河是历史见证，在漫长的岁月中，激起一朵又一朵的浪花，房屋是人类历史生存必须条件下渐渐形成的。俺家的那片青瓦房也是如此而已，它同样活存在缓慢演变的历史进程之中。

季节末梢

　　清晨美好而安静，空气充满张力而又清新，连一丝微风都没有。万物都在闪耀，包括带着苔藓的岩石，包括带着露水的植物，全都得到自己的那一份彩虹色的露珠和阳光，就像每个生物都得到自己的早餐一样。

　　观赏破晓与日出，浅玫瑰色与浅紫色的天空缓缓变成淡黄色与白色，阳光自山巅间倾泻而下，越过优胜美地的穹丘，使它们的边缘燃烧着金光；中间地带的银冷杉，则以尖塔状的树梢捕捉光焰，我们村庄附近的树林，也在烂漫的阳光中颤动不已。

　　苏醒的万物透着欢愉，鸟儿开始惊扰无数虫子，野兔安静地躲入灌木丛茂密的枝叶中，露水消失，花瓣展开，每个脉搏都跳动得更快，每个生命细胞都欣喜万分，似乎连岩石也颤动着生命的气息。闪亮的大地像一张焕发着热情光彩的人脸，蓝天在地平线上泛着苍白，像一朵低垂的巨大花朵，祥和地笼罩着万物。

　　一整天都是阳光普照。树叶的绿荫将岩石衬托得多么秀美！大叶女贞的树叶带来的绿荫格外地清新别致，其优雅和精美使所有的艺术品都相形见绌。它们时而静止，宛若岩石上的一幅画；时而轻柔滑动，仿佛害怕噪音；时而飞舞，如同跳华尔兹舞那样迅速敏捷、兴高采烈地旋转；时而又如同快疾拍打着海边悬崖峭壁那色彩斑斓，如刺绣的波浪一样，在阳光沐浴的岩石上边上上下下地跃动翻卷……这树荫之美是多么真实、丰富多彩呀！这是至尊至贵的铺张之美，是成倍增加的美！大株的橙色百合正展示着它们那光彩夺目的叶子和花朵，这高贵的植物呈现着最佳的健康风采，是大自然的宁馨儿。

不远处的白马河，在一大股一大股气势汹汹地喷涌着浪花和飞沫的水流下面，河流受一块又一块的嶙峋巨石所阻，分成一条条的带状细流，此处的河水似乎已成断流。但是细流很快又汇成一道怒吼的洪涛，显示刚刚新生的河依然生气勃勃。河水继续流淌，时而尖叫，时而狂吼，时而随着自己的能量欢呼，之后挟着极大的气势穿过山峡，接着，在一个岩石面的缓坡上突然拓宽河道，形成薄薄的平整水幕和褶皱般的微微起伏的水浪，时而还有像网眼花边一样的小小涡流，最后流进一个安静的水潭。

在寂静的黄昏时分，通往凫山的高山陡坡上那鲜花遍布的野地上，鲜花盛开时的香味悠然飘下。像凉亭遮蔽般地覆盖着树木的河段发出千万种声音，演奏出优美的旋律。白马河水时而庄严地缓流，时而冲击似的奔涌，时而形成激流，欢腾狂喜般地流淌，抚摸着低垂的莎草叶、灌木丛和长满青苔的岩石，在池塘中漩涡般地旋转，流到长满鲜花的小岛时，又岔开分流而去。这儿、那儿都溅起灰白色的浪花，永远欢快，却又蕴含着深沉、肃穆的调子，让人联想到了海洋。勇敢的小鸟始终伴随在水边，在华尔兹舞般旋转、又如铃声脆响的水花间，用甜美的声音歌唱着充满人性的曲调，仿佛享受着人间全部诠释出的爱意。

和往日一样，大约在中午时，一大片高傲的积云逐渐在森林上空聚集，带来滂沱的暴风雨，是我有生以来所未见的。锯齿状的银色闪电划过天际的时间比平时持久，刺耳的雷声以撼动人心的威势撞击着天际，强度益增，每一击都如有千钧之力，似乎能崩裂整座山头，但实际上可能只击碎了一些树，我在附近散步时已经看到许多散落在地面上的残体。

清晰响亮的雷击之后，可以听到低沉的隆隆声逐渐朝远方滚去，声音越变越小，最后消失在回响不绝的山峦深处，那儿似乎是它们温暖的家园。然而，一波波雷鸣或是撕裂天际的轰然雷击很快便会接踵而至，有时还会将一些巨大的松树或冷杉由顶至底劈开，使长木块或细长的碎片四散飞落。

继之而起的是气势同样磅礴的大雨，无论地势高低，所有的地面上都覆盖着一层水流。这片透明的水膜像肌肤般紧贴着崎岖不平的大地，岩石因而闪着耀眼的光芒，峡谷中汇聚的水流和暴涨的河水也与雷声相呼应，不是狂号啸叫，就是低声作吼。

追溯每一滴雨滴的历史是多么有趣呀！就如我们所曾见的，从第一批雨滴落在新生且光秃的山丘开始至今，以气象学的角度而言，并不算是很长的时间。可是现在落下的雨滴，命运是多么不同！落在那美丽野地上的阵雨，显得多么快乐——几乎所有雨滴都可以找到一个美丽的地方——它们落在山巅、闪亮的水泥路、巨大光滑的穹丘、森林、花园和灌木丛生的不平地面上，飞溅着，闪耀着，啪嗒作响，洗涤一切。

有些雨滴流入山上的水潭，使充沛的潭水更加丰盈；有些流入湖泊，清洗这些山之窗，轻拍如镜面般光滑的湖面，激起涟漪、泡沫与水花；有些则加入大大小小的瀑布，仿佛渴望与它们一起跳舞歌唱，并击打出更细的泡沫。这些快乐的山中雨滴不仅幸运，工作也很顺利，每个雨滴本身都是一个既高且长的瀑布，它们自云端云鏊跌坠至岩崖岩谷，离开响彻云霄的雷声，进入山谷溪水的轰隆声响中。

有些落在遥远的草原和湿地上，悄悄地隐起身形，渗向草根，仿佛置身巢中一般安全地藏匿起来，在土中四处流动、渗透，搜寻它们被指派的工作。

有些快乐的雨滴则直接落入花萼中，亲吻百合的唇瓣。它们得旅行过多远的路，得注满多少大小不一的花萼。而无论小得看不见的细胞、只能容纳半滴雨滴的花萼，或是山丘间的湖河盆地，都在同等的眷顾下再度充盈。

眨眼间，又成了阳光明媚的好天气，雷雨过后就是如此。我漫步在熟悉的草地上，看远方的林木生长得极为整齐，林木间距比山脊下方远处的杉树和松树紧密得多。

太阳下山了。西边天空色彩的绮丽绚烂让一切都变了样子。在远处逶迤连绵的山脊上，映着余晖的群树沉思般默默地矗立着，接受着太阳的道别，竟然这样地肃穆庄严，令人铭感，仿佛太阳和树木彼此再也不会见面了。日光渐渐淡去，破除了色彩的魔法，树林在星空下，在夜风中，自由地呼吸。

时光年轮

绿色，一直是养眼的，冬日里，麦苗的色彩总是那么绿，那么晶莹，那么剔透。在阳光的照耀下，更显得越发诱人。

日历也在绿色和红色光影下，交替行进，厚厚的页码，在绿色与红色的主旋律下推进。忽然间，春天来了；忽然间，夏天到了；忽然间，庄稼熟了；忽然间，树叶落尽了，冬天也跟着雪花来了。

时光的脚步，收割着地面的一切。太阳每天都重复着一个动作——东升西落，有时离我们很近，有时又仿佛离我们很远，就是在这个过程中，我们形成了一个固有的模式——我们的时间和大地的空间，在大地上，一切事物都在体会着一种秩序的美丽。可是我们还是没有办法找到人类秩序和太阳秩序的界限。

于是，生活中不止一次有过这样的感受：小时候所看到的一切鲜艳与美好的东西都在消失。随着时光的流逝，以往获得的强烈印象在逐日递减。多么可怕呀，而我们在无法挽回地失去一种能力，敏感的触角正在离我们而去，无论一个人对此多么警觉，也还是要忍受一种颓败的命运。这显然是生命的蜕化，嗅觉、视觉和听觉，都在蜕变中日渐老旧。我们无法去认识和寻找生活中真正蕴含的奥妙。

时光像河水一样流淌，而过去我们可以把它分割成很小很小：一天，一小时，一刻，都能在我们的心灵画下无数细密的刻度；再后来，一个星期变得像一天一样短暂；最后，一个月又变得像一个星期一样短暂。一年就这么匆匆而去。春夏秋冬不停地重复……

我们越来越感到：人类就是生活在三个世界里——现实的世界、

向往的世界、回忆的世界。

年轻时，一般是活在向往的世界里；中年时，大多都活在现实世界里；老年时，更多的是活在回忆的世界里。所以，小时候总是不满足，总是逆反心理，因为那时都充满向往；中年人却能踏实地工作，因为他们太现实；老年人更多是喋喋不休地抱怨，因为衰老使他们只能亲近回忆的时光。

一个人的生命周期，其中也存在着春之生长、夏之辉煌、秋之成熟、冬之老迈这样的变化。成熟的本身，可以看作一个新的生命小周期的开始。不要怨恨，赋出新声，努力给他人创造一点新鲜，一点快乐，那么，也就对得起这个大自然，对得起时间，对得起岁月轮回，更主要的，也对得起自己了。

于是我们才有可能在心灵上把一年中的四个季节细细咀嚼与品咂，难忘的春夏秋冬，它们在我们心里留下了永难磨灭的印象——这一切都是自然而然的，我们并没有用力地观测和记录，因为我们的眼睛没有被灰尘蒙过，清澈透明，一切在它看来都是鲜亮明丽的。也正因为如此，岁月才变得簇新动人。现在不行了，我们的眼睛已经陈旧了，这两扇心灵的窗户蒙上了岁月的尘埃，所以一切才开始变得模糊、暗淡，连一圈圈的年轮都看不清晰。正像我们在自然、在时光面前变得迟钝一样，我们关于异性，关于爱，关于友谊，关于土地，一切的一切，在感知上都变得麻木起来……

而对于自然界，我们又变得无法麻木，就连花朵也是无法麻木的。花朵对太阳的模仿是最惟妙惟肖的，原野上到处生长的，都是金色的花朵，跟随自然着自然的变化而转变。花朵，花蕊上还绽放着金色的小光环，向周边散发着光芒，倘若每种植物都是向着阳光生长，那么从生物学角度考虑，人类也是渴望追求阳光照射的。不同的是，人类把这种向上的运动称之为进步。

日历，一页一页被无情地撕下，转眼间，一片又一片雪花在空中纷纷扬扬地落下，时光就在日历的消瘦中，在有节奏的钟声中，一步一步地推进，于是，日子也就一天一天增高、加长、延伸……

在农家小院，麻雀从窗户上方的装饰板下的家中飞出，像迎接春天到来一样欢喜活跃。在旁边的杂草中，突然又伸出了一个黄色的小脑袋，杂草上的露水已经将它的毛发弄湿，看上去整体已经变成灰色了。

时光就在鸟雀草虫的鸣叫声中流逝着……

大地还没有完全被雪覆盖的时候，冬天又接近了尾声，向阳的山坡和我家的柴堆上的积雪渐渐开始融化，不管早晨或黄昏，鸽子都要从树林里出来找东西。不管你走在林中的哪一边，总有鸽子拍打着翅膀匆忙飞去，震落了枯叶和枝丫上的雪花。雪花在阳光下飘落，正如撕碎的一页页日历，仿佛都是金色的尘埃，仿佛就是我们的日子，仿佛就是时光的色彩。不然，这一种勇敢的鸟，怎会不怕寒冷的冬天呢？

就像今天早晨一样，我仿佛就能感受到，在这里的一切事物，好像都找到了自己的位置，谁也不会妨碍着谁，这个世界呈现出一片和平宁静的景象。

时光的年轮，就是这样，在和平宁静的景象中，一个又一个的同心圆在不停地扩展，无数个直径在一圈一圈地加长、延伸……

对于时光，对于岁月的河流，对于时光的年轮，我们还能说些什么呢？

年味悠长

在山村，跨进腊月的门槛，春节要热闹沸腾一个多月，前半个月忙着办年货，过了除夕，直到元宵，都是在过节。腊八节前几天，四邻八乡的人，都去镇上、县城购买年货。而后，就是长期在外漂泊的打工族，怀揣着一颗火热的心，拖家带口赶回来与亲人团聚过年。

盼着过春节，哪管年味浓淡，原来都是一个期盼。怀揣对春节的美好愿望，一直沉浸在年味的回忆之中，故乡年味的温馨和幸福总是在心中荡漾。年味，常常写在老人的皱纹里；年味，常常写在孩子的脸蛋上；年味，从爆竹声中渗透出来；年味，从大红春联中走出来。

记得小时候，爱陪伴奶奶蒸年糕。在蒸年糕时，她不让我说话，只让我看着炉膛里的火就行。那时，过年要蒸很多年糕，从年前要吃到二月二。一般蒸年糕，要用双箅。奶奶一边往锅里装糕，我一边往炉膛里添柴。大约半小时，起糕时奶奶发现下层箅里没有糕，她还高兴地说："这灶王爷真能吃，把下面一笼糕都吃完了。"我笑着说："奶奶，我看你下面一箅子根本就没有装年糕。"奶奶用小棍往我头上敲了一下："傻小子，你咋不早说。"我辩解道："您不是不让我说话吗？"奶奶笑笑摇摇头。

浓浓的年味弥散在故乡的田野中，陶醉着家家户户，总感觉到老家这一年喜气洋洋、多姿多彩，期盼春节的弧线划过烟花漫天的夜空，我顺着历年的习惯，寻找年味，寄托一份有特色的年味。这一缕家乡醇厚的年味，承载着悠悠的中华文化传统。每当我在除夕傍晚从门上撕下褪色的对联，贴上火红的新春联的时候，心中会有几分欣喜的感觉。有时候感觉现在过年都不像是在过年，究竟是时代变了，还是我们自己变了。既然过年，要过出年味来那才叫好。一家人围在一起，吃上一碗可口的饺子，喝上一杯团圆酒，体会一下家的温馨和亲情的温暖。此时此刻，所有的喜庆都浓缩了，所有喜气都凝固了，一种幸福感油然而生。想想也是，目前传统过年习俗已成为遥望的回忆。那些带有年味的色彩仿佛只剩下看一看春晚，贴一贴春联，放一放烟花了。

　　过去，我们逢年过节，我们的心情多了一份期待，期待一个祥和的春节。其实，祥和也是每一个中国人的期待，我们都这样认为：祥和是家庭的，也是社会的；是城市的，也是乡村的；是朴实的，也是典雅的；是历史的，也是现代的；是过去的，也是未来的。而真正的祥和，在今天并不多见，而是越来越稀少，成为我们追求的共同目标。

　　回想儿时过春节的兴奋，除了看热闹，另外一个就是穿新衣、吃年糕、放鞭炮，现在看起来都只是最简单的事，不出家门，动动手指，新衣、年糕……都能送到家门口，而在几十年前，却是一年的积蓄、三百多天的愿望。儿时感到，一年时光的漫长，或许这就是一个重要的原因。而今，大人、孩子感觉光阴如梭，其中蕴含的意义毋庸言表。

　　过年既是一种文化，年味也就需要载体。故乡一年又一年的除夕，被一碗一碗饺子温馨着，被一杯一杯美酒陶醉着，被一朵一朵烟花笼罩着。红红火火的日子，随着年味到来变得成熟。此时此景，剪一刀祝福，把人间亲情渲染得春意盎然；贴一帧问候，让心灵大地绽放出春暖花开。亲手掬起一缕年味，点缀遥远的思绪，送给陶醉在阳光中的幸福的人。

后　记

这些年来，一直有人问我是如何爱上文学，尤其是散文这一文学载体的。其实，我最初是对文学充满一种奇异的爱好，甚至，似乎有一种魔力在吸引着我，激励着我，鼓舞着我。另外一个重要原因，就是我高中的语文老师——于鹤翔，在当时已是小有名气的作家，在他的启发引导下，我迷恋上文学。参加工作以后，于老师依然督促我拿起手中的笔，书写家乡、生活、田野、草木、山水。在2021年冬，于老师离开了我们，作为他的学生，我深深地感到万分悲痛，心里总是感觉，愧对老师的辛勤教诲，心里总有话无法表达。

作为本书作者，书写就是我的耕种方式，正如家乡的亲人们一样，春种秋收。我深陷文字之中，一字一句苦心经营，丝毫不敢懈怠，所有的一草一木，我念念不忘，耿耿于怀，都用自己的文字表达出来，总是想弄明白它们为什么占据我的心灵，占据我的记忆。写作的过程，其实就是对生活的一种反刍，甚至是探险。写着写着，家乡在农田里耕种的农夫就浮现在我的眼前，一时间，也仿佛是我的身影在田野里晃动，写到最后突然完整地涌出笔端流淌出来。这也是我始终愿意生活在乡村的重要原因，我一直认为，乡村是我创作的源头，或源泉。正是因为我离不开乡村，才能使我的散文《乡村味道》《月光不锈》《麦与镰的季节》《青瓦庭院是俺家》刊发在《人民日报》《光明日报》《文艺报》……

感谢《人民日报》《光明日报》《文艺报》《散文》《散文百家》《鸭绿江》《山东文学》在本书出版前能发表其中的绝大部分篇章，使本书在问世之前就产生了一定的影响。

最后，我要深切地感谢这些文字前期发表时读者们的热情留言，感谢此书编辑的鼓励与长久等待。还要感谢自己，虽然自己总是没能写到最好、最美，但一定要感谢自己在写作上的真诚与坚持。

记于清雅居